RANPO

VI

帕諾拉馬島綺譚

江戸川亂步出生地｜攝於昭和三十年（1955）

目錄

永恆的江戶川亂步，全新的亂步體驗

／獨步文化編輯部

江戶川亂步出生於一八九四年，一九二三年以〈兩分銅幣〉躍上日本文壇後，之後創作不輟，直到一九六五年去世。在將近五十年的創作生涯中，亂步是小說家、是評論家、是毫不吝惜以自身影響力提攜後進的前輩、是團結了整個日本推理小說界的中心人物；而他的作品所留下的影響痕跡直到如今仍舊散見於各種創作當中。最有名的例子當推不論是否讀推理小說，但你一定聽過江戶川柯南和少年偵探團的大名。或者若你是日劇、日影愛好者的話，絕對也看過不少改編自亂步作品的日劇和電影。又或者如果你是日本搖滾粉絲的話，很可能知道有一支超酷炫的重金屬樂團就叫「人間椅子」。極端一點來說，日本男性所喜愛的官能小說的起源甚至能夠推至亂步在他後期的通俗小說中，所熱中描寫的怪人綁架名門千金的設定。從這些例子了，可以清楚看出亂步的作品確實以各種形式影響著日本一代又一代的各種創作。

獨步文化從二〇一〇年起曾經推出了一系列包含了亂步從二次大戰前到二次大戰後，從小說到評論的作品，獲得了許多讀者的好評。今年（二〇一六）適逢獨步文化創立十週年，在這十年內，我們除了固定向讀者推介許多精采的推理小說之外，也不斷嘗試新的出版方向，期待能夠讓更多讀者和獨步介紹的作家、獨步出版的作品相遇，從中邂逅那位（本）改變一生的作家（品）。而這次將要以全新風格，再次新裝上市的江戶川亂步作品集，便是我們這番期待的具體呈現。

這次獨步文化嚴選出亂步在二次大戰前到戰中的作品和理由，分別如左：

一、《陰獸》：亂步從偵探小說轉型創作通俗懸疑小說的轉捩點。

二、《人間椅子》：亂步最奇特、最詭譎的短篇小說均收錄其中。

三、《孤島之鬼》：代表長篇作品，亂步自認生涯最佳長篇。

四、《D坂殺人事件》：日本推理小說史上三大名偵探之一的明智小五郎初次登場。

五、《兩分銅幣》：以出道作〈兩分銅幣〉為始，亂步的偵探小說大全。

六、《帕諾拉馬島綺譚》：另一代表長篇，亂步傾全力描寫出內心的烏托邦，既奇詭又美麗無雙。

這六部作品涵蓋了亂步喜愛的所有元素，亂步創作生涯中最出色、精粹的作品盡在其中。可說是亂步以詭異與怪誕為養分澆灌出來，長滿了各式奇花異草的絕美花園。為了讓許多對亂步只聞其名，還未曾實際讀過的讀者嘗試接觸亂步，並將亂步奇詭華麗的世界具體呈現於讀者眼前，我們特地邀請了長期活躍於日本漫畫界第一線的中村明日美子繪製新版封面。中村明日美子筆下自然散發著壓抑的情色感、自在遊走於艷麗官能與青春爛漫間的獨特風格，都與亂步不分年齡性別的魅力不謀而合。而一直想以自己的風格詮釋亂步作品的中村，在接到邀請後，也乾脆地一口答應，替台灣的讀者帶來了她和亂步的精采合作。同時，我們也邀請日本新生代的推理小說研究者諸岡卓真為尚未接觸過亂步的讀者撰寫全新導讀，藉由他的深入導讀，帶領讀者理解這位日本大眾文化史上的巨人最精采、最深刻的作品。

正如開頭所言，江戶川亂步在日本大眾小說史上留下了巨大的腳印，至今仍對日本的創作者發揮著難以估計的影響力。獨步文化也非常希望能透過這次新裝版的作品集的上市，讓已經熟悉亂步的讀者以新的角度認識亂步，尚未接觸亂步的讀者也能夠進入這座詭麗花園，悠遊其中，獲得一讀便難忘的閱讀體驗。

敬邀「亂步體驗」

／諸岡卓真（准教授，亂步研究者）

一、前言——敬邀「亂步體驗」

接下來將初次接觸江戶川亂步的讀者真令人羨慕——當我為了撰寫這篇導讀而複習亂步作品時，我打從心底這麼認為。亂步的作品深深地刺激了人類對於觀看恐怖事物的慾望。他為我們帶來的體驗很強烈，有時甚至令我們感到暈眩。特別是在第一次閱讀時，會留下深刻的印象。

在日本，談論到江戶川亂步時，會使用「亂步體驗」這個詞彙。關於這個詞彙是誰首先提出的，並沒有定論，它的定義也模糊不清；在筆者的認知中，它是指初次接觸江戶川亂步作品時，所產生的終身難忘的經驗。奇特的是，在談論其他作家的時候，不太常出現這種說法。比方說在談論松本清張或東野圭吾的作品時，很少人會使用「清張體驗」或「東野體驗」這種說法。換而言之，「亂步體驗」這句話本身正顯示出在讀者的認知中，閱讀亂部作品的經驗是如此特異——特異到只能以「亂步體驗」來形容。據聞本作品集是針對台灣年輕讀者而編，想必對這些讀者來說，閱讀本作品集必定會成為他們終生難忘的「亂步體驗」。

二、一九二〇年代~三〇年代的江戶川亂步

江戶川亂步是日本最知名的推理小說家、評論家以及引薦人。優質的小說自不待言，其評論也對後世產生重大影響，此外他還設立日本偵探作家俱樂部（現為本推理作家協會）、並創辦江戶川亂步獎，活躍而多面的表現令推理界欣欣向榮。如今日本出版眾多推理作品，擁有廣大讀者群，但若少了江戶川亂步這位絕代人才，恐怕難有此盛況。

亂步雖展現了如此多樣化的活躍表現，然而本作品集的編纂重點，是要讓讀者了解他身為小說家的面向。本作品集收錄作品，多數為亂步一九二三年出道以來至一九三五年為止發表的

作品（第二卷收錄之〈兇器〉（一九五四年）、〈月亮與手套〉（一九五五年）例外）。首先我想概談亂步到這個時期為止的軌跡，同時介紹幾篇小說。

江戶川亂步本名為平井太郎，一八九四年生於三重縣名張町（現為名張市）。據說孩提時代母親為他朗讀報紙連載小說，是他對小說產生興趣的契機。就讀早稻田大學期間，他接觸了愛倫．坡與柯南．道爾的作品，因而立志赴美成為推理小說家。然而因為資金不足，只能放棄出國，此後他換了數個工作，度過一段沉潛的時光。

亂步作品初次問世是在一九二三年，他二十八歲時。出道作〈兩分銅幣〉（收錄於獨步新版亂步作品集第五本。另，此後凡收錄於本作品集的作品，收錄卷數皆以[ ]表示）於雜誌《新青年》四月號刊載。此時亂步仿照其敬愛的美國作家埃德加．愛倫．坡（Edgar Allen Poe）之名，取了筆名「江戶川亂步（Edogawa Rampo）」。〈兩分銅幣〉這部作品本身，也帶有愛倫．坡〈金甲蟲〉影響的痕跡。〈金甲蟲〉被認為是世界第一篇暗號小說，而暗號也是〈兩分銅幣〉中重要的主題。但亂步設計出日本特有的暗號，峰迴路轉的結局也值得一讀。當時日本的輿論不認為日本人有能力創作西方國家那種知性的偵探小說，〈兩分銅幣〉正是打破這種「常識」的作品。

此後的亂步接二連三發表作品。尤其到一九二六年為止這段期間，論質或論量，他的執筆速度都堪稱驚異，〈D坂殺人事件〉[04]、〈心理測驗〉[04]、〈紅色房間〉[05]、〈天花板上的散步者〉[04]、〈人間椅子〉[02]（以上，一九二五年）〈帕諾拉馬島綺譚〉[06]、〈鏡地獄〉[02]（以上，一九二六年）等傑作陸續問世。此後執筆速度雖略為趨緩（即使如此還是創作了許多作品，不如說是從出道至一九二六年這段期間比較特殊），依然留下了〈陰獸〉（一九二八年，[01]）、〈孤島之鬼〉[03]、〈帶著貼畫旅行的人〉[05]（以上，一九二九年）等名作。

補充說明一下，一九二〇年代至三〇年代的日本推理作品有個特徵：比起邏輯性的推理，將焦點放在陰森氣氛或異常心理的作品要來得多。我們可以說亂步的作品也有這個傾向。亂步作品中算是含本格推理描寫的作品寥寥可數，僅有〈一張收據〉（一九二三年，[05]）、〈D坂殺人事件〉、〈黑手組〉（一九二六年，[04]）、〈何者〉（一九二九年，[04]）、〈火繩槍〉（一九三二年，[05]）。多數作品則傾力描寫罪犯或沉迷於異常興趣的人物心理，諸如〈紅色房間〉或〈天花板上的散步者〉、〈帕諾拉馬島綺譚〉、〈鏡地獄〉等。透過亂步所留下的評論，能看出他對描寫邏輯性推理的作品有深刻造詣以及憧憬；但以亂步本人的創作天賦來說，他遠遠擅長刻劃異常或陰森的事物。此外就像當時社會上流傳的說法「色情、獵奇、荒唐」所象徵，這也是個色情與獵奇事物膾炙人口的年代。

論及具體呈現亂步這種天賦的作品，絕不可錯過一九二九年發表的〈芋蟲〉[02]（刊載於雜誌上的標題為〈惡夢〉）。該作品描寫了一名因戰爭被迫截斷四肢，還失去說話能力的傷兵與妻子間異常的生活。其中沒有偵探登場，也沒有推理橋段，僅細膩描寫夫妻之間心理的擺盪。這部作品在當時引起諸多迴響，令江戶川亂步聲名大噪。而此時期的亂步，也逐漸被公認為足以代表「色情、獵奇、荒唐」時期的作家之一。

此後亂步著手創作以《怪人二十面相》（一九三六年，未收錄於本作品集）為首的少年偵探團作品，廣受歡迎，二戰後也在推理界積極挑起監製人的任務，引介高木彬光與山田風太郎等頗具實力的作家出道。亂步於一九六五年去世，重新回顧他創作史上的表現，一九二〇年代至三〇年代期間，仍然可以說是他最鼎盛的時期。所以本作品集也可以說是濃縮了小說家亂步最極致的部分。

此外，二〇一五年適逢亂步歿後五〇周年，配合二〇一六年起版權公開，在日本也接連發表了各式各樣的活動企劃。如動畫《亂步奇譚》開播，出版社延請動畫《龍貓》與《神隱少女》的導演．宮崎駿，為亂步的《幽靈塔》（一九三七年，未收錄於本作品集）繪製插畫，與書同捆發售。而《推理雜誌》（二〇一五年九月號）與《EUREKA》（二〇一五年八月號）等雜誌也製作了專題報導，令人感受到亂步的支持度至今未減。二〇一六年起，依故事內時間順序所收錄的明智小五郎作品集《明智小五郎事件簿》全十二冊（集英社）也將開始發售，作品新版持續發行，看來熱潮還將繼續延燒。

三、當代的「亂步體驗」

如同上一節開頭所述，江戶川亂步是日本最有名的推理作家。但此處的「有名」未必是來自於他在推理小說領域的高知名度。亂步的「有名」，在於連對推理毫無興趣的人也知道他的名字。

真正的名人，就算人們不知道他做了什麼，最少也會聽過他的大名。舉例來說，不懂音樂的人也知道披頭四，對籃球沒興趣也該聽過麥可．喬丹。真正的知名人物就像這樣，連沒興趣的人都曾聽聞。也就是說，一個人的存在必須如此稀鬆平常，才有資格稱為真正的名人。

江戶川亂步在日本，正是這種定義下的名人。筆者在日本數間大學講授日本文學課程，每年總會在上課時以修課學生為對象，實行與推理相關的問卷調查。其中一項是測驗江戶川亂步的知名度，今年（二〇一六年）在三百一十四名作答者中，共有二百四十八名表示他們知道江戶川亂步。知名度高達七九．〇%，以結論來說，亂步比夏洛克．福爾摩斯系列作者柯南．道爾（七二．三%）或赫丘勒．白羅系列作者阿嘉莎．克莉絲蒂（六一．八%）更為知名。

只不過知名度雖高，學生們也未必十分了解亂步。筆者在講解亂步的經歷或作品時，時常聽到學生表示「我現在才知道亂步做了什麼」、「我想藉著這個機會開始讀亂步作品」。也就是說，對日本年輕人而言，江戶川亂步就是個「只聽過名字」的存在。

令學生特別感到訝異的，是亂步對日本推理界影響之巨大。根據蔓葉信博〈江戶川亂步與新型獵奇娛樂作品〉（《EUREKA》二〇一五年八月號），近年VOCALOID（註）樂曲中也出現了受亂步影響的作品；但在受影響作品中，現代日本年輕人最常接觸的，還是不得不提漫畫與動畫受到全國愛戴的《名偵探柯南》（青山剛昌）。

《名偵探柯南》在台灣據說也廣受歡迎，知道的讀者應該不少，作品中可見許多承襲江戶

註 VOCALOID為雅馬哈公司所開發的電子音樂軟體，可藉由輸入旋律與歌詞，讓電子語音演唱歌曲。不少網友透過該軟體創作歌曲，逐漸形成獨特的次文化。以該軟體創作的歌曲即為VOCALOID樂曲，其中一些知名樂曲也成功打入主流樂壇。

川亂步之處。光是主角．江戶川柯南的名字便是取自亂步，毛利小五郎也是源於亂步筆下的名偵探．明智小五郎。柯南就讀的小學有個小孩組成的團體叫「少年偵探團」，這也是取自亂步作品。此外，柯南的對手．怪盜基德也近似怪人二十面相，還有一些更加刁鑽的致敬，例如工藤新一母親的假名與明智小五郎夫人名字同為「文代」。

其實在前述的問卷調查中，有個項目要作答者回答他們第一次接觸的推理作品與年齡。最多人回答的作品是《名偵探柯南》（不區分漫畫或動畫），較早約在三、四歲時接觸，晚一點的人也在十歲左右認識這部作品，達成與推理作品的初次接觸。這是現代學生的典型樣貌。正因為學生們有這樣的背景，也不難明白為何他們得知江戶川亂步的事蹟以後會感到訝異。畢竟他們這才發現，自幼如家常便飯般接觸的作品，竟然也受過亂步的影響。換言之，藉由了解「亂步」這個源頭，他們開始能以其他角度看待自己以往接觸的作品。

筆者也有類似的經驗。一九七七年出生的筆者，自然無法在第一時間同步追蹤亂步作品。但在我沉迷於以綾辻行人《殺人十角館》（一九八七年）為首的「新本格」推理作品時，我發現亂步的名字三不五時會出現；實際觸及作品，調查亂步經歷的過程中，我逐漸得知他的各種事蹟。在此我同時了解到亂步對日本推理影響之巨，也赫然發現，透過我以往接觸的推理作品，我已經大量體驗過具有亂步風格的創作。

在這種意義下，現在的「亂步體驗」已不僅只是閱讀作品所受的衝擊。藉由閱讀亂步，甚至能大大轉變讀者對過往所閱讀的推理作品的觀點。我們很遺憾地無法同步享受亂步作品。但另一方面，我們生活的世界存在著許多受他影響的作品與事物。正因如此，了解亂步這個「源頭」，在自其衍生的潮流整體的意義產生變化那刻，讀者即可享有眾多體驗。

筆者曾在本文開頭說過：「接下來將初次接觸江戶川亂步的讀者真令人羨慕。」理由不單只是因為他們能在沒有預設立場的情形下首度品味亂步作品。他們接下來能體會到的樂趣，也包含讀過亂步後對推理小說改觀的體驗，才是真正「令人羨慕」之處。這想必會是終生難忘的「亂步體驗」。

聽說現在台灣積極引進日本推理，還有因此步入文壇的作家。想來其中也必定能瞥見亂步的身影吧。我極為期盼閱讀本作品集的體驗，能進而轉變諸位台灣讀者對推理小說的觀點，成為最棒的「亂步體驗」。

引用與參考文獻

權田萬治著，新保博久監修，《日本ミステリー事典》（東京：新潮社，2000）。

蔓葉信博，〈江戸川乱歩と新たな猟奇的エンターテインメント〉，《ユリイカ》（東京，2015.8）：170-176。

野村宏平《乱歩ワールド大全》（東京：洋泉社，2015）。

本文作者簡介

諸岡卓真

一九七七年在福島縣出生。專精文學研究，畢業於北海道大學後，現任北海道情報大學准教授。二〇〇三年，以推理評論〈九〇年代本格推理小說的延命策〉入選第十屆創元推理評論獎佳作。著作多冊，包括《現代本格推理小說研究》（二〇一〇年），並與人共編《閱讀日本偵探小說》（二〇一三年）。

推理大師・江戶川亂步的業績

（編按：此文為二〇一〇年舊版亂步作品集所附之總導讀，由推理評論家傅博所撰）

●編輯《江戶川亂步作品集》緣起

筆者於二〇〇三年，策畫過一套《江戶川亂步作品集》，欲與江戶川亂步著作權繼承人平井隆太郎商量在臺灣出版事宜時，日本傳來江戶川亂步在中國的簡體字版版權有糾紛，暫時不宜談臺灣之繁體字版版權，於是這問題一時擱置。到了〇八年夏，這問題才獲得解決。

這年九月，筆者訪日時，拜訪過亂步孫子平井憲太郎，談起往事，希望授權筆者在台灣編輯一套臺灣獨特之《江戶川亂步作品集》，獲得允許。今（〇九）年四月，再度訪日時與獨步文化總編輯陳蕙慧，再次拜訪憲太郎，提交並說明我們的策畫內容，包括卷數、收錄作品的選擇基準與內容、附錄等，獲得肯定。

卷數為十三集，這數字是取自歐洲古代的緩刑架階梯數之十三。在歐美、日本之推理小說裡或叢書卷數，往往會出現這數字。

江戶川亂步的作家生涯達四十餘年，創作範圍很廣，推理小說的比率相當高，為了讓讀者了解江戶川亂步的全業績，少年推理與評論等也決定收入。但是與其他作家合作的長篇或連作，約有十篇，視為亂步之非完整作品，不考慮收。

收錄作品先分為戰前推理小說、戰後推理小說、少年推理小說與隨筆、研究、評論等四類。戰前推理小說再分為短篇與極短篇，一共有三十九篇，全部收錄，視其類型分為三集。中篇只有四篇，合為一集。長篇有二十九篇，選擇七篇分為五集，其中兩集是兩篇合為一集的。

戰後推理小說不多、只有兩長篇、七短篇而已，從其中選擇一長篇、五短篇合為一集。少年推理小說長篇共有三十四篇，選擇兩篇分為兩集。隨筆、研究、評論等很多難計其數，選擇三十九篇為一集。

以上為全十三集的各集主題。除了正文之外每集有三件附錄。每集卷頭收錄一幅不同時代的肖像。卷末收錄三十多年來，在日本所發表之有關江戶川亂步的評論或研究論文之傑作一篇，以及由筆者撰寫之「解題」。這種編輯方針是在日本編輯「作家全集」時的模式，目的是欲讓讀者從不同角度去了解該作家與作品。可說是出版社對讀者的服務之一。

《江戶川亂步作品集》共十三集的詳細內容是：

01、《兩分銅幣》：收錄一九二三年四月發表處女作，至二五年七月之間所發表的本格或準本格推理短篇和極短篇共計十六篇。包括處女作〈兩分銅幣〉、〈一張收據〉、〈致命的錯誤〉、〈二廢人〉、〈雙生兒〉、〈紅色房間〉、〈日記本〉、〈算盤傳情的故事〉、〈盜難〉、〈白日夢〉、〈戒指〉、〈夢遊者之死〉、〈百面演員〉、〈一人兩角〉、〈疑惑〉以及出道之前的習作〈火繩槍〉。

02、《D坂殺人事件》：收錄江戶川亂步筆下唯一名探明智小五郎之系列短篇八篇。包括〈D坂殺人事件〉、〈心理測驗〉、〈黑手組〉、〈幽靈〉、〈天花板上的散步者〉、〈和者〉、〈凶器〉、〈月亮與手套〉。

03、《人間椅子》：收錄一九二五年九月至三一年四月之間所發表之本格與變格推理短篇十五篇。包括〈人間椅子〉、〈接吻〉、〈跳舞的一寸法師〉、〈毒草〉、〈覆面的舞者〉、〈飛灰四起〉、〈火星運河〉、〈花押字〉、〈阿勢登場〉、〈非人之戀〉、〈鏡地獄〉、〈旋轉木馬〉、〈芋蟲〉、〈帶著貼畫旅行的人〉、〈目羅博士不可思議的犯罪〉。

04、《陰獸》：收錄一九二八至三五年間發表的變格推理中篇四篇。包括〈陰獸〉、〈蟲〉、〈鬼〉、〈石榴〉。

05、《帕諾拉馬島綺譚》：收錄一九二六年發表的較短的長篇兩篇。包括〈帕諾拉馬島綺譚〉與〈湖畔亭事件〉。

06、《孤島之鬼》：原文約二十二萬字長篇，一九二九至三〇年作品。

07、《蜘蛛男》：原文約二十一萬字長篇，一九二九至三〇年作品。

08、《魔術師》：原文約十九萬字長篇，一九三〇至三一年作品。

09、《黑蜥蜴》：收錄較短的長篇兩篇。包括一九三一至三二年發表的〈地獄風景〉、一九三四年發表的〈黑蜥蜴〉。

10、《詐欺師與空氣男》：收錄一九五〇至六〇年發表的五篇短篇與一篇長篇。包括〈斷崖〉、〈防空壕〉、〈堀越搜查一課長先生〉、〈對妻子失戀的男人〉、〈手指〉、〈詐欺師與空氣男〉。

11、《怪人二十面相》：第一部少年推理長篇，原文約十三萬字，一九三六年作品。

12、《少年偵探團》：第二部少年推理長篇，原文約十二萬字，一九三七年作品。

13、《幻影城主》：收錄非小說的傑作三十九篇，分為三部門，自述十六篇、評論十一篇、研究十二篇。《幻影城主》是臺灣獨特的書名，江戶川亂步生前曾以幻影城的城主自居。

每卷除了收入上述作品之外，卷頭收入一張不同時代的亂步肖像或家族照。卷末選錄一篇有關亂步的評論或研究論文。亂步逝世至今已四十多年，這期間由評論家、研究家以及推理文壇外人士所發表的評論、研究、評介達數百篇之多。本作品集收錄的十三篇是從這群文章中挑選出來的傑作。

●江戶川亂步誕生前夜

江戶川亂步是日本推理文學之父，名副其實的推理文學大師，其作品至今仍然受男女老幼讀者喜愛的國民作家。

為何江戶川亂步把這麼多榮譽集於一身呢？其答案是：時勢造英雄、英雄再造時勢的結果。話從頭說起。

日本自從一八六八年的明治維新之日本文化的全面西化以後，以文學來說，最先是從翻譯或改寫歐美作品做起，大約經過二十年時光，才出現模仿西歐之創作形式的作家，之後，才漸漸理解歐美的文學本質、創作思潮、寫作原理學。而至大正年間（一九一二～二六）才確立近代化的日本文學。

這段期間，明治維新以前之江戶時間（一六〇三～一八六七）的庶民之通俗讀物，到了明治以後，雖然漸漸有所改良，基本上還是保留傳統的寫作形式與內容。到了大正年間，才與純文學同步，步步確立新的大眾文學。

日本之近代大眾文學的原點是一九一三年，中里介山所發表的大河小說《大菩薩峠》。當時還沒有「大眾文學」這個文學專詞，稱為「民眾文藝」、「讀物文藝」、「通俗讀物」、「大眾讀物」等。

「大眾文藝」或「大眾文學」之名詞普遍被使用是，一九二六年一月創刊之雜誌《大眾文藝》，以及於一九二七年，平凡社創刊之《現代大眾文學全集》以後之事。

當初的大眾文學是，指以明治維新以前為故事背景，具有浪漫性、娛樂性的小說，又稱為時代小說（狹義大眾小說）。但是，後來把當代為故事背景，具有浪漫性的「現代小說」以及「偵探小說」也被歸納於大眾文學（廣義的大眾小說）。之後至今，時代小說、現代小說、偵探小說鼎足而立。

「清張（五六年）以前」的偵探小說包括奇幻小說和科幻小說。現在三者雖然鼎足而立，其關係很密切，合稱為「娛樂小說」，而偵探小說於「清張以後」改稱為推理小說，現在兩者並用。

話說回來，對日本來說推理小說是舶來文學，但是從歐美引進推理小說的時期很早，明治維新十年後之一八七七年，由神田孝平翻譯荷蘭作家克里斯底邁埃爾之《楊牙兒之奇獄》為始，比柯南道爾發表「福爾摩斯探案」早十年。

之後，明治期三十五年，翻譯作品不多，而黑岩淚香為首的「翻案（改寫）推理小說」成為大眾讀物之主流。此外，也有些作家嘗試推理小說的創作，但是除了黑岩淚香之〈無慘〉具有文學水準之外，沒有什麼收穫，可說推理創作的時期還未成熟。

進入大正年間，時期漸漸成熟，幾家出版社有計畫地出版歐美推理小說叢書，其數約有十種。

又因近代文學的確立，大正期崛起的谷崎潤一郎、芥川龍之介、佐藤春夫等幾位作家的取材範圍，比以往作家為廣，其某些作品就具有濃厚的推理氣味。又，戲劇作家岡本綺堂於一九一七年，開始撰寫模仿福爾摩斯探案之「半七捕物帳系列」，共計六十八話，是以明治維新以前之江戶（現在之東京）為故事背景，推理與人情、風物並重的時代推理小說，當時卻不被視為推理小說，被歸類於時代小說。

至於一九二〇年一月，明治大正期之兩大出版社之一的博文館，創刊了綜合雜誌《新青年》月刊，主要內容是刊載鼓勵日本青年向海外發展的文章，附錄讀物選擇了在日本開始被讀者接受的歐美推理短篇。而且也同時舉辦了推理小說的創作徵文，雖然於四月發表第一屆得獎作品，其品質與歐美作品比較還有一段距離，其最大理由，就是徵文字數限定於四千字，作品不能充分發揮其才能。

《新青年》雖然不是推理小說的專門雜誌，卻是唯一集中刊載推理小說的雜誌。翌年八月，主編森下雨村編輯出版了「推理小說特輯」增刊號，獲得好評。（之後每年定期發行推理小說增刊二期至四期，內容都是歐美推理小說為主軸。）

在這樣大環境之下，機會已成熟，一九二三年四月，《新青年》刊載了日本推理小說史上的里程碑，江戶川亂步〈兩分銅幣〉。

●江戶川亂步確立日本推理小說之後

江戶川亂步，本名平井太郎，另有筆名小松龍之介。筆名江戶川亂步五字是從世界推理小說之父艾德格．愛倫．坡的日文拼音以漢字表示而來的。一八九四年十月二十一日生於三重縣名賀郡名張町，父親平井繁男，為名賀郡公所書記，母親平井菊。兩歲時因父親轉換工作，全家移居名古屋市。

七歲進入白川尋常小學，識字後便耽讀巖谷小波之《世界故事集》。十一歲進入市立第三高等小學，二年級時開始閱讀押川春浪的武俠小說，黑岩淚香的翻案推理小說。十三歲進入愛知縣立第五中學，因為討論賽跑和機械體操，時常曠課。亂步的推理作家夢，萌芽於此時，他對於現實世界的歡樂不感興趣，喜一個人在黯淡的房間，靜靜地空想虛幻的世界。

一九〇七年，父親開設平井商店做生意。二年中學畢業，平井商店破產，亂步放棄升學，六月亂步跟家族移居朝鮮，八月單獨上京，於本鄉湯島天神町之雲山堂當活版排字實習生。之後，考進早稻田大學預科，但是為了生活，很少去上課，其間當過抄寫員、政治雜誌編輯、圖書館出租員、英語家教等，但是都為期不久。

一九一二年春，外祖母在牛込喜久井町租屋，亂步搬去同居，因此不必去打工，可專心上學。八月預科畢業，進入政治經濟學部。翌年春，與同學創刊回覽式同仁雜誌《白虹》，醉心愛倫．坡與柯南道爾之福爾摩斯探案，亂步堅信純粹的推理小說，必須以短篇形式書寫這種創作思想。爾後，他在自己的作品實施。亂步為了研究歐美推理小說，除了大學圖書館之外，還去上野、日比谷、大橋等圖書館閱讀，這年把閱讀的筆記，自己裝訂成書，稱為《奇譚》。

一九一五年，父親從朝鮮回來，定居於牛込，亂步搬去同居，這年撰寫推理短篇〈火繩槍〉，為亂步之實際上的推理小說處女作。翌年大學畢業，計畫到美國撰寫推理小說賺錢，但是欠缺旅費，只好留在日本找工作，這年到大阪貿易商社加藤洋行上班，翌年五月辭職，之後數個月，到各地溫泉流浪。回來後在三重縣的鳥羽造船所電氣部上班，之後改為社內雜誌《日和》編輯。此後五年內更換工作十多次，如巡迴說書員、經營古書店、雜誌編輯、市公所職員、新聞記者、工人俱樂部書記長、律師事務所職員、報社廣告部職員等。

一九二三年，撰寫了〈兩分銅幣〉與〈一張收據〉兩篇推理短篇，最先寄給曾經發表過推理文學評論的文藝評論家馬場孤蝶，請他批評並介紹刊載雜誌，但是，一直沒有回應，亂步索回改投《新青年》，主編森下雨村閱讀後，疑為是歐美作品的翻案，請當時在《新青年》撰寫法醫學記事的醫學博士小酒井不木（之後也撰寫推理小說）鑑定。

於是一九二三年四月，〈兩分銅幣〉與小酒井不木的推薦文同時被刊出，獲得好評，繼之七月，〈一張收據〉也被刊載，從此，亂步的人生一帆風順。

亂步的登場，證明了日本人也有能力撰寫與歐美比美的推理小說，由此，欲嘗試的挑戰者或追隨者相繼而出，不到幾年，以《新青年》為根據地，在大眾文壇確立一席之地，與時代小說、現代小說鼎足而立。

但是，《新青年》所刊載的推理小說，以現在的眼光分類，非屬於本格推理的為多，如重視結尾的意外性的準本格，現實生活中的非現實奇談等等，這些作品有其共同特徵，就是故事的耽美性、傳奇性、異常性、虛構性、浪漫性。

話說江戶川亂步，一九二四年因工作繁忙，只在《新青年》發表兩篇短篇，十一月為了專心推理創作，辭去大阪每日新聞社工作，翌二五年一共發表了十七篇短篇與六篇隨筆，為亂步最豐收的一年，也是亂步在大眾文壇確立不動地位之年。

之後，亂步執筆的主軸，從短篇漸漸轉移到長篇，而於三六年開創長篇少年推理小說。四〇年至四五年日本敗戰之間，日本政府全面禁止推理小說創作，亂步只發表了合乎國策的三篇冒險小說。

戰後，亂步的創作量激減，其活動主力是推理作家的組織化，培養新人作家與推理文學的推廣，而確立了戰後推理文壇。例如：

二次大戰結束，因戰後疏散到鄉村的作家紛紛回京，翌四六年六月十五日星期六，亂步主持了一場在京推理作家座談會，向在場作家講述了時達兩小時的〈美國推理小說近況〉，介紹了美國推理小說的新傾向，勉勵大家共同為戰後之推理小說邁進。

這次聚會之後，決定每月第二個星期六定期舉辦一次聚會，稱為「土曜會」（星期六在日本稱為土曜日）。

一年後，土曜會為班底，成立「偵探作家俱樂部」，選出江戶川亂步為首屆會長。五四年十月，偵探作家俱樂部與關西偵探作家俱樂部合併，改稱為「日本偵探作家俱樂部」。六二年，由任意團體組織改組為社團法人（基金會），改稱為「日本推理作家協會」。

偵探作家俱樂部成立時，為了褒獎年度優秀作品，設立偵探作家俱樂部獎，之後跟著組織的更名，獎的名稱也更改，現在稱為日本推理作家協會獎。

一九五四年十月三十日，慶祝江戶川亂步六十歲誕辰會上，亂步為了振興日本推理小說，向日本偵探作家俱樂部提供一百萬圓日幣為基金，設立了江戶川亂步獎，最初兩屆頒獎給對日本推理文壇的功勞者，從第三屆起更改為長篇推理小說徵文獎，鼓勵新人的推理創作。

亂步除了推行這些組織性的活動之外，還積極地撰寫介紹歐美推理作家與其名著，以及推理小說的理論與研究文章。前者結集為《海外偵探小說作家與作品》，後者的代表作為《幻影城》與《續・幻影城》。

江戶川亂步對日本推理文壇的貢獻，日本政府於一九六一年十一月，授與「紫綬褒章」。一九六五年七月二十八日，亂步因腦出血而逝世，享年七十一歲。日本政府再度授與「正五位勳三等瑞寶章」紀念其功勞。

二〇一〇年一月七日

本文作者簡介

傅博

文藝評論家。另有筆名島崎博、黃淮。一九三三年出生，臺南市人。於早稻田大學研究所專攻金融經濟。在日二十五年以島崎博之名撰寫作家書誌、文化時評等。曾任推理雜誌《幻影城》總編輯。一九七九年底回臺定居。主編《日本十大推理名著全集》、《日本推理名著大展》、《日本名探推理系列》以及日本文學選集（合計四十冊，希代出版）。二〇〇九年出版《謎詭・偵探・推理——日本推理作家與作品》（獨步文化），是臺灣最具權威的日本推理小說評論文集。

帕諾拉馬島綺譚

一

即使同樣住在M縣（註一），或許大部分的人也沒有發現，位於I灣臨太平洋的S郡南端，漂浮著一座直徑不到兩里（註二）的小島。它遠離其他島嶼，宛如倒扣的綠饅頭。小島如今幾近無人島，至多只有附近的漁夫偶爾心血來潮上陸探看，其餘無人多看一眼；加上孤立於海角前端的荒海，除非風平浪靜，否則小漁船僅接近附近海域就已十分危險；何況它也不是值得冒險靠近的小島。當地人俗稱此地沖之島，不知何時起，整座島已歸M縣首屈一指的富豪——T市的菰田家所有。從前在菰田家底下工作的漁夫中，有些好事之徒會在上頭搭建小屋居住，或當成晒網場、倉庫，但幾年前拆除一空，島上突然開始不可思議的工程。幾十名挖土工人及園丁成群結隊，搭乘特製電動船，每天到島上集合。不曉得從哪弄來的奇型巨岩、樹木、鋼筋、木材、數不清的水泥桶等，接二連三地搬進島上。緊接著，就在遠離村莊的荒海上，不知目的亦

註一　連同後述的I灣、S郡、T市，可推斷出作者要表達的是三重縣、伊勢灣、志摩郡、津市。亂步於大正七年前後曾經任職於鳥羽造船所，這座舞臺是他所熟悉的環境。「T」也有可能是鳥羽，現今的鳥羽市改為市制，是昭和二十九年的事。

註二　日制一里相當於三・九二七三公里。

分不清是建築還是造園的工程啟動了。

沖之島隸屬的郡，政府的鐵路不必說，當時連私設的輕便鐵路、公共汽車都毫無建設。特別是面島的海岸，僅不到百戶的貧窮漁村零星坐落，其間處處聳立著無人通行的斷崖，可說是遠離文明的蠻荒之地。因此這場令人匪夷所思的大工程展開後，風聞只是從一個村子傳到另一個村子，傳得愈遠，內容也變得愈像傳說。即使消息傳到鄰近都市，頂多在地方新聞的社會版喧騰一陣，但若換成在首都周邊，肯定引起軒然大波。因為這場工程就是如此不尋常。

鄰近的漁夫禁不住疑惑，菰田家究竟出於什麼必要、什麼目的，不惜出巨資在那無人的小島上挖土種樹、築圍牆、蓋房子？菰田家的人總不可能孤僻到想搬遷到如此不便的小島居住。話說回來，若想在那種地方蓋遊樂園也太說不過去。難不成菰田家的當家瘋了？漁夫們議論紛紛。而他們如此猜測有其道理，當時的菰田家主人患有癲癇痼疾，病況嚴重，不久前才傳出過世的消息，還辦了場轟動鄉里的盛大葬禮，卻又不可思議地死而復生。然而，復生後性情大變，經常出現有違常理的瘋狂舉動。這些傳聞甚至傳進這一帶的漁夫耳中，所以他們懷疑這次工程恐怕也導因於此。

這一點姑且不論，這場莫名其妙的工程雖惹得人們滿腹孤疑，卻未傳入首都，反而在菰田當家親自指揮下順利進行。三月、四月過去，島的周圍築起一道圍繞整座島嶼且如萬里長城的詭譎土牆。內部坐落著水池、河川、小丘、山谷，中央蓋起一棟難以想像的巨大鋼筋水泥建築。那幅光景多麼光怪陸離、又多麼絕美壯麗，我想今後應該有機會向各位描述，在此暫時略過。若能確實完工，不知會是多麼令人讚歎的偉業啊。人們一旦用心觀察，一定也可從沖之島現存的荒廢景色中想像得出。不幸的是，這巨型創作在即將竣工之前，因一件意料外的橫事戛然而止。

其後有著什麼緣由？除少數人知情外，無人清楚。因為打從動工後，一切都在祕密中進行，舉凡工程目的、性質及中斷理由，全都葬送在曖昧不明中。外人所知，只有工程中斷前後，菰田家的當家及夫人相繼離世，而不幸的是他們沒有子嗣，遺產如今全由親戚繼承。有關他們的死因也傳出種種說法，不過僅止謠言，淨是捕風捉影之詞，未引起有關當局的注意。小島後來依舊屬於菰田家，可惜工程任憑荒廢，亦無人造訪，遭到棄置，人造森林花園面目全非，一片蔓徑荒草；鋼筋水泥製的神奇大圓柱亦暴露風雨，不知不覺失去原形。菰田家耗費大筆資金將樹木石材等搬運至島，倘使轉載到都區賣掉，還得倒賠運費。因此雖是荒廢，一木一石都仍留在原位。事到如今，若諸君不避旅行之不便拜訪M縣的南端，穿越荒海，前往沖之島，肯定還能見到歎為觀止的人工風景遺跡。乍看是座極其宏偉的庭園，但一定有人從中領略出驚人計畫，或是藝術之美。同時，該名訪客無疑會受到充塞島上的怨念，或者說鬼氣，總之是種無以名狀的戰慄侵襲。

其實，島上有一段令人難以置信的故事。其中部分對於親近菰田家的人而言是公開的祕密，但其餘內容才最重要，只有兩、三個人知情，可說極盡曲折離奇。如果諸位相信我的記述，且願意聆聽這狀似荒誕無稽的故事到最後，我就來揭露這個祕密吧。

二

故事要從遠離M縣的東京說起。東京山手的學生街裡，坐落著一棟如同尋常宿舍般格格不入、人稱友愛館的公寓，其中最格格不入的一室，住著一名叫人見廣介的男子。這人不知是書生(註一)還是小混混，旁人實在難以想像他已三十好幾。沖之島的大工程動工前五、六年，他從某間私立大學畢業，之後沒有覓職，也沒有確實的收入來源，過著房東拿他沒轍、朋友為他傷腦筋的生活。最後他輾轉流落到友愛館，直到大工程動工前一年都住在此處。

他自稱畢業於哲學系，卻未曾修習過哲學課程，有時沉迷文學、耽溺於涉獵文學書籍。他有時赫然出現在相差十萬八千里的建築系教室熱中聽課，隨後一頭栽進社會學和經濟學，過一段時日又買油畫道具學起畫，個性極度見異思遷、三分鐘熱度，從頭到尾未真正專精習得任何科目。然而不可置信，他竟順利畢業。倘使他真學到什麼，也絕非學問的正道，而是偏頗的邪道奧祕。因此，即使畢業五、六年，他依然找不到工作，成天游手好閒。

不過人見廣介本身並沒有那種非得覓得正職、過著尋常生活的傳統想法。確切來說，他尚未受過社會洗禮，就已厭倦這個世界。這或許肇因於他天生孱弱多病的體質，也可能源自青年期以來的神經衰弱症，他什麼都不想做。人生種種在腦中想像便足夠，一切都「沒什麼大不了」，以至於他鎮日躺在骯髒的公寓一隅，不停地做著只屬於自己、任何實踐家都未曾體驗過的夢想。說穿了，他就是極端的夢想家。

那麼，他忽視世上的一切，究竟都在夢想些什麼？他是在精心設計自己的理想國、烏托邦。他從就學時期起，便耽溺在柏拉圖以來的數十種理想國故事、烏托邦物語（註二）。這些書的作者將他們不可能實現的夢想寄託於文字，公諸於世，聊以慰藉，而人見廣介想像他們的

註一 書生是寄住在同鄉學者或富人、政治家的家中，邊幫忙家事邊修習學問的學生。

註二 柏拉圖（Platon, 427-347 BC），古希臘哲學家，創設學院，作育英才。主要著作有《蘇格拉底的申辯》、《理想國》、《饗宴篇》等。艾蒂安．卡貝（Étienne Cabet, 1788-1856），法國初期共產主義者，其所著《伊加利亞旅行記》（Voyage en Icarie, 1840）描寫理想的共產主義社會，並從中可窺見托馬斯．莫爾（Thomas More）的烏托邦思想。威廉．莫里斯（William Morris, 1834-1896），英國工藝家、詩人、思想家，專精壁面裝飾、彩繪玻璃、家具、金屬工藝等各種室內裝潢，提倡裝飾藝術，成為工藝美術運動的原點。《烏有鄉的消息》（*News from Nowhere*），同時譯為《烏托邦消息》。這是一八九〇年發表的小說，情節為一名社會主義者在夢中體驗到實現於泰晤士河畔的未來共產主義社會。

心情，獲得共鳴，藉此慰己。這些著作中，他對政經上的理想國毫無興趣，唯一擄獲他的心的，是地上樂園、美之國、夢之國的理想世界。因此，比起卡貝的《伊加利亞旅行記》，他更欣賞莫里斯的《烏有鄉的消息》，比起莫里斯，他更深受愛倫．坡的〈阿恩海姆樂園〉（*The Domain of Arnheim*）吸引。

如同音樂家透過樂器、畫家透過畫布及顏料、詩人透過文學創造出種種藝術，他唯一的夢想是以大自然的山川草木為素材，以分秒不斷成長的生物——一石一木、一花一草，飛禽走獸甚至是爬蟲——為素材，創作出驚心動魄的偉大藝術。他不滿足於神明創造的大自然，欲依自己的個性自由改造、美化現有的大自然，以表現獨特的偉大藝術理想。換句話說，由他擔任神明，改造自然。

在他的想法裡，換個角度來看，藝術無非是人類對大自然的反抗，是人類不安於現狀，企圖將個人的性格加諸其上的欲望。例如，音樂家不滿足於自然界的風聲、波浪聲、鳥獸叫聲，因而努力創造屬於自己的音色；畫家的工作也不是單純將模特兒據實描繪，而是依他們的個性改變、美化；至於詩人，想當然耳，他們根本不是單純的事實報導者、記錄員。可是這些所謂的藝術家，為什麼要透過樂器、顏料、文字這些間接而無意義的迂迴手段，並滿足於此？為什麼不著眼於大自然本身？為什麼不直接將大自然當樂器、顏料、文字使用？這並非全然不可能，造園技術和建築技術等，事實上就是某種程度地運用自然本身，加以改變、美化，不是嗎？難道不能更藝術性、更大規模地實踐嗎？人見廣介不禁存疑。

因此，比起先前列舉的各種烏托邦故事及架空的文字遊戲，更實際的、其中看似某程度實現了與他相同理想的古代帝王——主要是暴君——的絢爛功績，更無數倍地吸引著他。例如埃及的金字塔、人面獅身像、希臘羅馬城廓式或宗教式的大都市、中國的萬里長城和阿房宮（註），日本則是飛鳥時代以降的佛教大建築、金閣寺、銀閣寺等，不光這些建築物，每當緬懷起心目中的英雄創造這些偉業時的烏托邦式心境，人見廣介內心總是澎湃不已。

「如吾幸獲萬貫財。」

這是某位烏托邦作者使用過的著作標題，人見廣介亦經常如此嘆息。

「假使我擁有揮霍不盡的財產該多好。首先，我要買下一片廣大土地，地點選在哪兒好？然後僱用上千、上百人，創造出我無時無刻不夢想的地上樂園、美的國度、夢之國。」

要創造理想國，第一步先是如此——人見廣介一旦幻想起來便永無止盡，總要在腦中完美創造出整個理想國才甘心。

註　秦始皇於西元前二一二年動工建設的豪華宮殿，於西元前二〇六年遭項羽焚燬。

回神一看，那不過是場白日夢、空中樓閣，現實的他不過是教人看了可憐，連當天的吃食都沒著落的一介窮書生。憑他的專才，即便耗費一生，窮極一切力量工作至死，可能連區區數萬圓的錢都存不到。

他畢竟只能「癡人說夢話」。終其一生，他不停沉醉在令人欣喜若狂的夢境之美，對照現實世界的他是多麼悲慘啊。他能做的，不過是躺在骯髒公寓裡四張半榻榻米大的房間，過著枯燥無味的每一天。

這樣的人多半選擇投身藝術，在藝術裡找到最基本的安息之處，然而出於莫名的不幸，儘管人見廣介愛好藝術；但除了最為現實的、剛才所描述的夢想外，恐怕任何藝術都無法引起他的興趣，而他也沒有那樣的天賦。

倘使他的夢想實現，那肯定是絕無僅有的創舉、大藝術。因此對於曾經徜徉在這種夢境的他而言，世上的任何事業、娛樂、甚至是藝術，會看起來如此毫無價值、微不足道，也就不難理解。

可是，即使是對一切事物都失去興趣的他，為了餬口仍多少得做些俗世的工作。他自學校畢業後，便承攬一些廉價翻譯，或創作一些兒童故事，偶爾撰寫成人小說，投稿到各家雜誌社以勉強維持生計。一開始因為他對文學多少還有點興趣，能夠以自古以來的烏托邦作者所寫的故事形式發表他的夢想，獲得些許慰藉。他一度十分熱中這種工作，可惜他的作品——翻譯另當別論，創作卻頗不受雜誌社青睞。那些創作充其量是以各種形式鉅細靡遺地描摹他心目中的烏有鄉，根本是自我滿足、無聊至極的作品，因此反應不佳也就不足為奇了。

他好不容易完成的得意之作，遭雜誌編輯打入冷宮的情形不止一、兩次，再加上他的性格貪婪，無法滿足於無謂的文字遊戲，以致小說創作一直未見出色成果。話雖如此，一旦棄筆，當天的吃食就沒著落，因此儘管滿心不願，他也繼續過著漫無天日的三流文士生活。

他寫著一張五十錢的稿子，餘暇時則畫起他的桃源鄉草圖，或坐落其中的建築物藍圖，畫了又撕，撕了又畫，懷著無限欽羨，在心中遙想著有一天能夠盡情實現夢想中的古代帝王功績。

三

這個故事要敘述的，正是當人見廣介過著了無生趣的日子時，某天發生的事。相當於先前所說的離島大工程動工前一年左右，人見廣介碰上一件幸運無比的事。不過這件事之怪誕離奇，實在無法單純以幸運兩字道盡，毋寧稱其為一樁駭人卻伴隨近似古老傳奇的蠱惑般事件。

他接獲此一吉報（？），不久便聯想到某事，嘗到恐怕無人感受過、難以透過言語形容的喜悅，而下一剎那，他又為自己邪惡的想法，感到一股連牙根都不禁打顫的戰慄。

帶來消息的是他大學時代的同窗，如今是一名報社記者。睽違許久的某日，對方來到廣介的公寓，聊天時偶然提到一事——當然完全是不經意地。

「這麼說來，你應該還不曉得，兩、三天前你哥死了呢。」

「什麼？」對方突如其來的發言，致使人見廣介禁不住如此反問。

「怎麼，你忘了嗎？就是你那有名的分身，雙胞胎的另一半，菰田源三郎啊。」

「噢，你說那個大富翁菰田嗎？這真教人吃驚。他究竟生了什麼病？」

「我收到通訊員傳來的稿子，好像是癲癇痼疾發作而死。一發作便一命嗚呼。他四十都還不到，真是可憐。」

接著，報社記者補充：

「不過我至今還是覺得相當不可思議。你和他怎麼長得這麼像？報導原稿也一併傳來菰田近期的照片，我們都畢業五、六年了，你們卻比學生時代更相似。若遮住照片上的鬍子，再戴上你那副眼鏡，簡直是一個模子打出來。」

就像各位讀者透過這段對話猜想到的，窮書生人見廣介與M縣首屈一指的富翁菰田源三郎是大學時代的同窗，且讓人驚訝的是，兩人從臉形到身材，連聲音都如出一轍，同學甚至為他們取了「雙胞胎」的綽號。因年齡差距，大家稱菰田源三郎為雙胞胎哥哥，人見廣介為雙胞胎弟弟，動輒拿這件事調侃兩人。即使開玩笑，兩人也不得不承認這個綽號的確名副其實。這類狀況世間常有，不過像這樣明明不是雙胞胎，卻猶如雙胞胎般神似的情形頗為罕見。尤其是想到這點竟導致日後人間少見的離奇事件，其因果之駭人，令人毛骨悚然。

兩人都不常出席課堂，見面機會不多，加上人見廣介患輕度近視，總戴著眼鏡，因此就算碰面，遠遠便能區別出來，所以沒引起太多趣聞。即便如此，在漫長的學生生活中，還是有過不止一、兩樁可供人茶餘飯後談笑的軼事。他們就是相似到這種地步。

如今所謂的雙胞胎另一半過世，這比聽到其他同窗的訃聞更令人見廣介震驚，不過由於兩人太過相像，對彷彿自己影子般的菰田，他反而感到嫌惡，以至於不到哀痛。不過，這消息還是有什麼打動了人見廣介。比起悲傷，那更接近駭然，比起駭然，又更是一種莫名詭譎、捉摸不透的預感。

但那感覺究竟是什麼？報社記者接著閒話家常許久，直到他離開後，人見廣介依舊無法釐清。獨處時，他反覆思索縈繞在腦中不散的菰田死訊，一記離譜的妄想宛如午後陣雨的烏雲罩頂，迅速而詭異地湧現。他倏地一臉蒼白，緊咬著牙，最後甚至劇烈顫抖地僵坐原處，凝思著那逐漸清晰顯現真實輪廓的想法。有時，他太過恐懼，必須奮力壓抑住那不斷浮上心頭的詭計，然而他不僅無法遏止，愈是壓抑，那些詭計的每一細節就益發像萬花筒般絢爛地綻放在他的幻想之中。

四

他會想到這前所未見的邪惡企圖，其中一個重大動機，是菰田生前居住的M縣沒有一般的火葬習俗。菰田家這種上流階級尤其避諱火葬，一定以土葬處理後事。這事人見廣介學生時期也聽菰田親口提起，印象十分深刻。另一個原因是菰田死於癲癇發作，進而挑起他另一個記憶。

不知是幸或不幸，人見廣介以前曾耽讀哈特曼、布許、肯普納等人有關死亡的著作（註一），特別是對於假死狀態的埋葬，具備相當豐富的知識。他十分了解癲癇引發死亡的不確定性，伴隨著極高的活埋風險。許多讀者都讀過愛倫・坡的短篇〈過早的埋葬〉（註二），應該非常明白假死狀態的埋葬多駭人。

「活生生地遭到埋葬，無疑是過去降臨在人類命運中的極端不幸（聖巴托洛繆大屠殺（註三）及其他歷史上令人戰慄的事件）裡，最令人恐懼的一種。而稍具知識的人都無法否定這極為頻繁地發生在世上。區別生與死的境界只是一道模糊的灰影。誰能界定生命終結於何時，死亡由何處起始？有些疾病會讓生命的外部運作完全休止，在這種情況下，休止狀態不過是中止。不可解的機制暫時性的停止罷了。一陣子過後（那可能是數小時，甚或數日、數十日），隱形的不可思議力量發揮作用，小齒輪、大齒輪又像魔法般重新啟動。」

然後，透過各種書籍揭示的實例，癲癇毫無疑問是經常出現這種情況的疾病之一。例如過去美國「防止活埋協會」（註四）宣傳書上所發表的，容易引發假死狀態的數種疾病之中，顯然

註一　弗蘭茲・哈特曼（Franz Hartmann, 1838-1912），澳洲醫生，神智主義者。為勃拉瓦茨基等人所組織的神智協會會員，勃拉瓦茨基死後，由他率領分裂的一派。此外，他亦與凱爾納等人在德國宣傳瑜伽。文中所謂他有關死亡的書籍即為《活生生的埋葬》（*Bruied Alive*）。尤金・布許（Eugene Bouchut, 1818-1891），法國小兒科醫師。曾任巴黎大學醫學院教授，為咽喉插管布許管的創始人，也是氣管切開術的推廣者。關於假死狀態的埋葬，布許發表「以聽診器觀察心跳聲，聽不見心跳兩分鐘以上，即為死亡，可以埋葬」而獲得法國科學學院馬尼獎　之後並將其成果集結成《關於死亡徵兆》（*Les Signes de la Mort*）。他的說法到了一八六〇至七〇年代廣受認可。弗里德里克・肯普納（Friederike Kempner, 1836-1904）為富裕的猶太地主女兒，研讀過許多有關假死的書籍，並深受影響，寫下一本主張遺體應安放二十天的小冊子《有關立法設立靈安室之必要性的陳情書》（*Denkschrift über die Notwendigkeit einer gesetzlichen Einführung von Leichenhäusern*），出版後成為暢銷書。

註二　原篇名為〈The Premature Burial〉，愛倫・坡發表於1844年的小說。以敘事者認為自己可能被活生生埋葬的強迫觀念為主題。後述的引用為基於谷崎精二（潤一郎之弟）譯文的改寫（並非忠實引用），收錄於《紅色死亡面具》（大正二年，泰平館書店），亂步的藏書中有大正9年言誠社書店再版的版本。

註三　一五七二年八月二十四日，聖巴托洛繆日，巴黎的天主教徒屠殺雨格諾派教徒約兩千人以上的事件。

註四　在醫學不發達的時代，有個協會為了防止意識昏迷被誤診為死亡，因而慘遭活埋，便提倡在棺木中置小鐘，使被埋葬者復生時可以拉響。據說這是亞歷山大・懷德於19世紀後半在美國所組織的協會，但實際活動內容幾乎無人知曉。反而是1896年亞瑟・羅威爾設立的倫敦防止活埋協會的活動較廣為人知。

就包括癲癇。不知為何，這些事他總是記得一清二楚。

他在閱讀多不勝數的假死埋葬案例時，震懾於一種異樣感。那種難以名狀的感覺，甚至讓人深感恐怖、戰慄這些詞句太過平凡。好比孕婦遭到活埋後在墓中復活，於漆黑中分娩，抱著哭泣的嬰兒悲慘地死去（或許她曾試著讓渾身是血的嬰兒含住自己無法分泌乳汁的乳頭），這些故事烙印般留存在他的記憶中。

可是，他為何如此清楚地記得癲癇是隱含著這種風險的疾病？人見廣介自身完全沒察覺，但人心實在可怕，不能說他在讀到這些書籍時，潛意識裡未思及與他長得維妙維肖、甚至被稱為雙胞胎的菰田——那個大富翁菰田，就有著癲癇的痼疾。如同先前所述，人見廣介天生是個幻想家，平素總沒完沒了地胡思亂想，即使並未清楚意識到，也不會毫無所覺。

萬一真是如此，或許數年前就在他心底深處悄悄播下種子，如今藉由菰田之死而確實萌芽。這點姑且不論，人見廣介那罕見的詭計在他感覺冷汗逐漸滲出全身、整夜正襟危坐地尋思中，原本只是像天方夜譚或癡人說夢的念頭，一點一滴地染上現實的色彩。最後他甚至認為這簡直是萬無一失、天經地義的計畫。

「這簡直太荒謬。就算我和那傢伙長得再怎麼像，這種荒誕不經……的確太荒誕不經。有史以來，曾有人興起這般荒唐的念頭嗎？我常在推理小說裡讀到雙胞胎的一方假扮成另一方，一人分飾兩角，但連這種情節，也是現實中不可能發生的事。更別提我此時盤算的邪惡企圖，根本是瘋狂的妄想。別淨想這些無聊事，繼續做那適合你的、一生都無法實現的烏托邦大夢吧。」

他數度試著說服自己擺脫那太過駭人的妄念，然而緊接著又忖度起來：

「可是仔細想想，這個易如反掌且沒有絲毫破綻的計畫，簡直千載難逢。即便得備嘗艱辛、經歷各種難關，萬一成功，不就能當下獲得你不斷夢想，也是長年唯一渴望的理想國資金了嗎？屆時將會多麼令人歡喜雀躍啊。反正我早已厭倦這世界，反正我這一生都不可能出人頭地，即使為此喪命，又有什麼好惋惜的？遑論這非但不會危及生命，甚至不用殺害任何人，更不是要犯下什麼荼毒人間的壞事，只是將我這個人的存在抹殺得一乾二淨，冒充為菰田源三郎。目的達成後，我要創造自古至今未曾有人挑戰過的自然改造、風景創作，製作出一件無與倫比的偉大藝術品。我要創造樂園，創造地上的天國。這有什麼好愧疚的？再說，對菰田家而言，誤以為是死去的主人復活，他們只會高興，沒有怨恨的道理。這看似邪惡之舉，但一一剖析後更會發現並非什麼壞事，反倒是善事一樁，不是嗎？」

人見廣介一再忖度，深覺自己的計畫不僅有條理，實踐起來可謂天衣無縫，甚至毫無違背良心之處。

而實行這個計畫最有利的條件，則是菰田源三郎的父母早已亡故，只留下年輕的妻子，其餘不過是幾名傭人。只是源三郎還有個嫁給東京某貴族的妹妹，且在源三郎的故鄉，像菰田家這樣一個世家望族，肯定有許多親戚朋友，但這些人肯定不知道有個與過世的源三郎長得一模一樣的人見廣介。就算曾聽聞這類風聲，也想不到兩人竟相像到這種地步，亦無從猜測到對方竟會偽裝成源三郎現身。再說，人見廣介天生就是個不折不扣的戲精。他唯一恐懼的，是熟知源三郎每一處癖性的妻子，即使如此，只要盡量避免夫婦獨處的時刻，應該不至於被輕易識破。何況死而復生的人就算容貌或個性稍有變化，一旦大家認定源三郎是因異常事故才有如此轉變，也不會覺得多匪夷所思。

漸漸地，他的想像逐次深入每一處小細節，愈是反覆思量瑣碎的問題，這場大格局的計畫實現的可能性也愈高。其餘的——這無疑是他計畫中最大的難關——就是該如何抹殺自己，並將菰田的復活演得煞有介事，及處理真正的菰田屍體。

既然能計畫如此大膽的惡行（不管他再怎麼為自己辯護），可見人見廣介天生就是個狡猾的人。於是在不停執拗地鑽研思考這件事中，連最棘手的部分都輕易找出解決的方法。他認為總算是萬無一失後，便從頭檢視起計畫中的每一道環節，確定毫無破綻。終於，決定是否付諸實行的時刻來臨了。

五

人見廣介感覺全身血液瞬間集中到腦袋，這麼一來，反而讓他忽視當下正在思考的計畫有多麼地喪心病狂，幾乎一整個晝夜，他想了又想、推敲又推敲，終於決定付諸實行。事後回想，他當時的心境宛如夢遊症。即使實際展開行動，心中也莫名空虛，狀況如此不尋常，他卻像悠閒遊山玩水似地，然而心中一隅又盤踞著「此時此刻，我其實是在做夢，夢的另一頭有真正的世界在等待」的意識，讓他持續沉浸在矛盾的心境裡。

如同先前所述，他的計畫分為兩個重要部分。第一，是將他自己——也就是人見廣介這個人，從這個世上毀滅。不過著手進行這一步前，須先趕到菰田家所在的T市，確定菰田是否真被土葬、他的墓地能否輕易潛入、菰田的年輕妻子是個什麼樣的人、僕傭們的個性又如何。調查後，若發現任何可能導致計畫受挫的危險再放棄都不晚，還有回頭的餘地。

當然，他得要避免以平常的樣貌現身T市。不管是遭人發現他就是人見廣介，或被誤認為菰田源三郎，對他的計畫都是致命傷。因此經過一番巧妙變裝，他踏上生平第一次的T市旅程。

他的變裝方法其實非常簡單，他丟掉過去戴的眼鏡，換上一副非常大但造型不醒目的墨鏡，然後以一邊的眼睛為中心，從眉毛到臉頰貼上一塊大紗布，嘴裡塞進棉花，貼上毫無特色的鬍子，刻意理成五分頭。雖然只動這點手腳，效果卻很驚人，出發途中，連在電車裡碰到朋友，對方也絲毫未察覺。人的臉當中最醒目、最能發揮個性的外觀，無疑就是雙眼。證據在於，以手掌遮住鼻子以上與鼻子以下，眼前所見即完全不同。前者可能讓人認錯，而後者輕易就會被認出。因此，他首先準備墨鏡遮住雙眼。墨鏡雖然會完全藏住眼神，卻也易於讓人留下可疑的印象。為了克服這個問題，他用紗布蓋住一邊眼睛，假裝眼疾患者，再大幅改變髮型，在服裝上下工夫，這樣就達到七成的變裝目的。慎重起見，他在嘴裡塞入棉花，改變下巴輪廓，並以假鬍子遮掩嘴巴的特徵。如果能稍微改變一下走路的姿勢，就九成九不是人見廣介了。人見廣介對於變裝一向有套主張，他相信利用假髮和透過化妝不但費事，反而更引人注目，根本不實用，藉由這些簡單的方法，即便是日本人，也能輕易變裝成功。

隔天他走進公寓的管理室，表明由於他有些計畫，必須暫時退租出外旅行，旅行的目的地不確定，算是一場漂泊之旅，不過他想先去伊豆半島南方，交代完便帶著簡單的行李出發。接著，他在途中買了必要的物品，在無人往來的路邊完成上述變裝，直接趕往東京車站。暫時寄放行李後，他買好往T市過兩、三站的車票，擠進三等車廂（註一）的人群裡。

抵達T市後，他總共花兩天——正確地說是整整一晝夜，以他獨特的方式機敏地四處走訪打聽，並成功達到目的。至於詳細探訪內容，由於太過瑣碎，這裡就略去不提，總之經過盤查，他更確信自己的計畫絕非異想天開。

從報社記者得到消息後的第三天，也就是菰田源三郎的喪禮舉行後第六天夜晚接近八點的時刻，他再次回到東京車站。他的計畫裡，最晚也得在源三郎死後十天內讓他復活，因此在僅餘的四天裡，他馬不停蹄行動。首先，他取回寄放的小行李，在車站廁所卸除變裝，恢復成原來的人見廣介，接著直接趕往靈岸島（註二）的汽船乘船處。前往伊豆的船隻於晚間九點出航，他預定搭乘這班船，暫且到伊豆半島南方。

當他趕到候船處時，船上已噹噹響起催促登船的鐘聲。人見廣介買了目的地為下田港的二等船票，拎著行李跑過黑暗中的碼頭，走過牢固的木板橋，才踏入船艙，出港的汽笛使「嗚……」地鳴起。

註一　雖然距離作品初刊時有些年代了，不過昭和十三年（1938）時，東京至津間的車程為九小時半，三等車廂的車資為五圓六錢。

註二　以日本橋川和龜島川包圍的島為起源的地區。江戶時期至昭和六年，以靈岸島町為町名，昭和六至四十六年間，則以靈岸島為町名。最初隸屬於京橋區，昭和二十二年屬於中央區，四十六年成為現行的新川一—二丁目。

六

對人見廣介而言相當僥倖，位於船尾約十張榻榻米大的二等艙裡，僅兩名先到的中年男乘客。兩人貌似鄉下佬，身穿毛織衣和毛織外套，長相很是粗獷，皮膚晒得黝黑，看起來分外遲鈍。

人見廣介默默進入船艙，遠遠避開先到的乘客坐到角落，以一副準備小睡的模樣躺在船室中預備好的毯子上。可是他並未睡著，而是背著身子，專注地留意兩名男子的動靜。隆隆隆咚、隆隆隆咚，驚擾神經的引擎震動傳遍全身，鐵網罩著電燈，昏暗的光線將他躺下的影子長長地投射在毯子上。後方，兩名似乎彼此認識的男子依舊坐著低聲交談，話聲混合著引擎聲響，化成一種讓人昏昏欲睡的倦怠旋律。不僅如此，海面平靜，浪濤聲也低沉，幾乎感覺不到船身晃動，這樣靜靜躺著不動，兩、三天以來的興奮終於徐徐和緩，一股難以名狀的不安倏地湧進空虛的心裡。

「現下還不遲，你最好趁早死心。在事情變得無可挽回之前，快點清醒吧。你真打算放手一搏實現那瘋子般的妄想嗎？不是開玩笑的吧？你的精神狀態穩定嗎？會不會其實早出毛病了？」

隨著時間過去，他的不安益發強烈。但是，他怎麼能抵抗這無可比擬的魅力？對於這不安的情緒，內心另一道聲音兀自說服起來。究竟為什麼不安？哪裡有任何疏失？計畫安排就緒，事到如今怎能放棄？他腦中接連浮現計畫的每一處微小細節，且無論哪個環節，都沒有出差錯的可能。

他忽地回神，兩名客人的話聲不覺間停了，相反地，兩種調子不同的鼾聲自船艙另一頭響起。他翻過身，微微睜眼窺看，男人們毫無防備地呈大字型姿勢邋遢熟睡。

他感覺有人性急地催促自己把握時間馬上動手，時機已到的想法立時將腦中雜念一掃而空。他彷彿接受命令似地，沒有絲毫躊躇，當下打開枕邊的行李，從底下取出一塊和服材質的破布。那是塊撕成不規則形狀，約五、六寸（註）大小的老舊木棉碎白花布。他抓起布，關好行李，悄悄溜出甲板。

時間過十一點。上半夜偶爾會到船室來的服務生及船員，不知是否返回各自的寢室，周圍連個人影也沒有。前方高上一段的甲板，應該有舵手徹夜監視，但從人見廣介所站的位置見不

註　日制一寸約三．〇三公分。

到。他靠往船舷一瞧，水花飛濺，波浪起伏，夜光蟲的燐光在船尾拉出長帶；抬眼一望，則有迫近眉睫的三浦半島巨大黑影、明滅的漁村燈火、及空中無數的星塵伴隨著船隻前進，緩緩地旋轉著，以及聽見沉重的引擎聲響，和撞擊船舷的波浪聲。

看來，他的計畫根本不必擔心露出破綻。幸好時值春末，大海平靜得猶如沉睡。由於航線，陸影徐徐逼近船隻。接下來僅需等待船隻來到與陸地最為接近的預定地點（他曾數次搭乘這班船，非常了解其所在位置）。然後，偷偷地游過短短數町（註）的海面就行了。

首先，他在黑暗中四處檢視船舷，在欄杆外找到一個釘子突出之處，將碎白花布緊緊勾在其上以防被風吹走，接著躲到帆布後面，再脫掉全身上下唯一穿的、與剛才破布同樣花色的舊和服緊緊包好，避免袖袋裡的錢包和變裝道具掉落，並用腰帶牢牢綁在背上。

「這下子就沒問題了，稍微忍耐一會兒寒冷就好。」

他從帆布後面爬出來，再次四下掃視，確定四周完全沒人、安全無虞，便像隻巨大壁虎般從甲板爬上船舷，靈巧地翻過欄杆。他事先設想過許多次，必須不出聲地攀著東西跳進海裡，同時留意不要被螺旋槳捲入。為順利完成這兩道步驟，在船隻行經海峽，因轉彎而放慢速度時，便是最適當的時機。而且，這個時點也最接近陸地。他攀著船舷上的某根繩索準備隨時跳入海中，迫不及待地等著船隻變換方向的時刻。

令人意想不到，儘管情況如此緊迫，他的心卻靜如止水。只不過是從行駛中的船隻跳入海中，再游到對岸，並不是什麼犯罪行為，何況距離並不遠，他對自己的泳技充滿自信，很清楚這並不是多危險的舉動。話雖如此，這依舊是他駭人陰謀的步驟之一，以他的性格來看，不應該完全未感不安才對。然而，此刻他竟這般冷靜沉著地行動，實在太出乎意料。事後他回想起實行計畫以來，一天比一天更膽大妄為的自己時，才驚覺自己的情緒變化之劇烈，當時攀附在船舷上的平靜心情，或許正是轉變的伊始。

不久，船隻接近他的目標位置，船舵的鎖聲喀噠噠響起，即將轉換方向，同時速度也逐漸減緩。

「就是現在！」放開繩索時，他的心臟也禁不住猛地一跳。鬆手的那刻，他使盡渾身力氣踢開船舷，放平身子，盡可能遠遠地滑入水面般，無聲無息地滑進海中。

「啪」地一道水聲後，他隨即感受到渾身一顫的冰涼、四面八方迫近的海水壓力，還有無論怎麼掙扎身體仍逕自浮上海面的焦躁。然而在這當中，他從未忘記拚命划水、踢水，竭力讓自己遠離螺旋槳。

註　一町約一〇九公尺。

自己怎麼可能成功游離船舷的漩渦？雖然當時風平浪靜，但又怎麼能夠忍受待在那遠離海岸邊數町之遠、教人全身麻痺的冰水裡？即使事後回想，他仍然無法理解那連自己都感到驚訝的生命力。

這一夜，他幸運達成計畫的第一步，渾身疲倦至極地癱在不知是何處的漁村漆黑岸邊，在原地靜靜等待天明。而就在接近天明之際，他穿上尚未乾透的衣服，再加以變裝，趁著村人還沒有醒來的時刻，朝著應是橫須賀的方向走去。

七

昨夜還是人見廣介的男子，在大船轉乘站的廉價旅館住一天。翌日午後，他搭上恰好在入夜時分抵達T市的火車，依舊維持變裝模樣，成了三等車廂的乘客。我想各位已注意到，他這樣無所事事地虛耗寶貴的一天，無非是在等待登載他自殺消息的報紙出刊，以確定這齣自殺戲碼是否順利成功。既然他此刻正前往T市，表示報紙內容完全如他所願。報導的標題是「小說家自殺」（託死亡之福，他終於獲得小說家的頭銜），即使篇幅很小，但每份報紙皆如實刊登他自殺的消息。在內容較為詳盡的報導中，更明確指出他遺留的行李中有冊雜記本，署名正是人見廣介，還寫有厭世的辭世文句。可能是船舷的釘子上留有疑似他衣物的碎白花布，推測是投海自殺時所勾破，並由此查出死者的身分及自殺動機。換句話說，他的計畫徹頭徹尾地成功了。

值得慶幸，他沒有親人會為他的假自殺哭泣。當然，他故鄉有個早成家立業的哥哥（求學時代，他的學費皆由這位兄長資助，但最近他已是遭到兄長見棄的窘境），也有兩、三名親戚，這些人若接到他不幸的死訊，或許多少會感到惋惜，為他悲嘆，但這點程度的內疚，他有心理準備，所以並未感到特別慚愧。

最重要的是，他在抹殺掉自己之後，出於一種無法言喻的感覺而茫然若有所失。他在國家的戶籍無一席之地，在遼闊的世上舉目無親，連名字都失去，成為名副其實的異邦人。一想到自己的處境，坐在前後左右的乘客、窗外的沿路景色、每棵樹木、每戶人家，看起來都異於過往，猶如身處異世界。這樣的情況一方面令他覺得很是清爽，宛若初生，另一方面又讓他覺得孤苦伶仃，且這個孤單的男子接下來還必須實踐超出他能力的偉大事業。難以名狀的寂寞，致使他差點無法克制地流下淚水。

但在現實，火車全然不理會他的感懷，一站接一站不住奔馳，過一陣子後，便在夜裡抵達目的地T市。過去的人見廣介一出車站，旋即趕往菰田家的菩提寺（註一）。幸好寺院建在市郊的原野，九點過後即杳無人跡，只要留心寺方人員，完全不必擔心被人發現他的行動。加上附近零星坐落著一些傳統農家，夜不閉戶，更是便於他從農家倉庫偷來鐵鍬。

鑽過沿著阡陌稀疏生長的籬笆，就是他要尋找的墓地了。這天雖然是個沒有月光的黑夜，但繁星明亮，加上事前他勘察過，此時要找出菰田源三郎的新墓根本輕而易舉。他穿過石塔（註二）之間，接近本堂，從關上的雨戶（註三）縫隙窺看裡面。本堂內悄然無聲，這裡地處偏僻，寺院的人又得早起，此時皆已入睡。

確定一切安全無虞，他折回原來的阡陌，在附近的農家周圍翻找，輕易取得一把鐵鍬，接著轉身回到源三郎的墓地。由於所有行動都須像貓一樣躡手躡腳，並隱身在黑暗中進行，所以耗費非常久的時間。順利來到墓地時，已接近十一點。而這正是適合執行計畫的時刻。

接下來，他終於要在伸手不見五指的墓地中揮舞鐵鍬，展開驚心動魄的掘墓工程。要挖開新墳並不費工夫，但一想到埋藏底下的物體，就算這幾天以來歷經大風大浪，為貪婪而瘋狂的他，仍不由得因難以言喻的驚恐戰慄不已。只是他根本無暇思考，才揮動鐵鍬一次，就看到棺蓋了。

事到如今沒有猶豫餘地了。他鼓起勇氣，撥開在黑暗中依舊泛著白光的白木板上泥土，將鐵鍬前端插進板子之間，一個用力，「嘰嘰……」一陣直鑽骨髓的聲音響起，蓋子輕而易舉地打開。這一瞬間，四周的泥土崩塌，沙沙地落進棺底，連這感覺都像是某種生物在作怪似地，嚇得他差點魂飛魄散。蓋子打開之際，一股無以名狀的惡臭猛地衝進他的鼻腔。死後過七、八天，源三郎的屍體勢必早開始腐爛。還沒見到屍體，他先被那股惡臭擊退了。

他並不特別害怕墳墓這類地方，在挖開墓地前也還能滿不在乎地依計畫行事，但是一拿下棺蓋，面對可說是另一個他的菰田屍骸時，他才感覺到一種詭異且鬼影幢幢般的不明物體自靈魂深處緩緩爬上，迫使他驚懼得幾乎放聲尖叫、拔腿就逃。那是更異樣且絕非遇見幽靈的恐怖，若以言語形容話，就是現實且無法道盡的恐懼，比單獨在黑暗的大空間裡，藉燭光看到鏡中自己時的那種驚駭再深沉數倍。

沉默的星空下，石塔彷彿幽幽站立的無數人影，漆黑的洞穴在其中張開大口。他覺得這就像詭譎的地獄繪卷，此刻自己化身為畫中的人物。躺在洞穴底部，乍看無法看清的黑暗中死人不是別人，正是他自己。認不明白死人的臉，更加深了他的恐懼。洞穴底部是朦朧泛白的經帷

註一　一個家族信仰皈依的寺院，原則上，家族代代的墓地皆設立於此。

註二　以石材堆砌而成的塔，做為個人墓標之用。

註三　日式建築中一種用以防風雨、防盜竊的外層套窗。

子（註），從中伸出的死人頭顱融入黑暗。因此，再怎麼戰慄的想像都可能湧現腦海。或許極其偶然地，他竟一語成讖，菰田尚未真正死去，在他挖開墳墓的當下逐漸甦醒——眼前的他甚至興起如此荒謬的妄想。

他努力壓抑體內湧現的戰慄，懷著一顆早已空噬的心趴到洞穴邊緣，伸出雙手，毅然決然地探進底部摸索屍體。一開始似乎摸到剃了髮的頭部，感覺到一片扎手的細毛。他輕輕一按，竟異樣軟爛，彷彿用力一壓，皮膚就會立刻破裂。那種噁心的觸感嚇得他迅速縮手，待心跳平息，再次伸出手，這次似乎摸到死人的嘴巴。他感覺得到堅硬的齒列，咬在齒間的應該是棉花，雖然柔軟，但觸感與即將腐爛的皮膚不同。就此他膽子壯了些，繼續撫著嘴巴周圍，神奇的是，他發覺菰田的嘴巴比生前大將近十倍。嘴唇左右宛如般若鬼女面具，咧至臼齒完全裸露，上下撐開連牙齦都撫摸得到。這絕不是黑暗造成的錯覺。

這一剎那的感受又讓他打從心底驚恐不已。他並非害怕死人可能咬住手，而是死人在肺臟停止運作後依然想要呼吸，嘴邊肌肉極度收縮，迫使雙唇大大地咧開到活人無法達到的程度，這種垂死掙扎的懾人情景不斷地在他眼前閃爍。

光是此刻短暫的體驗，便足以讓過去的人見廣介筋疲力盡。想到接下來還要將這具爛糊糊的屍體搬出洞穴，且為了處理它，須完成另一項更令人瞠目結舌的大工程，他不禁再次痛恨起自己的計畫竟如此有勇無謀。

八

縱然是被億萬財富沖昏頭，但過去的人見廣介承受得住這些衝擊，恐怕是因為他與所有罪犯一樣，屬於一種精神病患，大腦某部分出了問題，致使神經對某些情況、某些事物感到麻痺。犯罪的恐懼超過一定程度的極限後，就像是塞進耳塞，聽不見所有聲音，意即良心聾了；反之，邪惡的智慧像把磨利的剃刀，變得異常敏銳，不像是人，更像是精密的機器人，再細微的部分都不會遺漏，能心如止水般冷靜沉著，隨心所欲地行動。

在觸摸到菰田源三郎半腐爛屍體的剎那，戰慄達到極限，然而那種冷感狀態又正好席捲了他。他毫不猶疑，以機器人般的冷酷無情，以及沒有一絲疏漏的無比精準，接連將計畫付諸實行。

菰田的屍體無論怎麼撈，依然不斷地自指縫間淌落，他懷著雜貨店老太婆撈起水中涼粉般

註　佛教中讓死者穿著的淨衣，亦稱經衣。

的心情，竭盡所能小心翼翼地不破壞屍體的完整性，最後總算把近於液態的屍體搬出墓穴。未料，當他完成這項任務時，屍體的薄皮竟像水母製的手套般，緊緊貼附在他的雙掌上，怎麼揮、怎麼甩，就是難以去除。要是平常的廣介，單這種程度的恐怖便足以嚇得他拋下一切逃之夭夭，然而眼前的他並未激烈反應，繼續著手下一階段的行動。

之後，他須消滅菰田的屍體。將廣介自身從世上消滅比較容易，但要將一個人的屍體收拾到絕對不會被人發現的程度，無疑是困難重重的任務。舉凡是拋入水底、埋進土裡，都可能基於某些原因浮起或被挖出來，萬一源三郎有一根骨頭遭人發現，不僅所有計畫都將淪為泡影，他更會揹上難以承受的罪名。因此第一個晚上起，處理屍體一直是最教他煩惱的環節，也讓他反覆苦思良久。

最後他想到一個解決的方法，處理難關的關鍵總在伸手可及之處。菰田旁邊的墓地應該安葬著菰田家的祖先遺骨，他決定挖開，讓菰田的屍體與之一起埋葬。菰田家或許永遠都不會有挖祖墳的不孝子，即使出現必須遷移墓地的情況，屆時的廣介應該也已實現夢想，在無上的滿足中安然辭世。就算不如預期，在一個墓中發現兩人的零散骨頭，也沒有人會知道這兩具遺骨是幾代以前葬下的何人，又有誰能將遺骨之謎與廣介的詭計聯想在一起？他如此相信。

挖掘隔壁的墳墓時，由於泥土很硬，人見廣介著實耗費一番工夫，不過在他汗水淋漓、努力翻掘後，總算挖到疑似骨頭的物體。棺材當然早腐化不留蹤跡，只有又小又硬的零散白骨在星光下微微反射出幽光。到這種地步，遺骸已不會散發任何臭味，完全失去生物骨頭的感覺，反而讓人覺得這是某種潔淨的純白礦物。

人見廣介站在挖開的兩座墳墓及一個人的腐肉前，在黑暗中停頓好半晌，這麼做是為了集中精神，強迫自己的思考更為縝密。不能有絲毫疏失，再微小的疏漏都不能有。他試圖讓腦袋變成一團火球，仔細掃視黑暗中的朦朧物體。

一會過後，他無動於衷地從源三郎的屍體上剝下白色經帷子，扯下三枚戒指。接著，他用經帷子包住戒指，揣進懷裡，而後極其不耐地手腳並用，將腳邊光裸的肉塊推落至新挖開的墓穴裡。隨後，他趴下滴水不漏地摸索每寸地面，確定沒有留下任何證據，再度拿起鐵鍬，將墓穴填回原狀，重新立起墓碑，把事先挪開的野草及苔蘚密密填回新土上。

「這樣就大功告成了。雖然令人同情，但菰田源三郎成為我的替身，永遠從世上消失。這裡的我，此刻起便是真正的菰田源三郎。人見廣介已不存在任何角落。」

過去的人見廣介昂然仰望星空。在他眼裡，這片黑暗的圓形天頂及銀粉般的星塵就像玩具般精巧可愛，恍若輕聲祝福他的未來。

一座墳墓被挖開，裡面的屍體不見了。這樣的事實，就足以讓人們大驚失色。又有誰料想得到，竟有人操弄這機敏、大膽的計謀，將旁邊的另一座墳墓也挖開？何況身穿經帷子的菰田源三郎將現身在六神無主的人們面前，大家的注意力將立刻自墳墓移開，集中在他不可思議的復活上，接下來就靠他的演技了。對於這場戲，他有十足的把握。

不久，天色逐漸泛藍，星塵的光芒徐徐淡去，雞鳴四起。他必須在這幽明之中，盡快將菰田的墳墓安排得宛若死人復生、破棺而出一般，而後避免留下腳印地鑽出籬笆縫隙，來到墓地外的阡陌，收拾鐵鍬，以未褪去的變裝之姿趕往城鎮。

九

一個小時過後，他偽裝成自墓地復活，步履蹣跚地想回家，卻走不到三分之一便氣力盡失，於是穿著經帷子，渾身泥濘地倒臥某座森林茂密處。此時他正好一整晚不吃不喝地做著苦工，顏面顯現出適度的憔悴，致使他的演技更為逼真。

在最初的計畫裡，他預想安頓好屍體後，立刻換上經帷子，走到寺院的庫裏（註），虛弱地敲打屋外的雨戶，不過親眼目睹屍體後，他發現或許是當地的習慣吧，屍體的頭髮和鬍子都經過傳統的剃髮儀式，剃得一乾二淨，因此他有必要將自己的頭髮一併剃光。於是他趕緊在城郊的鄉下商家找到一家五金行，買了一把剃刀，躲在森林裡費勁地剃髮。當時他尚未褪去那毫無破綻的變裝，就算走進理髮店，應該也不至於受到懷疑，但一大清早，營業時間一向較晚的理髮店還沒開始做生意，為預防萬一，他決定買剃刀自行理髮。

剃光頭髮後，他隨即換上經帷子，戴上從死人手上拔下的戒指，將脫下的衣物在森林深處的窪地燒毀，收拾完灰燼時，太陽已高升，森林外的街道亦不時有人經過，事到如今他已無法安然離開隱身處，返回寺院。逼不得已，他只好躺在一個難以被察覺、但距離街道不甚遙遠的草叢後假裝昏倒。

街道旁是一條小河，密生著枝椏幾乎浸水、葉片細小的灌木，從那兒過去即是森林，稀疏地生長著高大的松樹及杉樹等。他留意不要被路上的行人發覺，盡力將身體緊貼在灌木後面，屏息躺下。然後從灌木的隙縫間觀察著走過街道的農民腳踝，隨著心情平靜下來，他再次陷入矛盾的情緒裡。

「這樣就完全照計畫進行了，接下來只要耐心等著被人發現。不過真的只要這樣就可以嗎？只是游過大海、挖掘墳墓、剃光頭髮，那些萬貫家產便屬於我嗎？會不會太容易了點？莫

註　日本寺院中住持與家人的居所。

非我其實做了件愚蠢至極的糗事？難道世人老早就識破這一切，只是為了好玩，故意裝作不知情？」

先前在驚心動魄的氛圍下完全麻痺的常人神經漸次恢復，胸口的不安在一群農家孩子發現他異於平常的經帷子打扮而喧鬧起來之際，變得更是劇烈。

「喂，你們看，有東西躺在那裡！」四、五個孩子正要走進他們的森林遊樂場，其中一人赫然發現他白色的身影，驚嚇地倒退一步，悄悄地對其他孩子耳語。

「那是什麼？瘋子嗎？」

「是死人，是死人！」

「到旁邊看看。」

「去瞧瞧！」

幾個約莫十歲、穿著花紋磨到幾乎不見、髒得黑亮、衣袖過短的手織衣褲的頑童，嘴裡彼此呢喃著，戰戰兢兢地朝他靠近。

當這些農家孩子吸著鼻涕，有如在看什麼珍奇展示物似地靠近時，人見廣介想像起這副滑稽至極的光景，更是備感不安且氣憤。「這下我真成了個小丑。沒想到第一發現者竟是農家的小鬼。等會兒我將淪為他們的玩物，吃足奇恥大辱，就此完蛋嗎？」這一刻他幾乎陷入無法自拔的絕望裡。

可悲的是，他總不能站起來斥罵孩子，無論對方是誰，他都只能佯裝成昏過去的模樣。因此，即使孩子們愈來愈大膽，最後甚至觸摸起他的身體，他也只能拚命忍耐。由於這景象太過荒謬，他甚至想毀掉一切，倏然起身哈哈大笑。

「喂，去跟阿爸說！」不久，一個孩子喘氣低語，其他孩子亦異口同聲地附和：「就這麼辦，就這麼辦！」

緊接著他們啪嗟啪嗟地跑出草叢，去向各自的父母報告發現一個倒在地上的奇怪路人。很快地，街道傳出吵嘈人聲，幾名農夫跑來，嘴裡嚷嚷幾句，抱著他照護起來。聽到消息，人群逐漸聚攏，像座黑山般圍繞在他身邊，騷動愈來愈大。

「啊，這不是菰田家的老爺嗎？」不一會兒，他聽見其中有個似乎認識源三郎的人大喊。

「沒錯，沒錯。」兩、三道聲音跟著應和。眾人中有人已察覺菰田家墓地發生異事，「菰田家的老爺從墳裡復活」當下成為一樁大奇聞，在鄉下人間口耳相傳開來。

提到菰田家，在T市一帶——不，在整個M縣，也是當地引以為傲的全縣第一大資產家。而菰田家的當家一度被埋葬，十天後破棺復活，對他們來說，無疑是震驚人心的一大奇談。有人趕往T市的菰田家報訊，有人跑到寺院，也有人去叫醫生，農事等全拋到腦後，所有村人都動員起來了。

過去的人見廣介總算見識到其計畫引發的騷動。看這情況，他的計畫似乎未必會以一場白日夢告終。終於到了他使出精湛演技的時刻，在眾目睽睽下，他一副剛轉醒的模樣，先是睜開眼睛，接著以糊裡糊塗的迷惘神情，茫茫然地環顧周遭人們。

「啊，老爺，您醒了嗎？」

抱著他的男子猛地將嘴巴湊近他的耳邊，大聲吼道。同時，無數的臉紛紛湧向他的上方，形成一堵牆壁，農民們的口臭霎時撲鼻。這些閃閃發光的無數眼睛，每一隻都充滿著木訥與誠實，沒有一絲懷疑他真面目的神色。

然而，不管對方如何反應，廣介都沒改變他預先決定的演出順序，除了默默望著眾人外毫無表情，更不發一語。確實掌握一切前，他須裝作意識朦朧，避免交談時可能引起的質疑。

接下來，他被送往菰田家內房的過程實在太冗長，略去不細述，不過城裡菰田家的總管及傭人、醫生等人搭乘汽車趕來，菩提寺的和尚及寺男（註）、警局局長及兩、三名警官，還有其他接獲急報的菰田家相關人士，宛若奔向火災現場似地陸續奔來這座城郊的森林，附近一帶混亂的景況猶如戰場，光從這副情景即可察覺出菰田家的名望與聲勢多麼浩大。

他在這些人的簇擁下，被帶往現今成為自家的菰田邸，及至躺上主臥室裡未曾見識過的豪華床鋪，他都堅守最初的計畫，像個啞巴似地三緘其口，一聲不吭地堅持到最後。

十

往後一個星期，他執拗地保持沉默。這段期間，他在床上不時豎起耳朵，睜大眼睛，藉以理解菰田家的一切規矩、人們的性格、邸內的氣氛，並努力讓自己融入其中。表面上看來，他雖是意識模糊、半死不活的病人，但就在他一動也不動地躺在床上時，只有腦袋——較不尋常的比喻——就像以五十哩高速疾馳的汽車司機般，機敏、迅速、準確，噴發出火花似地行駛著。

醫師的診斷大致符合他的預期。對方是菰田家的家庭醫師，在T市也是數一數二的名醫，卻想以強直性昏厥（註二）這曖昧的術語解釋這場匪夷所思的復活。醫師舉出各種實例，說明死亡診斷有多困難，辯明他的死亡診斷絕不是粗糙草率。

醫師自眼鏡底下環顧圍繞在廣介枕邊的眾多親戚，使用著艱澀的專有名詞，滔滔不絕地說

註一　寺院裡的雜役。

註二　強直性昏厥（catalepsy），四肢在不同的位置僵直，對刺激毫無反應，脈搏及呼吸變得緩慢，皮膚變蒼白的狀態。

明癲癇與強直性昏厥之間的關係，以及它和假死狀態的關係。家屬們聽了他的說明之後，雖然不甚了解，但似乎已感寬慰。本人都復活了，即使醫生的說明有不足之處，他們也沒有理由抱怨。

醫師以夾雜著不安與好奇的表情，再次仔細檢查廣介的身體，隨即面露恍然大悟的神情，其實這完全落入廣介的圈套。碰到這種情況，醫師大多只會介意自己的誤診，滿腦子想著為自己的錯誤圓場，儘管注意到病患的身體有一些變化，也無餘力深思。況且就算他有餘力懷疑廣介，又怎麼會浮現他其實是源三郎的替身這種荒謬的想法？都發生一度死亡的人復活的異事了，縱使復生者的身體出現某些變化，也沒什麼好驚訝的。即便是專家，心生這種想法也不足為奇。

死因原本是癲癇發作（醫師稱之為強直性昏厥），內臟並沒有什麼異常狀況，若出現衰弱的現象，也在意料中，飲食只須注意補充營養即可。因此廣介的裝病，只要假裝精神委靡、閉口不語，此外未感絲毫痛苦，甚是輕鬆。儘管如此，家人仍無微不至地照顧他，醫師每天都來巡視兩次，兩名護士與女傭在枕邊形影不離，姓角田的老總管及親戚亦不停前來探望。這些人全壓低話聲、輕手輕腳地，表現得十分憂慮，但看在廣介眼裡，只覺得愚蠢又滑稽。他不由得感到遺憾，過去想像中極為嚴肅的社會，根本無聊透頂，跟小孩子扮家家酒沒什麼兩樣。眼前只有自己高高在上，其他菰田家成員都像螻蟻般渺小毫無價值。「怎麼，竟是這樣啊？」那毋寧是一種接近失望的情緒。藉由這次體驗，他覺得已能夠體會古來的英雄及頭號罪犯那種自命不凡的心情。

在這當中，唯獨一人令他有些膽怯，或說不知該如何應付，其存在隱隱令他感到不安。那不是別人，正是他的妻子，正確地說是亡故的菰田源三郎遺孀。她叫千代子，還只是個二十二歲的年輕女性，但是出於種種理由，他不得不對這名女子心懷畏懼。

廣介先前來過T市，曉得菰田夫人十分年輕美麗，而隨著每天見面、觀察，漸漸發現她屬於一般形容為「近看更勝遠觀型」的女性，愈看愈是魅力無窮。當然，她照護得最是用心，那種體貼入微的看顧，讓人完全感受得到她與逝世的源三郎之間有著多麼深切的愛情。正因如此，廣介的情緒更是異樣忐忑。「千萬不能對這個女人鬆懈，她必定是我計畫中的最大阻礙。」他無時無刻不咬緊牙關，如此告誡自己。

經過好長一段時間，廣介依然忘不掉以源三郎身分與她初見時的情景。汽車載著身穿經帷子的他抵達菰田家門口時，千代子大概是遭人制止，並未前往大門外迎接，這過度離奇的怪事令她失魂，牙齒不住打顫，在大門內漫長的石子路上，她與同樣臉色蒼白的眾多女傭無助顫抖地來回走動。一看到汽車裡的廣介，她不知為何瞬間露出驚愕的表情（瞥見這一幕，廣介當下多麼膽寒啊），隨即轉為孩子般的哭臉，在汽車駛向玄關的途中，舉止不妥地攀附在車窗上，硬是被拖拉著似地奔跑。

而後她等不及廣介抬進玄關，倏地重重趴伏上去，不肯離去，直到一旁的親戚按捺不住，才強行將她拉開，她立刻動也不動地號啕不止。這段期間，廣介必須裝出茫茫然的表情，直盯著她那張逼近眼前、連每一根睫毛都數得出來的臉龐。她的睫毛飽含淚水，白皙得像顆未熟透的桃子、布滿白汗毛的光滑面頰上淚痕交錯，淡粉紅色的柔嫩嘴唇微笑般歪曲。不僅如此，她裸露的手臂還繞上他的肩膀，起伏的胸脯丘陵溫暖著他的胸腔，獨特的淡淡芳香撩過他的鼻子。當時那無法言喻的心境，他永生難以忘懷。

十一

沒想到，廣介對千代子無以名狀的恐懼竟是與日俱增。

臥床不起的一星期之間，他碰上好幾次驚險時刻，例如那件發生在某天半夜的事。當時廣介遭駭人的噩夢侵襲而猝然驚醒，豈料原本睡在鄰房的噩夢源頭，竟不知何時悄然來到他的房間，並將她一頭漆黑的亂髮伏在他胸前，內斂地低聲啜泣著。

「千代子，千代子，沒什麼好擔心的，我就像妳看到的，身心皆安然無恙，完全是過去的源三郎啊。喏，快別哭了，露出妳往常的可愛笑容吧。」

他好不容易噓回差點脫口而出的話，佯裝渾然不覺，繼續假寐。這令人提心弔膽的突發狀況，連廣介都預料不到。

姑且不論對千代子的懼怕，他依照預設的藍本，在第四、五天的時候，以精湛的演技，一字一句地說起話來，極其自然地演出因興奮而暫時麻痺的神經徐徐復原的模樣。他採取的應對方式是，裝出總算回想起這幾天在床上的見聞及類推得出的事實，沒把握的部分就刻意不觸碰，一旦對方提起，便繃起臉，裝出怎麼都想不起來的表情。讓這場演出顯得自然，他費盡心思地沉默好幾天，果然奏效，此時就算突然忘掉應該知曉的事，或所說的話牛頭不對馬嘴，周圍的人也絲毫不懷疑，反而憐憫起他承受的不幸。

於是，他佯裝無知好一陣子，藉由錯誤臆測獲取正確資訊的方法，轉眼間看透菰田家裡外的所有情形。此時，醫師亦保證他的身體狀況無虞，所以在他來到菰田家剛屆滿半個月的時候，眾人為他舉行一場盛大的康復慶祝會。在那場酒宴上，他與雲集的親屬、隸屬於菰田家各項事業的主要負責人、總管及資深傭人親切交談，並從中獲得大量資訊。而就是在那場慶祝會的隔天，他下定決心朝實現理想之路邁出最重要的一步。

「我的身體好像完全康復了。我有些想法，想趁這個機會把名下各項事業、田地、漁場等巡視一次，好讓模糊的記憶變得更清晰，然後再對菰田家的財政進行更有組織的規畫。你先幫我安排一下吧。」他一早找來總管角田，表達他的意向，隔天便帶著角田及兩、三名傭人，出發前往分散於全縣各地的地產。過去個性內向的主人此刻積極的態度讓角田老人不由得瞠目結舌，連忙勸諫這樣可能會對健康負擔太大，沒想到竟遭廣介一喝，他立刻嚇得瑟縮起來，唯唯諾諾地服從主命。

廣介的視察之旅看似趕著四處奔走，卻也花了整整一個月。在這期間，他巡視如今屬於他的遼闊田野、杳無人跡的密林、廣大的漁場、木材加工廠、柴魚工廠、各種罐頭工廠，及其他菰田家出資的事業，他不禁重新為自己家產之富裕震驚不已。

藉由這次巡視，他究竟觀察到什麼、感覺到什麼？詳細情形無暇一一記錄於此，總之，他確定自己擁有的財產符合先前角田老人呈交的帳冊估計額——不，更甚於此。

他不但在每一個地方都受到殷切款待，心中還仔細盤算：要透過什麼方式才能有效處理掉這些不動產及營利事業，並兌換成現金？處理的順序孰先孰後最不會引起周圍人們的側目？哪間工廠的老闆看起來較難對付，哪位山林的管理員看似愚蠢無能？比起工廠，或許先處理掉山林較為適切。還有，附近有沒有其他等待時機拋售的山林經營者？同時，他利用一齊旅行的機會，全力籠絡角田老人，總算成功打開他的心房，讓他成為處理財產時的商量對象。

在這趟旅程中，廣介全然不需特意作為，便化身為天生的大富豪菰田源三郎。他的眾多事業管理者全二話不說地低頭叩首，毫無懷疑。每一個地方的熟人，例如旅館，迎接他的陣仗簡直像在款待諸侯，沒人敢無禮地直視他，有時還會有熟識故源三郎的藝伎等人親切地拍著他的肩膀說「老爺好久沒賞光了」。這使得他益發膽大妄為，而愈是大膽，他的演技就愈是爐火純青。如今他早遺忘可能遭識破真面目的憂慮，反倒深覺過去那個名叫人見廣介的窮書生才像是場謊言。

不消說，這令人無法置信的境遇變化，讓他感受到前所未有的喜悅。但與其說是喜悅，更接近荒謬，與其說是荒謬，更像內心一片空洞地飄浮在雲霄之上，猶如身處夢境。一方面感覺無比焦躁，一方面卻又泰然自若，矛盾的心境難以確切形容。

於是，他的計畫如實進行著，不過惡魔並未在他事先預期且早有防備的地方現身，而是從另一頭，連他都沒預料到的角落漸漸顯現出朦朧的形姿，一步步闖入他的心靈。

十二

廣介在形形色色的款待之下持續著心滿意足的旅行，卻動輒懷著恐懼與思念交雜的情緒，在心中不住地描繪留在屋邸的千代子身影。她那淚濕的寒毛所散發出的魅力緊緊攫住他的心，逼使他備感心煩意亂。他悄悄回憶著她手臂柔軟的觸感並化做每晚的夢境，讓他的靈魂禁不住戰慄。

千代子是源三郎的妻子，對於如今已成為源三郎的廣介來說，恣意愛她是理所當然，而她當然也如此渴望。但正因為這是個能夠輕易實現的願望，反倒更令廣介陷入無法自拔的痛苦，有時候他甚至會興起一股魯莽的念頭，不顧夜晚之後將會面臨什麼駭人的毀滅，都要把他的身心，甚至是畢生的夢想全然坦露在她面前，索性就這樣一了百了。

在他當初的計畫中，從未料到千代子的魅力竟能這般蠱惑他的心、令他苦惱。為預防萬一，他打算讓千代子做一個空有其名的妻子，由她選擇漸漸遠離自己。儘管他的外貌和嗓音肖似源三郎，且能夠矇騙與源三郎交好的人們，但要脫下舞臺裝扮，在卸除偽裝的閨房中，赤裸裸地將真面目暴露在過世的源三郎的妻子面前，無論如何都太有勇無謀了。千代子對源三郎再細微的習慣、身體每一處細部特徵，必定瞭若指掌。一旦廣介的身體有任何細節與源三郎不同，他的假面具便會當場被拆穿，也難保他的陰謀不會就此曝光。

「不管千代子有多迷人，你真能為她一人捨棄夢寐以求的偉大理想嗎？倘若你的夢想真能實現，等待你的可是一個女人的魅力無法相較、令人如癡如醉的世界啊。喏，你不妨好好思考一下，只要想想你平日在幻想中描繪的理想國一小部分即可。與之相較，兩人間的俗世情愛，豈不是太渺小而不足道？不能為眼前的迷惘所惑，導致你的辛勞功虧一簣。你的欲望應該更為宏大，不是嗎？」

他無時無刻不站在現實與夢想的交界處。他當然無法捨棄夢想，可是現實的誘惑如此強烈，逼他陷入雙重、三重的掙扎中，嘗到旁人無法體會的苦悶。

最後，他前半輩子的夢想魅力，及犯罪者擔心遭揭發的恐懼，迫使他必須放棄千代子。而彷彿排遣悲傷及將千代子寂寞憂愁的表情自腦海中驅逐才是主要目的似地，他一個勁地埋首於輝煌的事業。

巡視回來後，他默默先賣掉最不醒目的股票，再以贖回的現金著手籌建理想國。新僱用的畫家、雕刻家、建築師、土木技師、造園家等連日造訪宅邸，並依照他的指示，投入一項史無前例的設計工作。與此同時，眾多樹木、花卉、石材、玻璃、水泥、鐵材等訂單或訂購的採購人員，遠的甚至派送到南洋，還有眾多工人、木匠、園丁等陸續從各地被召集過來。其中亦包括少數的電工、潛水夫、船工等。

不可思議的是，從那時起，宅邸內每天新僱用許多不清楚究竟是為了打雜或是幫傭的女人，未久，人數多到連供她們住的房間都不夠了。

理想國的建設地點，在設計圖無數次變更之後，最後選定S郡南端孤立的沖之島。決定當下，設計事務所隨即遷往沖之島，並在最短時間內蓋好一棟簡陋小屋，技師、師傅、土木工，還有那些身分不明的女人全遷至島上。不久，隨著訂購的各項材料陸續送達，島上展開了引人側目的大工程。

菰田家的親屬及各種事業的主事者勢必不會坐視他這無理的蠻行。隨著工程推展，廣介的會客室裡除了參與設計工作的技術人員外，這些人不時闖入其中，厲聲斥責廣介的盲目行為，並要求他即刻中止這場莫名其妙的建設工程。事實上，廣介最初在構思這場計畫時已料想到這種狀況。他早有心理準備，屆時勢必得耗費菰田家的半數財產以擺平這些糾紛。雖是親人，但他們的層級都比菰田家低微，財力也是相差懸殊，在逼不得已的情況下，廣介亦能毫不惋惜地將巨額財富分給他們，輕輕鬆鬆便堵住他們的嘴。

於是，以各種角度來看都是戰鬥的一年過去。這段期間，廣介嘗盡無數辛酸、多少次想拋棄事業又回心轉意、他與妻子千代子的關係變得如何無可挽回，凡此種種，為加快故事的進展，皆委由讀者自行想像。總之，每每拯救一切危機的，都是菰田家蓄積的無窮財富力量。在金錢面前，沒有不可能這三個字。

十三

然而，能夠突破種種難關，堵住所有抗議聲浪的菰田家億萬財產，唯獨對一個人——在千代子的愛情面前，完全無法發揮作用。即使廣介能以他的慣用伎倆懷柔千代子的娘家，也無法安慰她自身無處排遣的悲傷。

自復活以來，丈夫的性情發生了令人難以想像變化，她不可能明白這神祕事件的真相，只能獨自默默承受無人能夠傾訴的憂傷。

她當然也擔心丈夫的蠻行將迫使菰田家的財務陷於危機，但比起這種物質方面的憂慮，她不分晝夜地苦惱著究竟該怎麼挽回丈夫離去的愛情，及思索著事情發生後，原本深愛她的丈夫為何突然變了個人似地態度冷若冰霜。

「我在他眼裡感受到一道令人膽寒的冷光，但那絕不是憎恨我的眼神。不僅如此，我甚至能在那對瞳眸中感覺到以往未曾見過的、如初戀般純粹的愛情。然而到底是為什麼，他與之背道而馳地冷漠待我？經歷過那般可怕的事件後，就算性格或體質異於從前也無可厚非。但最近他只要看到我，就恍如碰到什麼恐怖的人，一副想拔腿逃跑的態度，我實在無法不心生懷疑。若他真的這麼討厭我，狠下心和我離婚便是，他卻不這麼做，甚至不會對我惡言惡語。無論他再怎麼隱藏情感，也總是只有視線想緊緊擁抱我似地，顯露出難以捉摸的執著。啊，我究竟該怎麼辦才好？」

廣介的立場如此，千代子的立場亦可謂相當為難。遑論廣介有事業這莫大的慰藉，他只要每天大半時間埋首其中便能暫時逃離千代子；但千代子沒有可供慰藉的嗜好，娘家反而時時因丈夫的行為舉止，責備她這個妻子的無能，光這樣就教人難以承受，能夠安慰她的只有一個從娘家跟來的年老婆子。此外，無論是丈夫的事業，甚至丈夫本人，皆與她毫無交集，那種寂寥與心痛，實在是無可比擬。

很顯然地，廣介對千代子的悲傷再清楚不過。他大多在沖之島的辦公室度過漫漫長夜，即使偶爾回到宅邸也刻意保持距離，不向千代子傾吐任何心事，晚上還故意分房睡。於是，數不清的夜晚，鄰房都會傳來千代子無法遏抑的啜泣，他卻無能安慰，總也陷入幾乎潸然淚下的絕境。

就算擔心陰謀曝光，如此不自然的關係竟持續將近一年，實在令人難以想像。但這一年對兩人來說已是極限。不久，因著某一契機，不幸的毀滅之日終於降臨在他們身上。

這天，沖之島的工程接近完工，土木、造園的工作皆已告一段落，幾名主要相關人士聚集在菰田宅邸裡，舉辦了一場小酒宴。廣介由於夢想即將實現，情緒異常亢奮，在酒宴上來回周旋，所有年輕員工也配合著他熱鬧狂歡。至散場時刻，已過十二點。受邀出席的鎮上藝伎都打道回府，有些客人留宿菰田邸，有些前往別處繼續狂歡，現場宛如退潮之後的沙灘，杯盤狼藉間，徒留獨自醉臥的廣介，及照護他的千代子。

隔天早上，廣介意外地七點多就醒來，他的胸膛為了某段甜美的回憶，與一股難以名狀的悔恨激烈起伏。幾度躊躇後，他躡手躡腳地走進千代子的起居室，卻見到彷彿變了個人的千代子。她一臉蒼白，動也不動地坐著，緊咬下唇，直盯著半空。

「千代，妳怎麼了？」他的內心幾近絕望，卻裝作若無其事地開口。然而如同他的預期，千代子依舊凝視著虛空，不肯回話。

「千代……」他想再次呼喚，卻忽然噤聲。因為他碰上千代子幾乎要射穿人般的視線。只消一瞥，廣介當下就明白他身上果真有什麼異於亡故的源三郎的特徵，而千代子昨晚驚覺這個事實。

他朦朧地記得，千代子在某一瞬間赫然退縮，全身發僵，恍若死去般再也無法動彈。在那一刻，她便察覺某件事。直到今早，她仍一臉蒼白，逐漸清楚意識到那駭人的疑惑。廣介從一開始就奮力地提防著她，這一年來的漫長歲月，他壓抑著熊熊燃燒的熱情，不斷地忍耐，不都是為了避免此刻的破滅？豈料因一晚的疏忽大意，終究犯下不可挽回的失誤。全毀了。她的困惑今後只會更深，永遠不可能消失。若她將這祕密埋藏內心，也沒什麼好擔憂的，但她怎麼可能輕易放過丈夫真正的仇敵、掠奪菰田家的罪人？不久，這件事將傳進有關當局耳中吧。一旦敏捷的偵探展開鋪天蓋地的調查行動，真相遲早會曝光。

「就算喝醉酒，怎會犯下如此不可挽回的錯事？這下該如何收拾殘局？」廣介後悔莫及。

這一刻，夫妻倆在千代子的房間面對面，雙方不發一語，彼此瞪視良久，最後千代子一副承受不了恐懼似地兀自開口：「對不起，我很不舒服，請讓我一個人休息。」

她勉強擠出這幾句話，便倏地俯臥躺下。

十四

這件事發生後第四天，廣介便決意殺害千代子。

千代子儘管一時萌生很深的敵意，但仔細想想，無論發現什麼確證，對方若不是源三郎，這個世上真有兩個如此相像的人嗎？尋遍遼闊的日本，或許可找到臉形一模一樣的人，但要說此人恰好從源三郎的墓地裡復生，這種魔術般神奇的事，也委實太匪夷所思。「會不會是我誤解了？」思及此，千代子竟因自己做出那種冒失的舉動，對丈夫備感歉疚。

但另一方面，想到丈夫復生以來性情大變，及沖之島上莫名其妙的大工程，還有對她不同以往的疏離與那不動如山的確實證據，還是讓人覺得疑雲重重。她也想過是否不該獨自煩惱，乾脆找個人坦白心中的疑慮，與之商量較好。

而廣介自那天晚上起，由於過度憂慮，一直謊稱生病待在家裡，也不去監督島上工程，不著痕跡地監視著千代子的舉動，因而大致掌握了她的心境轉折。他暗想，依目前的狀況判斷，他可暫時放心，只是之後千代子索性將他身邊的瑣事全交由傭人處理，未曾再接近他，也不再與他交談，看來還是無法掉以輕心。萬一那個祕密因什麼差錯洩漏出去——不不不，就算沒洩漏，或許也會在不知不覺間被邸內的傭人識破，想到這些後果，廣介內心更是七上八下，四天之內猶豫再猶豫，終於下定決心除掉千代子。

這天午後，他把千代子叫到房間，一副若無其事的模樣說：

「我的身體好像康復了，接下來我要回到島上，這次可能直到完工都不會回家。我想帶妳過去，一起在島上生活一陣子如何？要不要出去散心？再說，我那絕無僅有的工程也大致完工，想讓妳親眼見識一下。」

果然，千代子依然不改疑神疑鬼的態度，找了許多不著邊際的藉口，淨是拒絕他的邀請。廣介或哄騙，或恐嚇，耗費好一番工夫，花了三十分鐘苦口婆心地說服，總算是半威脅地要她點頭答應。之所以如此，想必是千代子雖然懷疑、害怕著廣介，但即使他不是源三郎，她另一部分的心思依然對他有所依戀。決定前往沖之島後，兩人又為了要不要帶婆子同行爭執不下，最後也決定不帶婆子，只有兩人搭乘當天下午的列車前往目的地。即便沒有任何人陪同，島上有許多女人，根本不必擔心無人照應。

火車穿越海岸搖晃一個小時後，便抵達終點T站，接著自T站搭乘事先準備好的電動船穿越大浪，又經過一個小時，總算抵達目的地沖之島。

睽違許久再次與丈夫單獨旅行，千代子心中不禁油然升起一股無以名狀的恐懼，其中亦隱含著初戀般的雀躍，她祈禱著前些晚上的事只是一場誤會。而令人欣慰，不管在火車或船上，丈夫都表現出異於往常的溫柔，相當健談。不僅悉心照料著她，還指著窗外欣賞沿途風景，令她想起新婚旅行，內心頓時湧起異樣甜蜜的懷念。她不知不覺間忘掉那懾人的疑念，無論明日將會變得如何，她只祈求此刻的幸福能多延長一分一秒。

小船接近沖之島，距離島岸約二十間（註）遠的地方漂浮著一個非常巨大、狀似浮標的物體，船就停靠在旁邊。浮標表面是約兩間見方的鐵網，中央開了個小洞，像是船的甲板升降口。兩人從船上走過去，來到浮標上。

「妳先從這個位置再次好好觀賞這座島嶼。那些像岩山般高高聳立的，全是水泥蓋成的牆壁。從這邊看過去只像是島的一部分，但裡面隱藏著壯麗精采的事物。還有，岩山上能見到一座探出頭來的鷹架吧？目前只有那部分尚未完成，正在趕工。那裡將會是一座大得嚇人的hanging garden，也就是天國的花園。那麼，接下來一起參觀我的夢之國吧。不需要緊張，從這個入口下去後，會穿過海底，很快便抵達島上。喏，讓我牽著妳的手，隨我來。」

廣介溫柔地說，同時拉起千代子的手。他的心情和千代子一樣，能夠牽手走過這片海底令他感到滿足。儘管心想遲早必須殺了她，但也正因如此，她肌膚溫柔的觸感更教他憐惜不捨。

進入升降口，走下約五、六間長的黑暗縱穴後，底下是條約為一般建築物走廊寬度的通道。千代子來到這裡，還沒走上一步，就忍不住驚叫一聲。原來那是條上下左右都可近距離觀賞海底世界的玻璃隧道。

註　一間約為一・八一公尺。

水泥框上嵌著厚重的玻璃，外部裝設有強力電燈，足以看清半徑約兩、三間內的海底風景。黏滑的黑色岩石、如巨大動物的鬃毛般激烈擺盪的各類海草、陸地上無從推想的多種洄游魚類、像車子般張開八隻腳同時鼓著驚人的吸盤貼附在整片玻璃上的大章魚、像水中蜘蛛般爬行於岩壁上的蝦子，這些生物在強烈的燈光照射下，因海水的厚度漸次朦朧，而遠處就像森林般漆黑，感覺似乎有無數詭譎的怪物正彼此推擠。這片噩夢般的情景，實在是生活在陸上的人完全無法想像的。

「怎麼樣？嚇到了吧？這還只是入口而已。接下來我們將前往另一邊，可以看到更有趣的生物。」

廣介安撫著被駭人景象嚇得臉色發白的千代子，志得意滿地如此說明。

十五

冒充為菰田源三郎的人見廣介，與是他妻子、又不是他妻子的千代子所展開的這場驚心動魄的蜜月之旅，簡直是場命運的惡作劇。此際，他們徘徊在廣介創造出來的所謂夢之國、人間樂園。

兩人一方面對彼此感覺到無盡愛戀，另一方面廣介企圖謀殺千代子，千代子則對廣介懷有過度的疑念，不時互相刺探對方的心。然而在這兩人世界裡，卻不致激發彼此的敵意，反而不可思議地令他們萌生出甜蜜懷念的情愫。

廣介動輒想打消原本相當篤定的殺意，甚至猶豫起要將身心都奉獻給和千代子的這場不尋常愛情。

「千代，妳寂不寂寞？此刻只有我倆漫步在海底……妳不怕嗎？」忽地，他試探道。

「不，我一點都不害怕。玻璃另一頭的海底景色確實十分詭異，但想到你在我身旁，我就一點也不怕了。」她有些撒嬌似地挨近他身邊回答。不知不覺間，她忘掉紛擾的疑念，沉醉在眼前的幸福。

玻璃隧道描繪出難以想像的曲線，像蛇一樣不斷攀緣出去。即使幾百燭光的電燈照射，依然無法驅逐海底那沉甸甸的黑暗。籠罩上來的陰寒空氣、浪濤拍打遙遠頂端的聲響、在玻璃另一頭的幽暗世界蠕動的生物，這一切景色都不屬於真實世界。

隨著廣介趨步前進，千代子由起初的盲目戰慄緩緩轉為驚訝，漸漸習慣周遭景象後，海底隧道如夢似幻的魅力更讓她無法自拔。

燈光照耀不到的遠方魚群，只有眼珠一對，如同飛舞在夏夜河面上的螢火蟲般，又像縱橫上下地拖曳著彗星的尾巴，綻散出詭異的燐光交錯著。當牠們朝著燈光聚攏到玻璃板前時，各式各樣的形狀、光怪陸離的色彩穿越黑暗與光明的交界，無聲無息地暴露在燈光下，那種異樣的情景究竟該如何形容？大魚的嘴朝正面，尾巴和魚鰭動也不動，如潛水艇般滑過水中，霧裡的朦朧身影一眨眼變得巨大，最後宛若電影中的火車逼近，幾乎要迎面撞上觀眾。

玻璃通道或上或下、或左或右地蜿蜒曲折，在小島沿岸綿延數十間長。在最接近海平面的通道裡，天花板頂部幾乎碰到海面，即使不借助電燈，也能清楚看見周圍，而位於海平面以下最深處的通道裡，幾百燭光的電燈也僅能約略照亮一、兩尺的距離，另一頭則是無止境的黑暗地獄。

千代子雖然在海邊成長，眼耳都十分習慣大海的喧囂，但像此刻親身遊歷海底，當然也是人生的第一次。面對詭異神祕、豔毒可怕，卻又引人入勝的天外奇境之美，及鮮麗得教人戰慄的海底異世界，不難理解何以她會忽然受到一種無以名狀的誘惑。她看著陸地上乾涸堅硬的各種海草時，從未有絲毫感動，但目擊到這些在海裡呼吸、生育、彼此愛撫爭鬥的海草，以不可解的語言彼此傾訴的情狀，與其不斷生長時異於尋常的姿態，千代子不禁瑟縮起來。

褐色的**昆布**大森林猶如暴風雨時枝椏糾結的森林般，在海水的擺盪中搖曳。陰森的**褐藻**宛若破了大洞的腐爛臉龐，顫動著黏滑的肌膚，掙扎著醜陋的手腳。還有大蜘蛛般的**翅藻**、好似水底仙人掌的**搗布褐藻**、可比擬為大椰樹的**馬尾藻**、像噁心蛔蟲的近親般的**繩藻**、化成燃燒綠焰的**青海苔**、**松藻**形成的大平原，凡此種種，密密麻麻地覆蓋整個海底，只在各處留下一點岩壁。不知這些植物的根部是什麼模樣？那裡到底盤踞著多麼可怕的生物？只見上方的葉梢像無數蛇頭般相互纏繞、嬉戲、爭鬥。隔著藍黑色的海水層，在幽暗的燈光照射下可清楚看見這些景象。

有些地方彷彿歷經大屠殺，布滿染有漆黑血色的**紫菜叢**、像紅髮女子披頭散髮的**牛毛海苔**（註）、雞爪般的**海百合**、看似巨大紅蜈蚣的**蜈蚣藻**；其中最為驚悚的，是叢迫使人誤以為一片雞冠花花壇沉入海底的鮮紅**雞冠菜**，在四下漆黑的海底乍見紅色時的驚駭，實在不是在陸上能夠想像。

且這些黏稠、又黃又青又紅的無數蛇信彼此纏繞般的異形草叢中，還有先前所提的數十、數百個螢光鑽游交錯，隨著進入電燈的光域，牠們如幻燈般顯現出各自千奇百怪的身影。形相猙獰的虎鯊、貓鯊露出蒼白的腹部黏膜，像過路魔般迅速竄過視野，有時瞪大凶狠的雙眼衝向玻璃牆，甚至意圖啃噬外牆。此時，牠們緊貼在玻璃板另一側的貪婪厚唇，如同威脅婦女的不

註　正確名稱為紅毛菜。是紅毛菜科的紅藻，分布地區自千島至臺灣。呈線狀，無分枝，長約三至十五公分。此外，後述的立旗鯛正確應為白吻立旗鯛，原出版本篇的桃源社版亦已訂正。其他的海藻、魚類也都是實際存在，但為避免煩雜，省略不說明。

良分子那被唾液髒污、歪曲的臭嘴，這樣的聯想逼使千代子忍不住渾身哆嗦。

若以海底的猛獸比喻小鯊類，那麼現身在玻璃通道外壁的魚類，例如鰩，應該就是棲息在水中的猛禽，而鰻魚、海鱔則可視為毒蛇吧。提到活生生的魚類，由於陸地上的人頂多看過水族館玻璃箱中的魚，或許會覺得這樣的比喻太誇張，但那些吃了無益亦無害的溫和蝦子在海中顯現出的樣貌、海蛇的親戚鰻魚在海藻之間以多麼讓人發毛的曲線運動游移，若非實際深入海底是無從猜想的。

倘使在恐怖的點綴下，美會更增添深度，怕是世上再沒有比海底景色更絕美的事物了吧。至少千代子透過這次體驗，深覺這是有生以來初次接觸到夢幻世界之美。黑暗彼方傳來某種巨大生物的氣息，兩點燐光漸漸淡去，接著燈光下幽幽出現立旗鯛斑紋鮮豔的雄姿，千代子見狀不由得發出讚歎。過度的驚懼與興奮，致使她臉色一陣蒼白，緊抓住丈夫的袖子。

立旗鯛散發出藍白光芒的豐滿菱形軀體上，有著如旭日旗線條般兩道橫撇的黑褐粗條紋，在電燈的照映下，幾乎閃爍著金光。牠巨大的眼睛如妖婦般畫著粗厚眼線，嘴唇突出，一根背鰭好似戰國時代的武將盔甲飾物，耀眼地高高揚起。牠奮力扭動身體游近玻璃，接著倏地改變方向，沿玻璃快貼近身旁地游過千代子眼前時，她不由自主地再次發出感歎。那並非畫家在畫布上創作的圖案，而是活生生的生物，確實值得驚豔。在這樣的地方，以詭異海草及沉黑海水為背景，透過朦朧燈光望見這一幕，她會如此驚訝，絕非過度誇張的反應。

但隨著兩人不斷前行進，她已無暇單純為一條魚而啞然。玻璃外倏來倏往迎接她的魚類目不暇給，既邪惡又豔麗。尾斑光鰓魚、高菱鯛、天狗旗鯛、花尾鷹羽鯛，有些泛著紫金的條紋，有些宛如顏料染出斑紋，如果允許人們以一般的言語形容牠們的模樣，那是噩夢之美。沒錯，全然就是令人戰慄的噩夢之美。

「我想讓妳見識的景色，前頭還多得是。這是我不顧種種勸告，耗盡全部財產，奉獻一生的創舉。雖然至今尚未完成，但希望妳能比任何人都先看到我創造的藝術品多麼驚人，並聽聽妳的感想。妳應該最能了解我作品的價值……喏，瞧瞧這裡。從這裡窺視，海中看起來又不同了。」廣介語氣中帶著某種熱情。

千代子朝他所指的方向一看，玻璃下方似乎嵌入了直徑約三寸、形狀凸起的玻璃。千代子依他指示彎下身，小心翼翼地望出去，一開始整片視野就像布滿積雲般令她一頭霧水，但試著調整眼睛與凸透鏡間的距離，她漸漸看清玻璃另一頭，某種駭人的生物正蠕動著。

十六

在那裡，散布著約一人環抱大的岩石地面，幾個如飛行船氣囊直立般的褐色囊狀物浮起，由於水流的關係微微擺動。這景象實在太超乎想像，千代子直盯著好一會，大囊後方的水猛地騷動起來，一頭如畫中太古飛龍般的巨型野獸突破大囊緩緩現身。千代子嚇一大跳，卻宛如被磁鐵吸住，連後退的力氣都沒有，接著又因逐漸了解她所見之物是什麼而稍微放下心，動也不動地繼續觀察這前所未見的情景。於是，正面約有飛行船氣囊數倍大的怪物，翕張著幾乎要把臉撕裂成兩半的大口，擺動背上飛龍般的數個突起物，以粗糙短足步步逼近千代子。當牠來到千代子面前時，感覺多麼噁心啊。一眼望去，前方的怪獸幾乎只有一張臉。短腳之上便是大開的嘴巴，象般的小眼睛連接背上的突疣。皮膚滿是疙瘩，粗糙不平，還浮現醜陋的黑斑。這些醜怪的凸起物像座小山般巨大，如實倒映在她眼中。

「親愛的、親愛的……」她好不容易移開視線，彷彿遭到攻擊似地回望丈夫。

「哎，用不著害怕。這是度數極深的放大鏡。剛才妳看到的生物，喏，從這裡的一般玻璃看過去，只是那麼一丁點兒的小魚罷了。瞧，那叫鼊魚，和鮟鱇魚是同類，以變形的鰭在海底爬行。噢，妳說那些像囊的物體嗎？那就如妳所知的，是一種海藻，聽說那叫做**長囊藻**。是囊狀的對吧？吶，我們再過去看看吧。剛才我已交待船夫，趕得上的話，再過去一些應該可看到有趣的景象。」

即使聽完丈夫解釋，千代了仍難以抵擋想見識更多恐怖生物的不尋常誘惑，忍不住再三窺看廣介惡作劇般設下的放大鏡裝置。

豈料，讓她最震懾的並非這種小把戲，也不是尋常的海藻、魚類、貝類，而是比牠們更濃豔，甚至詭異好幾倍的某種生物。

走一會後，她感覺遙遠的上方傳來一陣細微聲響，或者說波動，隨即有所預感地倏然停下腳步。於是，一種極為巨大的魚類般生物拖曳出無數泡沫，鑽過黑暗的海水，以異樣柔滑白皙的軀體迅速掠過燈光的照耀，一下隱沒在飢渴地蠕動觸手的海藻叢裡。

「親愛的……」她嚇得再次抓住丈夫的手臂。

「妳看看那海藻的地方。」廣介鼓勵似地低語。

乍看如火焰毛毯般的**紫菜**地面，只有一處異常凌亂，升起無數似真珠閃耀的泡沫。定睛凝望，泡沫升起處，有具白皙柔滑的物體如比目魚般地攀附在海底。

不久，令人誤以為是**昆布**的黑髮如煙霧緩緩搖曳著散亂開來，底下接著冒出雪白額頭、微笑的雙眼，及現出貝齒的紅唇，女子抬著臉緩緩趴伏過來。

「不用害怕，那是我特地僱用的潛水高手。她是來迎接我們的。」

廣介扶住腳步蹣跚、幾乎癱倒的千代子如此說明。千代子不住喘著氣，像個孩子般大叫：

「啊，真是嚇壞我了。沒想到這麼深的海底竟然有人。」

裸女來到玻璃後方，漂浮似地輕輕站起，只見她的黑髮在頭上盤旋，笑容彷彿痛苦地歪曲，乳房浮起，全身圍繞著一片閃耀的泡沫。她以這樣的姿態，緊扶著玻璃，與內側的兩人並行，慢慢走出去。

兩人隔著玻璃，順著人魚的引導前進。通道愈往前愈是曲折不斷，且不知是故意還是偶然，處處都設置著不可思議的玻璃歪曲處，經過那些地方時，裸女的身體不是被撕裂成兩半，就是身首異處，只有頭部漂浮在半空，或僅有臉部異常擴大，讓人弄不清是置身地獄抑或極樂世界。總之，不屬於真實的幻想世界，如噩夢般一幕接著一幕展開。

人魚很快便無法忍受繼續待在水中，一口吐出積存於肺臟的空氣。當那一大團氣泡消失在恍若遙遠一方的天際時，她留下最後的笑容，手腳像魚鰭般划動，慢慢升上海平面。兩條腿如調皮孩子跺腳似地在半空掙動，霎時徒留蒼白腳底在頂端搖擺，而後身影便自千代子的視野中消失。

十七

受這場充滿驚奇的海底旅行影響，千代子的心脫離人世常規，不知不覺間徜徉於無涯的夢幻之境。不管是T市、菰田家還是娘家，都猶如久遠過往的夢境；而親子、夫婦、主從這些俗世的尋常關係，也像雲霞般在意識之外淡去，此時此刻只存在著天外之境懾人心魄的蠱惑，及不論是不是真正的丈夫，對眼前唯一異性那種身心酥麻的思慕，就像闇夜天空的煙火般光彩奪目地占據她的心。

「喏，接下來的路有點暗，很危險，讓我牽著妳的手吧。」接近玻璃通道最後一段路時，廣介溫柔地說，回頭凝視著千代子。

「好的。」千代子扶住他的手。

接著四周突然暗下來，他們彎進一個像是鑿開岩石而成的洞穴。那是條勉強容一人通過的狹窄通道。上陸地了嗎？或者這依然是海底的巖窟？千代了完全摸不著頭緒，她從未如此害怕，但她更為男人幾乎要血液相通似地緊握住自己的指尖感到雀躍，一顆心被這件事占據，根本無暇理會被黑暗吞噬的恐懼。

兩人在這片黑暗中摸索著前進，千代子感覺約走了十町之遠，其實不過是數間的距離，此時視野乍然大開，眼前擴展著一片讓她忍不住驚呼出聲的壯麗風景。

在她的視野所及之處，橫亙著一片可說是一直線的大溪谷，兩岸是高聳入雲的斷崖絕壁，壓眉般連綿不絕，其間是條凝然不動的碧綠流水，幅度約半町之寬，在遙遠處潺潺而流。乍看眼前是座天然大溪谷，但仔細觀察，漸漸就會看清一切都是人工造景。話雖如此，並非四處殘留著醜陋的斧鑿痕跡。不是這個意思，而是要將這些痕跡視為天然風景，因為切工實在是太過工整、太過毫無雜質。水面沒有一片塵芥，斷崖甚至沒有半根雜草生長，岩石像切開的羊羹般是一逕平滑的黑，倒映得水面也如漆般黑亮。因此剛才所說的視野大開，絕非普通意義上的豁然開闊。溪谷深得幾乎看不見盡頭，絕壁也高到必須仰望，整體宛若妖婦的眼線般豔麗泛黑。明亮之處只有絕壁間切割得細細長長的天空，且不同於平地所見，而是日暮時分的灰色，上方甚至閃爍著星光。足以堪稱絕景的是，這座溪谷與其說是谷，形容為深長的池子更為恰當。它的兩端是死路，一邊是適才兩人走出來的海底隧道出口，另一邊則消失在對面一道模糊不清的階梯處。那道階梯正好是兩側的斷崖徐徐變窄，完全聚攏的地方。水面湧出一道猶如衝入雲霄的鬼斧純白石梯，由於周圍事物全是黑的，石梯與其完美地區隔開，宛若向下沖流的瀑布，因構圖單純，更增添一種崇高之美。

正當千代子忘我地盯著這片雄偉景色時，廣介似乎打了什麼暗號，她回神一看，兩隻異常巨大的天鵝不知從何處昂然仰首地出現，豐盈胸部一帶推出兩、三道平滑水波，靜靜往兩人站立的岸邊靠近。

「哎呀，好大的天鵝。」

千代子發出驚歎的同時，一隻天鵝的喉嚨響起人類女子悅耳動聽的話聲：「請兩位坐上來。」

千代子連驚訝的時間都沒有，廣介已抱起她放到浮在前面的天鵝背上，自己也跨上另一頭天鵝（註）。

「不必懷疑，千代子，她們都是我的家臣。喏，天鵝，載我們到對面的石階。」

天鵝會說話，肯定也能理解主人的命令。她們齊著胸，純白身影滑過黑漆般的水面，靜靜游動。由於千代子太過震驚，瞬間全然無法思考，待她定下心，感覺到腿下蠕動的絕不是天鵝的肌肉，而是覆蓋著羽毛的人類軀體。或許是有個女人趴在白鳥的外衣裡，以手腳划水吧。柔軟的肩膀與臀部肌肉蠕動的感覺，及透過衣物傳來的肌膚溫度，在在都讓人感覺到這應是個午

註　華格納的歌劇《羅恩格林》（*Lohengrin*）中，騎士羅恩格林乘上天鵝牽引的小舟現身。路德維希二世在林德霍夫宮曾以人工洞窟重現這個場面，不知道亂步是否曉得這件事。

輕女性。

只可惜千代子來不及更進一步看清天鵝的真面目，就已先目睹更為離奇，或說更為綺麗的情景。

天鵝前進二、三十間時，某個物體自水底啵地一聲浮上她身旁。那不明物體與天鵝齊肩同游，扭身轉向她，和善地微笑。那張臉毫無疑問是方才在海底嚇到她的美人魚。

「哎呀，妳是剛才的美人魚。」

但即使向她打招呼，人魚也只是恭敬地笑著，完全不回話。她柔媚地點點頭後，兀自靜靜地游水。令人詫異，人魚不只她，恍然間，一個、兩個，和她一樣的年輕裸女逐漸增加，轉眼便出現一群人魚，或潛泳、跳躍、嬉戲，或與兩頭天鵝雁行前進，一會兒又蛙泳超越，漂浮遠方，向她們招手。以深色絕壁和如漆水面為背景，女人們一絲不掛的冶豔身影躍動嬉戲的景象，就像一幅以希臘故事為題的名畫。

不一會，天鵝來到半途，彷彿刻意與水中的人魚相呼應，在絕壁頂端、背著藍天之處，亦出現幾名裸女。她們的泳技多麼高超啊。她們接二連三朝水面縱身躍下，有的倒立甩亂了頭髮、有的抱著膝蓋旋轉到極限、有的伸展雙手如弓般仰起身子，像風中飛舞的花瓣般以各種不同的姿態躍過黑岩壁，激出水花深深地潛入水中。

然後，在眾多肉體簇擁下，兩頭天鵝靜靜抵達目的地的石階。來到近處一看，那不知有幾百階的純白石階，在千代子面前峨然矗立，光是抬頭昂望，就教人不由得渾身發顫。

十八

「我實在爬不上去。」千代子下到陸地後，見到眼前的景象便畏怯起來，忍不住這麼說道。

「沒有妳想像得險峻。我牽著妳，一起爬上去吧。絕不會有危險。」

「可是……」

千代子還在猶豫不決，廣介已逕自拉起她的手爬上石梯。不一會兒，兩人便爬上二十階左右。

「瞧，一點兒都不難吧？喏，只差最後一步。」

兩人一階一階地走上去，意外地轉眼就來到最頂端。適才自底下仰望時，感覺不知有幾百階，看似高聳入雲，實際上至多僅百階，絕沒有想像中高聳。然而，為何會有這種錯覺？就算是膽怯造成的影響，差距也實在太懸殊，千代子頓時感到十分不可思議。後來她才了解原因，但她當下理解到，就像剛才在海底將鮟鱇魚誤看為太古怪物，類似的幻覺遍布在這座島嶼上，使她深受這裡精采絕倫的景色震撼。臺階的高度差距，也可視為是幻覺之一。不過在聽到廣介詳細說明前，她完全不明白為什麼這樣。

這點姑且不論，此刻他們站在階梯最上方的高地，望著前方。

眼前是一片狹窄的草坡，往下延伸即進入一座鬱蒼的大森林。回頭一看，呈巨大舟型的溪谷張著漆黑大口，方才載他們過來的兩頭天鵝就像純白紙片般漂浮在那憂鬱的斷崖底部，顯得異常寂寞。而他們面前則是一片陰濕黑暗的森林。隔開兩種迴異風景的這一小塊草皮，在晚春午後的陽光照耀下，豔紅地熊熊燃燒；熱霾蒸騰的草地上，白蝶低低飛舞著。這罕見的景象讓千代子不由得感覺到一種不自然的美。

前方無窮無盡的老杉大森林呈現積雲翻湧的形狀，枝椏相交，葉片相疊；向陽處金光閃閃；樹蔭處沉黑如深海，交織出錯綜複雜的斑斕花紋。而這片森林的驚人之處在於站在草地上凝視全景時，觀者心中會徐徐萌生出一股異樣情感。引發情感的，是森林彷彿要漫天蓋地席捲而上的雄壯，還有初發的嫩葉散發的那股壓倒性野性香氣吧。除此之外，觀察入微的人一定會發現那加諸於整座森林的惡魔人工痕跡。這座大森林整體展現出無比詭異的妖魔形姿，加工的痕跡被非常神經質地隱藏起來，至多辨別出模糊的形狀；但愈是模糊，那種噁心恐怖反而愈是深切。這座森林恐怕不是自然的原始森林，而是規模極其宏偉的加工物吧。

千代子沉默地凝視著這些風景，怎麼都不認為丈夫源三郎的心底隱藏著這般不尋常的興趣，對若無其事地站在身旁的這名肖似丈夫的男人，她的懷疑愈來愈深。但她那矛盾的心理究竟該如何解釋才好？不安的疑念一刻深過一刻，與此同時，她對這個不明底細的人的思慕之情也益發難以壓抑。

「千代，妳在發什麼呆？妳是不是又怕起這座森林？這全是我的創作，一點都不需要畏懼。喏，在那棵樹下，我們順從的僕人已等不及了。」

千代子順著廣介的話語望去，森林入口處的一棵杉樹底下，不知是誰棄置在那裡的，繫著兩匹毛色光亮的驢子，正嚼食著地面的草。

「我們非得進去這座森林嗎？」

「噢，當然。不必擔心，這兩匹驢子會安全地領我們進去。」

於是，兩人跨上玩具般的驢子，進入深不見底的黑暗森林。

森林中，樹葉層層相疊，幾乎看不見天空，但並非全然黑暗，黃昏時分的淡淡微光像霧靄般籠罩四方，還不到看不見前方的程度。巨木的樹幹像大伽藍的圓柱般豎立，柱頭與柱頭之間，綠葉圓頂相連，腳下則厚厚地鋪著代替地毯的杉樹落葉。森林中的情景有如知名的大教堂，讓人強烈感受到更勝數倍的神祕幽玄。

話雖如此，這條林徑的調和與均衡，實在不是天然之物所能企及。例如這片廣大森林全由杉樹巨木所構成，此外連一株雜木或雜草都看不到，且樹木的間隔配置也隱含不為人知的計算，醞釀出一股驚懼之美，而穿過底下的幽徑曲線，則顯現出詭祕的起伏，以至於走過的人皆陷入一種難以言喻的激動情緒，在在訴說著明顯凌駕於自然的作者創意。恐怕那些樹葉圓頂完美的勻稱、落葉地毯舒適的觸感，也都經人為細心調整過。

兩匹驢子載著主人，在厚重的落葉中一點兒腳步聲也沒有，靜靜走過寂寥的幽暗密林。沒有野獸禽鳥的鳴叫，整座森林沉浸在死亡般的幽寂。未久，隨著進入森林深處，彷彿要更襯托出那股寂寥般，在高不見頂的樹梢處，一種令人誤以為是風吹過樹梢的沉重聲響、類似管風琴聲的化外樂音，帶著玄祕的曲調響起。

眼前兩名卑微的人類，在驢背上垂頭不發一語。千代子忽地抬頭，看似就要張唇，終究一個字也沒說出口，又低下頭。驢子專心一意地默默前行。

又前進一會兒，千代子再次驚覺森林的地貌一點一點地改變了。自某處射入的銀色光芒，使原本昏暗森林中的落葉閃閃發光，放眼所及之處，所有巨木樹幹的半面都被照得光亮耀眼。半閃著銀光，半漆黑的大圓柱延續到視野盡頭的景象，委實美不勝收。

「要出森林了嗎？」千代子恍若大夢初醒，啞聲問道。

「不，另一頭還有沼澤，我們應該快到那裡了。」

不一會兒，他們便抵達那片沼澤的池畔。沼澤就像畫上的鬼火形狀，一邊是圓形，另一頭的岸邊則像火焰般有三個深深的凹陷處，裡頭汪著水銀般沉重的水。文風不動的水面上滿滿倒映出老杉樹蒼黑的影子，一小部分則照出一點藍天。這裡已聽不見方才的音樂。所有事物盡皆沉默，所有事物盡皆靜止，森羅萬象都落入深深的酣眠。

兩人不敢驚擾那片寂靜，無聲地下了驢子，悄然走近沼澤邊。沼澤邊另一頭突出的部分，是這座森林唯一的例外，幾棵老山茶花各約一丈許的濃綠身形上，綻放著血點般繁濃的花朵。而令人意外，在花蔭之下的一小塊微暗空地上，一名美麗的女子裸露著乳白肌膚，慵懶地趴在那裡。她以苔蘚為褥，托著腮幫子，趴著俯望沼澤。

「啊，那裡……」千代子忍不住出聲。

「安靜。」廣介彷彿擔心驚動女子，出聲制止千代子說話。

不曉得姑娘知不知道有外人在一旁，仍舊出神地凝視著沼澤水面。森林中的沼澤、岸邊的山茶花、伏臥著出神的裸女，元素極為單純，卻發揮極致出色的效果。如果這不是偶然，而是蓄意安排的構圖，那麼實在不得不說廣介是名十分傑出的畫家。

兩人在岸邊佇立良久，忘我地觀賞著這如夢的景致，這段期間，少女只將她交疊的豐盈雙腿調換一次，其餘時候皆毫不厭倦地憂愁凝視著沼澤。不久，千代子在廣介催促下，再次騎上驢子，準備離開。此時綻放在少女正上方的一朵碩大山茶花如液體滴落般墜下，滑過少女豐滿的肩膀，漂浮在沼澤水面。但是，這一切太過寂靜，似乎連沼澤裡的水都沒反應，鏡子般的水面一絲波紋都未激起，依舊凝然不動。

十九

接下來，兩人又在太古森林樹蔭下騎行一陣，但愈深入森林，愈不知盡頭，不曉得該如何走才能夠離開這裡，即便想折回最初的入口，也已認不出原路。千代子對於就此任由驢子前行，漸漸不安起來。

然而，這座島的風景極其難以預料，看似前去，其實折返，彷彿登坡，其實下行，地底即是山頂，原野在不覺間變成幽徑，處處皆有千奇百怪的魔法般設計。此時也是，來到森林最深處，當旅人的心湧起一股說不出的不安時，反而示意著已抵達森林盡頭。

之前一直維持適度間距的大樹悄然縮短距離，兩人不知不覺地來到眾多大樹密集形成的數層毫無空隙的牆壁處。這裡不見綠葉圓頂，恣意生長的枝葉甚至垂至地面，黑暗益發深濃，連咫尺之處亦難看清。

「好了，不用再騎驢子。跟我來。」

廣介率先下了自己的驢子，牽起千代子的手，扶她下來，然後突然往前方的黑暗走去。兩人被樹幹包圍，被枝葉擋住去路，鑽過沒有路的空間，像土撥鼠般前進。掙扎前行一會兒之後，忽地驚覺身子一輕，赫然回神時，眼前已不再是森林，只有陽光煦煦閃耀、舉目皆是平坦遼闊的綠色草原，讓人無法理解的是，不管朝四面八方哪個方向看，都未見那座森林的蹤影。

「哎呀，我是神智不清了嗎？」千代子苦惱地按住太陽穴，求救似地回望廣介。

「不是的。這座島上的旅人，隨時都能像這樣從一個世界踏入另一個迥然不同的世界。我計畫在這座小島創造好幾個世界。妳知道帕諾拉馬（註）嗎？這種展覽設施在我還是小學生的

註　帕諾拉馬（Panorama）是一種展覽裝置，在半球形的圓頂內畫上背景，利用遠近法，在前面設置大小不一的人偶及模型，使其看似眺望戶外的遼闊風景，於一七八八年由英國的李察德．派克所發明。由此可知，故事接著說是由法國人發明的記述是錯的。在日本，最早引進為明治二十三年（1890）東京上野舉行的第三屆內國勸業博覽會的帕諾拉馬館，在日俄戰爭期間為巔峰，其後衰退。在淺草，同年於人造富士山的遺跡上建設了日本帕諾拉馬館，展出南北戰爭的帕諾拉馬風景。東京其他地區還有帕諾拉馬國光館（九段下）、神田帝國帕諾拉馬館（神田）、日本堤大帕諾拉馬館（吉原）等。此外，類似的還有在平面背景畫前擺設模型以供觀賞的吉歐拉馬（Diorama），大正十三年（1924）起，有國技館舉行的大納涼園等，經常展出。

時候，曾在日本風行一時。參觀之前，必須先穿過一條又窄又黑的通道。走出通道，視野會瞬間開闊，另一個世界呈現在眼前。放眼所及之處，是一個與觀眾原本生活環境截然不同的完美世界。這是多麼令人歎為觀止的騙術啊。帕諾拉馬館外有電車行駛，有成列的攤販，有櫛比鱗次的商家。在那裡，昨天，今天、明天、是一成不變的市民往來。我的家亦坐落在這些商家當中。然而一旦走進帕諾拉馬館，那些尋常事物都會悉數消失，遼闊的滿洲（註）平原一直延續到遙遠地平線的彼方。而那兒正進行著驚心動魄、腥風血雨的戰爭。」

廣介攪亂草原上的熱霾，邊走邊說。千代子懷著一種做夢般的心境跟著情人。

「建築物外有世界，建築物裡也有世界。這兩個世界各自擁有土地、天空與地平線。帕諾拉馬館外是實實在在的日常熟悉市街；但在帕諾拉馬館裡，無論望向何方，都不見市街的蹤影，僅滿洲的原野延續到遙遠的地平線彼方。換句話說，同一片土地上，有著原野和市街的雙重世界。至少它讓人如此錯覺。將景象切割成兩個世界的方法妳也知道，是以畫了景色的高牆環繞觀眾席，前面裝飾真正的泥土和樹木、人偶，盡量使人看不出實物與圖畫的境界，並將觀眾席的屋簷設計得很深，以隱藏住天花板。只是這樣罷了。我曾聽說發明帕諾拉馬的法國人的事，據說最初的發明者意圖以這種方法創造一個新世界。如同小說家在紙上、演員在舞臺上創造另一個世界，他亦使用其獨特的科學方法，嘗試在那小小的建築物中，創作出一個壯闊的新世界。」

接著，廣介舉起手，指著在熱靄與草香彼方漸次模糊的綠色曠野和藍空的分界線。

「看到這片遼闊的草原，妳完全沒有不協調的感覺嗎？以那座小小的沖之島上的原野來說，妳不覺得這片草原實在遼闊得離譜嗎？妳仔細觀察，直到那條地平線為止，確實存在著數哩長的路。但細究起來，在還不到地平線之處，不是該先看到大海才對？且這座島上除了剛才的森林，及這裡看見的草原，每隔數哩還設置了形形色色的風景。那麼就算沖之島有整個M縣的大小，占地仍是不夠。妳了解我的意思嗎？也就是說，我在這座島上製作了好幾個各自獨立的帕諾拉馬。我們剛才經過的全是海中、谷底、森林的幽暗小徑，或許它們就相當於帕諾拉馬館的入口暗道。此時我們站在春光、熱靄與草香之中，感覺十分適合走出暗道時那種自夢中醒來的開朗心境，不是嗎？接下來，終於要踏入我的帕諾拉馬國了。但我創造的帕諾拉馬，不像一般的帕諾拉馬館，只是畫在牆上的畫。我的創作是透過扭曲自然的丘陵曲線、精細的光線安排、草木岩石的配置，精巧地隱藏人工痕跡，隨心所欲地伸縮自然的距離。若要舉例，倘使知道剛才經過的那座森林的真正面積，妳也絕不會相信吧。它就是那麼小巧。那條道路描繪出令

註　現今中國東北部的舊名，居於此處的滿人征服中國，建立清朝，清末時被俄國奪去部分領土。清朝滅亡後，昭和七年（1932）在日本扶植下建立滿洲國，第二次世界大戰後被中國合併。首都為新京，人口三〇七三萬人。

人察覺不出的巧妙曲線，反覆來回；左右望去似無止境的杉樹林，也不是妳眼裡所見的那樣全是大小相同的巨木，稍遠之處，可能只有一間之高的小杉樹苗林而已。其實要透過光線的安排，讓人完全看不出原尺寸，並不是件多難的事。先前我們登上的白石階梯也是如此。由下往上看，高得像登上雲霄的天梯，實際只有百階左右。妳大概沒發現，那道石梯如戲劇布景般，愈上面愈窄，且每階的高度與深度都以不會被察覺的程度往上遞減。再加上兩側岩壁傾斜度也下了一番工夫，因此從下方看起來才會那般高聳。」

由於幻影的力量太強烈，即使聽了廣介的解謎說明，烙印在千代子心中的不可思議景象絲毫沒被沖淡。她依然認為擴展在眼前的無邊無際原野，盡頭是消失在地平線彼端。

「那麼，這片原野實際上也很小嘍？」她半信半疑地問。

「當然。它的周圍以不會被發現的傾斜增高，隱藏起後面的其他景物。不過說小，直徑也有五、六町。為了讓這片普通的曠野看起來更具效果，才設計得看似無邊無際罷了。只是這樣一點巧思，就能創造出如此驚人的幻夢。即使聽到我適才的說明，妳還是無法相信這片大平原只有五、六町大小吧？連創作者的我，望著在熱靄中如波浪般搖擺的地平線，也覺得彷彿真被棄置在無涯的大草原中，感受到一股難以形容的不安，以及無法言喻的甜美哀愁。極目望去，沒有任何阻擋視線之物，放眼盡是天空與草原。對當下的我們而言，這就是全世界。這片草原可說覆蓋了整座沖之島，遠遠擴展到Ｉ灣，及至太平洋，盡頭就與那片藍天相連。若說這是西洋的名畫，那裡應該是一大片羊群與牧童吧。或者也可想像地平線附近有一群吉普賽人拖著長長的隊伍，默默經過。他們在夕陽照射下，在草原投下極長的影子，靜靜穿越草原。但我們看到的景色中，一個人也沒有，沒有一隻動物，甚至沒有一棵枯樹。猶如綠色沙漠般的這片原野，比起那些名畫，更深深打動我們，不是嗎？有一種悠久的事物帶著震懾人心的力量瞬間壓迫上來，不是嗎？」

從剛才起，千代子就一直望著與其說是藍色，更接近灰色的無盡天空。且她也不掩飾困難以遏抑而湧出的淚水。

「這片草原起，道路便一分為二。一條通往島中央，一條通往圍繞周遭的數種景色。真正的順序應該是先繞過島一巡，最後再進入中心，但今天我們沒有時間了，且那些景色也還沒竣工，不如直接從這裡進入中心的花園吧。那裡應該會是妳最喜愛的地方。但是，從這片平原逕走到花園，可能太無趣了，先向妳概略說明一下其他幾個景色似乎比較好。距離通往花園的路還有兩、三町遠，我就趁著經過這片草原的時候，為妳介紹那些絕無僅有的景色吧。

「妳知道造園術中所謂的林木修飾——Topiary吧？也就是將黃楊或柏樹等常綠樹修剪成幾何形狀，或模仿動物、天體等，像雕刻般加以修剪。其中一個景色，便陳列著數不清的各式各樣美麗修飾樹木。宏偉的、纖細的，無數直線與曲線交錯，演奏出精采絕倫的交響樂曲。當中群聚著為數眾多的著名古老雕刻像，且全是真正的人類，是一群石化般沉默的裸體男女。帕諾拉馬島的旅人從這片遼闊的原野突然走進其中，目睹充塞視野的人類與植物那不協調的雕刻群，一定會感覺到一種教人屏息的生命迫力吧。然後，他們會在當中發現無以名狀的怪誕之美。

「另一個世界則交雜著沒有生命的鐵製機械，充斥一群無休無止地活躍運轉的黑色怪物。它們的動力來自島嶼的地下電力廠，但陳列在那個世界的，並非蒸汽機關、電動機這類一般可見的機器，而是彷彿會出現在某種夢境的不凡機械力象徵。那裡羅列著無視於用途、大小完全不成對比的鐵製機械。小山般的汽缸、猛獸般咆哮的大飛輪，大齒輪漆黑的牙齒彼此嚙咬、相互鬥爭，如怪物手臂般的擺盪桿、瘋狂舞蹈的高速燃燒器、縱橫無盡交錯的軸棒、瀑布般的皮帶洪水、或是傘齒輪、蝸桿與蝸輪、皮帶輪、鏈條、齒盤，眾多機具漆黑的肌膚上全滲滿油汗，發瘋似地胡亂旋轉。妳參觀過博覽會的機械館吧？那裡有技師、說明員和守衛等，範圍僅限於一棟建築物裡，機械也全是為了特定用途而製作，簡直是一板一眼的玩意兒。但我的機械國是遼闊的、無邊無際的異世界，被無意義的機械徹底覆蓋。在機械王國裡，妳看不見任何人類與動植物。大機械的平原掩蓋了地平線自行運轉，妳能想像進入那裡的渺小人類，會有什麼樣的感覺嗎？

「此外，還有美麗建築物組成的大城市，猛獸毒蛇毒草的庭園，及有著噴泉、瀑布、河川等各種水遊戲羅列、充滿水花與水霧的世界，如今也都設計好了。旅人在不知不覺間，彷彿做著夜夜不同的夢境般看遍這一個個迥異的世界後，最後將進入極光盤旋、香氣襲人，有著萬花筒花園、華麗鳥類和嬉戲的人類所組成的夢幻世界。不過，在我的帕諾拉馬島裡，最重要的建築是從這裡看不見的、目前正在島中央趕工中的大圓柱，自其頂端花園將可俯瞰整座島的美景。從那裡放眼望去，全島就是一個帕諾拉馬。各別的帕諾拉馬盡收眼底，形成另一幕完全不同的帕諾拉馬景象。這座小島上有好幾個宇宙相互重疊，錯落有致地存在著。但我們已來到這片原野的出口，喏，伸出妳的手，我們又要先行經一條狹窄的道路了。」

原野的某個地方有個不近看就不會發覺的凹處，祕密的小徑就穿進凹處陰暗叢生的雜草。走下小徑，前進一會兒後，雜草愈來愈深，不覺間覆蓋兩人全身，道路再次穿進伸手不見五指的黑暗中。

二十

另一頭究竟有著什麼樣令人意外的機關？或者那不過是千代子的幻覺？從原本的景色中，僅僅穿過短暫的黑暗，又來到另一個截然不同的世界，讓人感覺如同做夢時，從一個夢境轉移到另一個夢境時曖昧不清，恍若乘風飛掠，期間完全失去意識般的莫名心境。因此那一幕幕景色就像全然沒有交集的平面，好似從三次元世界跳躍到四次元世界。赫然回神，先前看到的同一塊土地，無論形狀、色彩到氣味都變了樣。感覺完全是在做夢，否則就像是電影重疊放映一般。

然後，展現在兩人眼前的世界，廣介稱之為花園，但其中未見任何可從花園兩個字聯想到的事物，只有一片乳白色的渾濁天空，其下是壯闊大浪起伏般的丘陵，上面被春天的繁花妝點得繽紛撩亂。由於規模過大，舉凡天空的顏色、丘陵的曲線到百花的紛雜，全是出於無視自然、毫無章法可言的人工手筆，以至於剛踏入這個世界的人，一時片刻僅能茫然佇立。乍看單調的景色中，隱含著某種超乎人間、猶如進入惡魔世界般的不尋常氛圍。

「妳怎麼了？不舒服嗎？」廣介及時扶住差點倒下的千代子。

「嗯，不知怎地，頭好痛……」

近似汗濕人體散發出的嗆鼻香味先是麻痺了千代子的腦袋，卻不會讓人感到不快。那鮮豔花山無數曲線的交錯，看起來像自上頭席捲起小舟的巨浪，彷彿就要挾著駭人的聲勢朝她蜂擁而上，然而它們只是文風不動。那一座座凝然的層層丘陵，不由得令人懷疑起裡面是否隱藏著設計者的殘酷陰謀。

「我很害怕。」千代子總算振作起來，她掩住眼睛，微弱地開口。

「有什麼好怕的？」廣介唇角漾著微笑問道。

「我也不曉得。被這麼多的花朵包圍，我覺得好寂寞。像是來到不該來的地方，看到不該看的景象。」

「一定是因為這景色太美。」廣介若無其事地答道。「別想太多，妳看，迎接我們的人已經到了。」

廣介說著，一群女人如祭典的隊伍般恭敬地自一座花山後方出現。她們全身可能都仔細化妝過，帶藍的白皙中，襯托著肉體的凹凸塗上紫色陰影，更顯得玲瓏有致，完美的裸體接二連三地浮現在背景的鮮紅花屏風前。

她們舞動著油亮亮的雙腿，黑髮在肩上搖晃，豔紅的嘴唇開成半月形，逐漸靠近兩人面前，默默無語地排列成完美的圓陣。

「千代子，這是我們的轎子。」廣介隨即牽起千代子的手，將她推上數名裸女組成的蓮臺，自己也跟著一起坐上肉椅。

人肉花朵綻放著，將廣介和千代子包裹在中央，開始巡迴繁花群山。

千代子被眼前世界的神祕及裸女們的寧靜所幻惑，莫名忘卻世間的羞恥，她覺得在膝下起伏的肥膩腹部的柔軟觸感舒服極了。

丘陵與丘陵之間應視為山谷的部分，幽徑蜿蜒逶迤。眾多裸女的光腳踩踏之處也和丘陵一樣，百花撩亂綻放。除了肉體柔軟的彈性以外，再加上這厚厚的花朵地毯，使得他們的轎子坐起來更是順暢舒適。

但這處異境的美，並非源自不絕撩撥鼻腔的特殊香氣，或乳白天空的異樣渾濁色彩，不是不知何時響起的如春日徐風取悅聽覺的絕境音樂，也不是那千紅萬紫的繽紛花牆，而是被那些花朵所覆蓋的、難以形容的群山曲線。只有實際身處異境，人們才能領略曲線呈現的異態美吧。早已熟悉天然山岳、草木、平原、人體曲線的雙眼，將在這裡見識到全然不同的曲線交錯。不管是再美麗的女人腰部曲線，或是再高明的雕刻家創作，都無法與眼前世界的曲線美相比擬。或許這不是描繪自然的造物主，而是企圖毀滅自然的惡魔才能夠畫出的線條。有些人可能會在這層層疊疊的曲線中感覺到異常的性壓迫。這裡絕沒有半點現實的感情，也唯有在噩夢中，人們才會愛上這種曲線。廣介一定是試圖藉由現實的泥土與花朵，描繪出噩夢的世界。那與其說是崇高的，毋寧是污穢的，與其說是調和的，毋寧是紊亂的，那每一道曲線，以及上面糜爛的百花配置，比起快感，更讓人感到一股無止境的不快。儘管如此，加諸於那些曲線上震懾人心的人工交錯，又根絕了醜惡，演奏出全是不協調音的、過分華麗的管絃樂曲。

此外，這名風景作家異於常人的細心，甚至遍及裸女蓮臺通過的山谷花道所形成的曲線。那並非曲線本身的美，而是安排了沿著曲線運動時可以感覺到的、所謂肉體的快感。或緩或急，或上或下，路徑上下左右描繪出種種充滿藝術的曲線。這就像是把飛行員在空中經驗到的，或是我們在疾駛於千迴百轉山路上的汽車中體會到的那種曲線運動快感，再加以柔和美化之後的感覺。

有時明明是上坡，路面看起來卻像是緩緩朝著某個中心點下降。而異常的香氣與宛如來白地底的樂音愈來愈盛大，最後完全充塞了他們的鼻腔和耳朵，甚至迫使他們對於眼前的美渾然不覺。

有時，山谷會擴展為一座遼闊的花園，彼方聳立著天梯般的花山，那茫漠的斜坡呈現出一片勝於吉野山（註一）花海數倍的幻夢情景。而更令人驚歎的是，那片斜坡與原野上有如彩虹的花朵之間，散布著幾十名裸體男女，遠的看起來小巧如白豆，正興高采烈地像亞當與夏娃般玩著捉迷藏。一名女子跑下山丘、穿過原野，甩動著黑髮來到距離他們一間之處，忽地趴倒。於是追趕上她的一名亞當抱起她，將她橫靠在寬闊的胸膛，擁抱的一方和被擁抱的一方都配合起充滿這個世界的音樂，高聲歌唱，靜靜走向彼方。

又有一個地方，白鯰的尤加利巨木（註二）伸出手臂，像拱橋般覆蓋山谷的幽徑，枝椏上豐碩地結滿了許多裸女果實。她們有的躺在粗枝上，或垂著雙手，就像隨風搖曳的樹葉般擺動著頭和手腳，合唱著異境的音樂。裸女蓮臺無動於衷地靜靜通過這些果實底下。

綿延約一里（註三）的道路，其間的繁花盛景引發千代子內心迭宕起伏的感情，作者只能夠將之形容為夢，或一場瑰麗的噩夢。

最後，他們被載到一個巨型花朵研缽的底部。

此處的景色極盡肉欲，從相當於研缽邊緣的四周山頂，眾多裸女如雪白的肉丸般沿著滑溜的花朵斜坡成串滾下，墜落到底部汪滿水的浴槽中，激起陣陣水花。然後她們在研缽底部的蒸氣中四處跳躍，合唱著那首悠閒的歌曲。

千代子和廣介不知何時被褪下衣物，幾乎在恍惚間便身處華豔的浴客中，浸泡在舒適的熱水裡。在穿著不自然的衣物反而令人羞恥的這個世界，千代子亦能夠自在接受自己的裸體。隨後，載著他們的裸女，在這裡完全化身為蓮花臺，盡力伸展軀體以支撐脖子之下都浸在熱水中的兩名土人。

接著，一場無法形容的大混亂就此展開。肉球的急流數目益形增加，所經之處的花朵皆被蹂躪、踢散，化成漫天花雪，在花瓣、蒸氣與水花迷濛交錯之間，裸女肉團相互摩擦，混亂得就像擠沙丁魚般斷續合唱著，人肉海嘯或左或右地打上來又退回去。在她們之中，頓失所有知覺的兩人宛如死屍般漂蕩著。

二十一

不知不覺間入夜了。原本乳白色的天空化成即將下起陣雨的烏雲般漆黑，百花撩亂的鮮豔丘陵也猝地化身為駭人的巨大黑影聳立著，那些嘈雜的人肉海嘯、合唱也如瞬間退潮般消逝，黑暗中依然氤氳升騰的蒸氣中，只有廣介和千代子默默被留下。兩人一回神，才驚覺擔任他們

註一　位於奈良縣吉野郡，大峰山北側山嶺的通稱，是賞櫻的勝地。

註二　白鮐指的可能是白斑（缺乏色素而產生白斑的皮膚病）。尤加利樹是桃金娘科的常綠高木，原產於澳洲南部及塔斯馬尼亞島，用來栽種於庭院、公園，葉子為無尾熊的食物。果實呈倒卵狀，長約二至三公分，綠白色，樹幹布滿紋路。

註三　日制一里約三・九三公里。

的蓮臺女人也已消失無蹤。不僅如此，彷彿象徵著這個世界的妖異音樂，也在好一陣子之前就聽不見了。與深不見底的黑暗一樣，黃泉的寂靜占領全世界。

「哎呀。」千代子總算恢復神智，不由自主地再度重複數不清多少次的感歎。然後她吁了一口氣，原本拋到九霄雲外的恐懼，又像嘔吐感般湧上心頭。

「吶，親愛的，我們回去吧。」她在溫暖的熱水中顫抖著，朝丈夫窺看。水面卻只有一顆腦袋像黑色浮標般漂著，即使聽見她的話，也沒有移動，亦毫無反應。「親愛的？在那裡的是你吧？親愛的？」她驚恐叫道，提起勇氣靠近黑影，碰觸疑似脖子的部位，用力搖晃。

「嗚嗚……我們回去吧。不過回去之前，我還有樣東西想讓妳見識一下。哎，別那麼害怕，靜靜待著就是了。」廣介邊想著什麼，邊緩緩答道。他的口氣不禁令千代子更膽戰心驚。

「我真的再也無法承受。我好怕。你看看，我全身抖得如此厲害。這麼可怕的島，我一刻都待不下去了。」

「真的，妳在發抖。可是，妳到底在害怕什麼？」

「怕什麼？我害怕這座島上那些駭人的機關，害怕創造出這些景象的你。」

「妳怕的是我嗎？」

「嗯，可是請不要生氣。在這個世上，除了你以外，我一無所有。儘管如此，這陣子卻不曉得怎麼搞的，有時候我會突然對你感到恐懼，懷疑你是否真的愛我。一想到在這座恐怖的島上，在這片黑暗當中，你會突然說出『我其實不愛妳』，我就怕得不得了……」

「妳怎麼胡說八道起來？別淨說這些了吧。我雖然能理解妳的心情，但不過是眼前一片黑壓壓罷了，我真不懂妳在怕什麼。」

「但我就是有這樣的感覺啊。大概是突然看到那些形形色色的景象，實在太亢奮，總覺得此刻我一定會說出平常不敢說的話。只是親愛的，請別生氣好嗎？」

「我很清楚妳在懷疑我。」

廣介的口氣讓千代子赫然一驚，倏地閉上嘴巴。令人難以置信的是，她猛地意識到不曉得是何時，也不知是在現實還是在夢中，她曾經驗過完全相同的場面。那感覺也像是她前世發生的事。那時候，兩人也是處在一片地獄般的黑暗中，只有頭露出熱水上，像兩名渺小的亡者般面對面。然後男子也是對她說：「我很清楚妳在懷疑我。」接著她回了什麼話、男子表現出什麼樣的態度、結局有多麼可怖，凡此種種，她竟感到異常清晰，卻又矛盾地完全回憶不起來。

「我很明白。」廣介像要逼迫沉默的千代子似地反覆說著。

「不，不，不可以，請你別再說了！」千代子大叫，制止廣介繼續講下去。「我害怕和你交談。什麼都別說，快點，快點帶我回去吧！」

與此同時，一道震耳欲聾的巨響衝破黑暗，抱住丈夫脖子的千代子頭上突然劈哩啪啦地爆裂出火花，散發怪物般五顏六色的光彩。

「不用驚訝，是煙火。是我精心製作的帕諾拉馬國的煙火。喏，妳看。我們的煙火和普通的不同，可以像映在空中的幻燈般停留那麼久呢。我想讓妳看的就是這一幕。」

千代子仰頭一望，真如廣介所說，恍若投射在雲上的幻燈般，一隻金色大蜘蛛占據整片天空。且那清晰描繪的八隻腳甚至詭異地蠕動著每處關節，徐徐落向他們。雖然那是以火描繪的畫，但一隻大蜘蛛覆蓋漆黑的天空，暴露出最噁心的腹部，邊爬動邊逼近頭頂的景象，即使對某些人來說是無盡的美，但對於天生厭惡蜘蛛的千代子來說，那真是令她反胃到無法呼吸。縱然不想繼續盯著上方，那種既可怕又致命的魅力，卻逼使她的眼睛動輒轉向天空，一次又一次瞥見步步迫近的怪物。然後，比起景色本身更教她驚恐萬分的，則是她意識到過去也曾經歷這片大蜘蛛煙火。

「我不想再看什麼煙火了！請別再嚇唬我，真的，求求你讓我回去！快，我們回去吧！」

她咬緊牙關，費了好大力氣才脫口而出。但這時候，火花的蜘蛛已融化在黑暗中。

「妳連煙火都害怕嗎？真傷腦筋。下一個應該不是那麼恐怖的圖案，而是美麗的花朵。妳再忍耐一會兒，繼續看下去吧。喏，妳記得這片池子的另一頭立著黑色筒子嗎？那就是煙火筒。這片池子底下有我們的城鎮，我的家臣們就是從下方燃放煙火的。這一點兒都沒什麼好驚詫。」

默默地，廣介的雙手宛若鐵製的絞具，以不尋常的蠻力緊緊摟住千代子的肩膀。她就像落入貓掌的老鼠，即便想逃也掙脫不了。

「啊啊！」驚覺到自己的處境時，她禁不住尖叫。「對不起，對不起！」

「對不起？妳何必道歉？」廣介的口吻逐漸滲透出一種威嚇的力道。「說說妳心裡在想什麼？妳對我有什麼想法？老實說，快點。」

「啊啊，你終於問了。可是，我現在實在好害怕……」千代子的話聲啜泣似地斷斷續續。

「但眼前是最好的機會。我們身邊沒有任何人。不管妳說什麼，都不會像妳一直擔心的，被世人聽見。我倆之間有什麼好隱瞞的？喏，毅然決然地說出來吧。」

漆黑山谷的浴槽裡，兩人展開詭異的問答。而這戰慄的氛圍也為兩人的心境增添些許瘋狂的因子。尤其是千代子的嗓子，已變得莫名沙啞了。

「那麼我就說了。」千代子突然變個人似地，滔滔不絕起來。「老實講，我一直想向你問個明白。請別再繼續賣關子，索性告訴我實話吧……你根本就不是菰田源三郎，而是完全不同的另一人吧？請回答我。自你從墓地復生以來，在這段漫長的時間裡，我一直懷疑你不是真正的你。源三郎完全沒有你這種令人膽寒的才能。我想你大概也發現了，來這座島之前，我已確定我的懷疑多半沒錯。而且，目睹這裡種種令人驚懼又引人入勝的景色後，我僅存的懷疑也找到解答。快，告訴我答案吧！」

「哈哈哈哈哈，妳終於招出實話！」廣介的聲音異常冷靜，卻無法隱藏些許自暴自棄。「我真是犯下無法彌補的大錯，愛上絕不能愛的人。我是多麼痛苦地一直壓抑著啊。可是，只差一步的時候，我便再也無法忍受。然後就像我所擔心的，妳發現我的真面目……」

接著，廣介彷彿也著了魔，口若懸河地述說起他的陰謀概略。這段期間，毫不知情的地下煙火人員為娛樂主人們，接二連三地點燃準備好的煙火球。那或是詭奇的動物、或是瑰麗的花朵、或是荒唐無稽的形狀，火焰以鮮亮的藍、紅、黃照亮夜空，點綴著谷底的水面，宛如要將兩人如西瓜般漂浮的頭部，以舞臺彩色照明映出每個細微的表情變化。

廣介一心一意地傾訴，臉部有時像個醉鬼般赤紅，有時像死人般蒼白，有時顯現出黃疸病般的可怕面容，有時又僅剩黑暗中的話聲，這些與他訴說的離奇故事交融在一起，極度驚嚇著千代子。千代子無法承受這過度的恐懼，一次又一次試圖逃離，然而廣介卻以瘋狂的擁抱蠻橫地將她禁錮原處。

二十二

「不知道妳對我的陰謀有多了解。但細心如妳，肯定已有相當程度的體認。可惜就算是妳，應該也沒料到我的計畫竟會如此周延、對自己的理想竟會如此堅持吧。」廣介說完的剎那，鮮紅的煙火尚未褪去，染紅了整片夜空，他便以一副紅鬼般的形象，直瞪著千代子。

「放我回去、放我回去……」千代子自前一刻起便完全拋棄自尊，只是重複哭叫著這句話。

「聽著，千代子！」廣介像要堵住她的嘴似地吼道。「我告訴妳這麼多，妳以為我會平白放妳回去嗎？妳不愛我了嗎？直到昨天——不，直到剛才，妳雖然懷疑我是不真正的源二郎，但至少還是愛著我的，不是嗎？如今我坦誠一切，妳反而把我視為仇人，憎恨我、恐懼我嗎？」

「放開我！放我回去！」

「這樣啊，妳果然還是視我為丈夫的仇人、菰田家的仇人。千代子，妳聽好。我比任何人都深愛著妳，甚至打算乾脆同妳一死了之。但是，我還有所留戀。為殺掉人見廣介，使菰田源三郎復生，我耗費多少心血？為創造這座帕諾拉馬國，我付出多大的犧牲？一想到這些過去的努力，我就無法拋下再一個月便能竣工的這座島赴死。所以，千代子，除了殺掉妳，我別無選擇。」

「不要殺我！」聽到廣介這番話，千代子扯起沙啞的嗓子大叫。「請不要殺我！我會乖乖聽你的話，我會把你當成源三郎，像過去那樣服侍你。我不會告訴任何人，今後也絕不會說出去，請不要殺我！」

「妳是說真的嗎？」眼前被煙火染成一片鮮藍的廣介的臉，只有眼睛炯炯閃爍著紫光，幾乎要貫穿似地瞅著千代子。「哈哈哈哈哈，沒用的，沒用的。不管妳說什麼，我都無法相信。或許妳還愛著我，或許妳說的是真的，但又有誰能夠保證？放妳一命，只會毀掉我自己。即便妳不打算告訴任何人，可是妳已聽到我的告白，憑妳一個女人，根本不可能像我這樣維持虛張聲勢的姿態，佯裝到最後。稍不留神，妳的態度就會暴露一切真相。無論如何，我都只有置妳於死地這條路了。」

「不要、不要！我還有父母、我還有兄弟。請放過我、請饒了我，我真的會像個木偶般，只聽你吩咐。放開我、放開我！」

「喏，看吧。妳仍舊很珍惜自己的生命，不打算為我犧牲。妳根本不愛我。妳只愛源三郎。不，就算妳能夠愛長得和源三郎一模一樣的男子，對於窮凶極惡的我，妳是不可能萌生任何愛意的。事到如今，我已完全明瞭，終究只能殺了妳。」

接著，廣介的雙手漸漸從千代子的肩膀移開，逼近她的脖子。

「哇啊啊啊啊，救命……」

千代子已不顧一切，滿腦子只想著該如何逃命。自遠古祖先繼承而來的求生本能，逼使她像黑猩猩般齜牙咧嘴。然後，幾乎是出於反射地，她銳利的犬齒深深咬進廣介的手臂。

「可惡！」

廣介忍不住鬆開手。千代子抓住這個機會，以超乎平常的敏捷鑽出廣介的掌握，像頭海豹般全速躍入水中，逃向漆黑的彼岸。

「救命啊……」裂帛般的尖叫聲響徹周圍的小山。

「傻子，這裡是山中，有誰會來救妳？白天那些女人已回地底下的房間呼呼大睡。何況，妳壓根不知道該往哪兒逃。」

廣介刻意擺出從容不迫的姿態，貓似地逼近她。身為這個王國的君主，他非常清楚此時地上不會有任何人。唯一令他擔心的，是她的尖叫聲會不會透過煙火筒傳進深遠的地底下，幸好她上岸的地點是反方向，而且地下的煙火發射裝置旁邊有發電機隆隆作響，地面上的一點動靜，應該很難傳到地面下。更令廣介放心的是，此際正好發射出第十幾發的煙火，幾乎完全掩蓋了方才的尖叫聲。

尚未消失的金色火焰清楚照映出倉皇奔逃、尋找出口的千代子那悲慘的模樣。廣介一個跳躍，撲上她的身體，兩人瞬間疊在一起倒下，他輕而易舉地勒住她的脖子。她還沒來得及發出第二道尖叫聲，呼吸已變得相當困難。

「原諒我吧，此時此刻我依然愛著妳。只是我實在太貪心，根本無法拋棄這座島上的種種歡愉。我不能為了妳一個人而走向破滅。」

直到最後，廣介淚如泉湧，連呼著「原諒我、原諒我」，雙手愈掐愈緊。在他的身體下，兩人的肌膚密貼著，裸體的千代子就像條網中魚，身子不住地跳動。

人工花山的谷底，溫暖的氣味與蒸氣繚繞中，沐浴在詭譎煙火繽紛的虹彩下，兩具裸體宛若瘋狂嬉戲的野獸纏繞在一起。看起來完全不像驚心動魄的殺人，反而近似一場陶醉的裸舞。追趕的手臂、掙扎逃離的肌膚，有時是鹹鹹的淚水在密貼的臉頰之間混合在一起，配合著胸口與胸口癲狂的悸動節奏，急流般的汗水彷彿將兩人的身軀溶成海參般黏稠的物體。

比起鬥爭，周圍所散發的氛圍更像遊戲。若有所謂的「死亡遊戲」，大概就是如此吧。不管是跨坐在對方腹部、緊掐細脖的廣介，抑或是被壓在男人壯碩肌肉下掙扎喘息的千代子，都渾然忘卻痛苦，陷入一種陶然的快感和無以名狀的歡愉。

未久，千代子蒼白的手指畫出垂死的美麗曲線，幾次抓過空中後，她通透的鼻孔湧出細絲般的血糊。與此同時，猶如事先安排好似地，升空的煙火綻放出巨大的金色花瓣，劃開黑絨天空。傾注而下的金粉封印了這俗世的花園、泉水，及糾纏在其中的兩具軀體。流過千代子蒼白臉上的如絲般纖細、如紅漆般鮮豔的血糊，看起來是多麼寂靜，多麼美麗啊。

二十三

自這天起，人見廣介不再回T市的菰田邸。他完全成為帕諾拉馬國的居民——以這座瘋狂王國的君主身分，永遠定居在沖之島。

「千代子是這個帕諾拉馬國的女王，再也不會回到人界。妳也看到這座島上的群像之國了吧？千代子有時會化身為那些令人眼花撩亂的林立裸體像之一，其他時候，她則是海底的人魚、毒蛇之國的弄蛇師或花園裡綻放的花精，倘若她對這些遊戲感到厭煩了，就會待在這座壯麗的宮殿深處，在錦緞帷幕中，扮演榮華富貴的女王。她怎麼可能不愛上這座樂園的生活？她就像故事中的浦島太郎一樣，忘了時間，忘了家鄉，陶醉在這個國度的幻麗之中。妳們根本毋需擔心。妳心愛的主人，此時正處於幸福的巔峰啊。」

千代子年邁的奶媽由於擔心主人的安危，特地前來沖之島迎接她，廣介卻坐在穿透島嶼地下而建造的壯麗宮殿的玉座上，宛如一國帝王接見下臣般，以隆重的儀式驚嚇這個鄉巴佬。奶媽不知是被廣介的一番花言巧語說服，還是被眼前威嚴的光景所震懾，只能唯唯諾諾地打道回府。

面對與家族有關的一切，廣介都以同樣的排場應付。對於千代子的父親，廣介三番兩次贈以大禮；對於其他的親朋好友，有些施以經濟上的壓迫，有些則不惜重禮。此外，對於官僚的賄賂，也透過角田老人萬無一失地進行著。

另一方面，島上的人甚至不被允許窺見千代子女王的身影。不分晝夜，她都躲藏在地下宮殿深處，廣介寢室後方沉重的帷幔裡，無論何人都嚴禁進入。島上的人皆熟知主人的異常嗜好，頂多只是別具深意地笑著談論，說那道帷幔之後一定藏著只屬於國王和女王的歡樂夢想世界，沒有任何人對此存疑。整座島上，除了幾名男女之外，沒有人清楚見過千代子的臉，就算偶然瞥見，也無法分辨那是不是真正的千代子。

漸漸地，幾乎不可能的事在廣介的計畫下逐一成功。廣介靠著菰田家無窮盡的財力克服種種難關，成功彌補先前人生的所有挫敗。他過去貧窮的親朋好友一眨眼全成為暴發戶，潦倒的雜技團舞孃、電影女星、女歌舞伎演員，在這座島上都被當成全日本第一的名演員備受寵遇，年輕文士、畫家、雕刻師、建築師等，獲得等同於小公司高階主管的酬勞。即使身處駭人的罪惡國度，這些人又怎麼有勇氣拋棄帕諾拉馬島？

於是，地上的樂園降臨。

無與倫比的嘉年華會瘋狂籠罩整座島嶼。花園盛開的裸女花朵、溫泉中漫游的人魚群、永不消散的煙火、會呼吸的雕刻群像、瘋狂舞蹈的鋼鐵黑怪物、酩酊狂笑的猛獸、毒蛇的蛇舞、遊行其間的美女蓮臺，還有在蓮臺上錦衣紈褲的君王——人見廣介那狂亂的笑容。

島中央已竣工的水泥大圓柱上爬滿綠色藤蔓，其間又有鐵蔓般的螺旋樓梯盤旋直達頂端，而蓮臺有時候便會順勢爬上那座螺旋梯。

從螺旋梯頂端詭異的蕈狀傘上，可一眼望盡整座島嶼，直到遙遠的岸邊，而這番俯瞰風景的鬼斧神工，究竟該如何比擬才好？下方的種種風景隨著升上螺旋梯而消失，不管是花園、池子、森林，還是人，都化為一層又一層的大岩壁，從頂上望去，這些紅色岩壁恰似一朵花上的花瓣，層層疊疊直到遙遠的岸邊。帕諾拉馬國的旅人在見識到各種絕無僅有的奇景之後，一定又會為這意想不到的遠眺風景再次驚詫良久。若要比喻，整座島嶼就像漂浮在大海的一朵玫瑰，鴉片美夢中壯麗的鮮紅花朵與豔陽成雙成對，對等地交際。那種無與倫比的單調與壯麗，醞釀出多麼不可思議的美啊。這或許會讓一些旅人回想起遠古祖先曾目睹的神話世界……

這些華麗的舞臺上，日以繼夜的瘋狂、淫蕩、亂舞與陶醉的歡樂境界、生死遊戲，作者該如何描述才能如實呈現？我想應該與各位讀者曾經歷的噩夢中，最為荒誕、血腥，卻又最為瑰麗的夢境有幾分相似吧。

二十四

各位讀者，這篇故事是否該在這裡有如大團圓般落幕？人見廣介喬扮的菰田源三郎，能夠就此沉醉在這獨一無二的帕諾拉馬國的歡樂中，直到百歲嗎？不不不，不可能有這種事。帕諾拉馬島綺譚犯了老故事的毛病，大高潮之後，總有個狡猾的悲慘結局等待著。

某天，人見廣介忽然被一陣毫無來由的不安所侵襲。這也許就是世人所說的勝利者的悲哀。可能是無止境的歡樂帶來的疲勞，又或許是心底對於往昔罪業的恐懼，無論如何，一股不安悄悄地侵襲他假寐的夢境。除了這些理由外，一名男子隨著籠罩著他的氛圍，將一種可謂無以預料的凶兆事物默默帶到島上，這或許才是廣介這陣不安的最主要來源。

「喂，那個茫然站在池畔的傢伙是誰？我不記得見過他。」廣介第一次發現這名男子是在花園的溫泉池畔，他隨即向侍立一旁的詩人問道。

「主人忘記他了嗎？」詩人答道。「他和我們一樣，是位文學家。是您第二批僱用的人之一。聽說他先前返鄉一段時日，所以您一直沒機會見到他，他可能是搭乘今天的船班回來的。」

「哦，這樣啊。他叫什麼名字？」

「他叫北見小五郎（註）。」

「北見小五郎？我完全不記得這個人。」

在廣介的記憶中沒有這號人物，這是否意味著某種凶兆？自此之後，廣介不管走到哪裡，都感覺到這名叫做北見小五郎的文學家的目光。花園的百花之中、溫泉的蒸氣另一頭、機械之國的汽缸背後、雕像園的群像之間、森林中的大樹底下，他在在感覺到北見小五郎正隨時監視著自己的一舉一動。

有一天，廣介再也受不了，終於在島中央的那座大圓柱後面逮住那名男子。

「你叫北見小五郎是吧？我所到之處，都能看得到你的身影，這讓我覺得事有蹊蹺。」

註　這個名字令人聯想到名偵探明智小五郎。作者在故事一開始提到的知悉重要情節的「兩、三名人物」，指的有可能是這位北見先生與委託他的東小路伯爵夫人。

男子原本像個憂鬱的小學生般懶洋洋地靠在圓柱上，聞言蒼白的臉略顯羞愧，恭恭敬敬地回答：「不，這完全是巧合，主人。」

「巧合？或許吧。話說回來，你待在這邊，都在想些什麼？」

「我在回想從前讀過的一篇小說裡的情節。那是一篇令我銘感至深的小說。」

「噢？小說？對了，你是個文學家嘛。那麼，是誰寫的小說？篇名是……」

「主人應該不認識，那位作家籍籍無名，更何況小說根本沒有付梓出版。是一位名叫人見廣介的人寫的，篇名為〈RA的故事〉的短篇小說。」

如今的廣介已被生活鍛鍊得爐火純青，即使乍聽自己過去的名字，也能夠處之泰然。對方突如其來的回答並未讓他的表情顯現出絲毫變化。不僅如此，意外碰到他過去作品的擁護者，甚至令他感到一股莫名的欣喜，他懷念般地接著說：「人見廣介啊，我認識他。他寫的都是些像童話般的小說，告訴你，他可是我學生時代的朋友呢。雖說是朋友，我們並未深入交談過。〈RA的故事〉我倒沒讀過，你是怎麼得到那篇稿子的？」

「原來如此，他是主人的朋友啊，真是太令人意外了。〈RA的故事〉是一九××年完成的，那個時候主人應該回到T市了吧。」

「是啊。我最後一次見到人見，是在那兩年前，之後便再也沒有聯絡。我也是透過雜誌廣告，才知道他以撰寫小說為生。」

「那麼，主人在學生時代和他不太熟嘍？」

「唔，對啊，頂多在教室碰面會打聲招呼。」

「來到這裡之前，我在東京的K雜誌編輯部工作。由於工作的關係，我才接觸到人見先生的作品，並有幸讀到他未發表的稿子。我覺得這篇〈RA的故事〉是傑作，主編卻覺得描寫過於情欲，因而遲遲未刊登在雜誌上。之所以如此，也是因為人見先生是個才剛出道的無名作家。」

「那真是太可惜了。那麼，人見廣介如今從事什麼職業？」

廣介費了好大力氣，才忍住不說出「我可以招待他到島上來」這句話。他對於佯裝自殺的罪行就是如此信心十足，眼下他已徹頭徹尾化身為菰田源三郎。

「看樣子主人還不知情。」北見小五郎感慨良多地說。「他去年自殺了。」

「咦？自殺？」

「他投海自殺了。他留下遺書，警方才會判斷是自殺。」

「他一定碰上什麼難關吧。」

「應該是吧，雖然我不清楚……話說回來，讓我感到詫異的是，主人與人見先生的外貌相似得猶如一對雙胞胎。我初次來到這裡的時候，還真意想不到人見先生怎麼會躲在這樣的地方。當然，主人一定也知道你們長得很像這件事吧？」

「當年我們常因此被同學調侃，老天爺也真是愛玩弄這種過分的惡作劇。」廣介露出一副坦蕩蕩的笑容，北見小五郎也跟著忍俊不住似地笑了。

這天，整片天空被一片灰色雨雲所覆蓋，四下是暴風雨前的寧靜，一絲微風也沒有。儘管如此，波濤卻在島的四周發出如野獸的咆哮聲響洶湧拍打，天候異常詭譎。

無影的大圓柱宛若通往上方烏雲的惡魔階梯般聳立，約需五人合抱的根基處，兩道小小的人影陰沉地交談著。廣介平時不是坐在裸女蓮臺上，就是率領著幾名傭人，唯獨這一天竟反常地獨自來到這裡，與不過是一介傭人的北見小五郎聊了這麼久，說是難得，也確是難得。

「主人與北見先生真的長得像同一個模子刻出來的。而說到相似，還有另一個有趣之處。」北見小五郎的口吻愈來愈緊迫盯人。

「有趣之處？」廣介很是好奇，也不想就這樣離去。

「就是我剛才提到的〈RA的故事〉這篇小說。主人是不是曾從人見先生那裡聽過這篇小說的大綱？」

「不，完全沒有。我剛才也講過，我和人見只是就讀同一所學校罷了。我們僅是同學，從未深談過。」

「真的嗎？」

「你這人也真奇怪，我何必撒謊？」

「但是，說得這麼斬釘截鐵真的好嗎？到時不會後悔嗎？」

聽到北見這番反常的忠告，廣介不由得渾身一陣戰慄。可那究竟是為什麼？他似乎頓時忘掉什麼應該明白的事，卻是毫無頭緒、完全想不起來。

「你到底在講什麼……」廣介話說到一半，忽然噤聲。他隱約明白了某件事，臉色倏地蒼白，呼吸急促，腋下冒起冰冷的汗水。

「喏，多少明瞭了吧？明瞭我為什麼會來到這座島上。」

「我不懂你在說什麼，請別再瘋言瘋語了。」隨後廣介又笑。只是那就像幽靈的笑聲般，顯得虛弱無力。

「若還不懂，不如我就說個明白吧。」不覺間，北見彷彿拋棄了僕從的分際。「在〈RA的故事〉裡，有幾幕場景與這座島上的景色一模一樣。好比你和人見先生長得維妙維肖，島上景象與小說裡描述的內容有著異曲同工之妙。倘使你一次也沒拜讀過人見先生的小說，也未曾聽過內容，怎麼可能發生這種超乎想像的巧合？要真只是巧合，也太過雷同。這座帕諾拉馬島的創作，若非擁有與〈RA的故事〉的作者分毫不差的思想與興趣，是不可能完成的。即使你和人見先生的外貌再怎麼相像，連想法也完全一致的話，豈不是太不合理了嗎？我剛才就是在想這件事。」

「那又怎樣？」廣介屏住呼吸，瞅著對方。

「你還不懂嗎？換句話說，你根本不是菰田源三郎，絕對就是人見廣介。假如你讀過或聽過〈RA的故事〉，至少還能辯解你是模仿那篇小說創作出這座島。遺憾的是，你剛才已親手斷送這唯一的生路。」

廣介這才發現自己掉進對方所設的陷阱裡。他在展開這場大工程之前，曾重新研讀手邊自己撰寫的小說，確認沒有留下會成為禍根的作品，但實在無法連石沉大海的投稿都留意到。他甚至已忘記寫過〈RA的故事〉。就像這篇故事開頭所述，他寄出的投稿大多石沉大海，充其量只是個可悲的寫手。但經北見點醒，他才想起自己的確寫過那樣一篇小說。人工風景的創作是他長年的夢想，夢想的一部分成為小說，一部分化為與小說內容全然相同的實物呈現，就這一點而言，也不是什麼太過令人驚訝的事。他的計畫設想得如此周延，沒想到還是有所疏漏，而致使計畫露出破綻的，竟是一篇石沉大海的投稿，他真覺得懊悔莫及。

「啊，完了。或許我就要被這傢伙揭穿真面目了。但且慢，這傢伙手中的證據，不就只有一篇小說而已？此時氣餒還太早。即使這座島的景色和別人的小說相似，也算不上犯罪的證據啊。」廣介瞬間定下心，恢復從容的態度。「哈哈哈……你這人真是太白費心機了。你說我是人見廣介？好啊，你要說我是人見廣介也無妨，可是我確實就是菰田源三郎本人，你又能拿我怎麼辦？」

「不，如果你以為我手中的證據只有這樣，就大錯特錯了。我已掌握一切證據，但為了讓你親口告白，我才會採取這種迂迴的方法。我不願當下把你交到警方手中，因為我打從心底敬佩你的藝術才華。就算是出於東小路伯爵夫人的請託，我也不想讓你這樣一名難得的天才輕易受到俗世法律的制裁。」

「原來你是東小路派來的走狗？」

廣介這下恍然大悟。源三郎的妹妹所嫁的丈夫東小路伯爵是源三郎眾多親戚中，唯一無法藉由金錢擺平的例外。北見小五郎一定是東小路夫人派來的。

「沒錯。我是受東小路夫人的請託前來。東小路夫人平素與娘家幾乎不相往來，她竟會白遠方監視著你的行動，你一定也感到意外吧？」

「不，我意外的是家妹竟會如此荒唐地懷疑我。不過，只要見上一面，向她好好說明，她當下就能理解。」

「就算你這麼說，如今也已無濟於事。〈RA的故事〉只是促使我懷疑你的契機，我還握有其他更確切的證據。」

「那麼，我姑且就聽聽你所說的證據是什麼吧。」

「例如……」

「例如？」

「例如，黏在這片水泥牆上的一根頭髮。」北見小五郎說道，分開旁邊大圓柱表面的藤蔓，竟意外露出白色表面如優曇華（註）般生長的一根長髮。「你應該了解這意味著什麼吧……噢，這可不行。你看，你的手指還沒扣上扳機，我的子彈就會先發射嘍。」北見說著，伸出右手中反光的物體。廣介的手插在口袋裡，石化似地無法動彈。「我先前便一直在思考這根頭髮所隱含的意義。而就在與你的對話當中，我總算獲知真相。我肯定這根頭髮絕不是單獨掉落，而是延伸到裡面的某件物體。那麼，不如我們就來確定看看吧。」

北見小五郎話聲剛落，隨即從口袋掏出一把大型摺疊刀，使勁朝著頭髮下的圓柱狠狠刺上去。眼前水泥剝落四散，堅硬的刀子很快刺進一半，鮮紅液體頓時沿刀尖泉湧而出，轉瞬之間，白色水泥表面宛若綻放出一朵鮮豔牡丹花。

「用不著挖開來看，也猜得出這根柱子裡藏著屍體。是你的——不，是菰田源三郎夫人的屍體。」

廣介頓時臉色慘白得像個幽靈，彷彿隨時都會癱坐在地。北見一手扶住他，並以平常的聲調繼續說下去：

「當然，我並非單憑一根頭髮便推理出真相。我只是無意間驚覺，若人見廣介要冒充為菰田源三郎，最大的障礙無疑是菰田夫人。於是，我無時無刻都在觀察你與夫人的互動。沒想到夫人有一天突然自我們的面前消失。就算你瞞得過別人，也瞞不了我。我心想，一定是你殺害了夫人。既然殺了人，就一定有藏屍處。而像你這樣有創意的人，會選擇什麼地方藏屍？話說回來，或許你也忘了，但巧合的是，〈RA的故事〉裡暗示了藏屍地點。那篇小說裡寫道，RA這名男子由於異常的嗜好，在建立水泥大圓柱時，儘管沒必要模仿古代的造橋傳說，卻在水泥柱裡活埋一個女人，做為人柱（這是小說，主角可隨意殺人）。我心想會不會真是如此，便回溯夫人來到這座島上的日子，發現那天工程正進行到搭好這根圓柱的圍板，並開始灌漿工程。這果然是安全無虞的藏屍地點。你只要看準四下無人的時機，將屍體抱到鷹架上，扔進圍板中，再倒進兩、三桶水泥便大功告成。只是，你根本沒料到竟有根夫人的頭髮流到水泥牆

註　一種植物，亦稱「優曇婆羅花」，是佛教中的一種聖樹。由於花朵隱於花萼之中，被誤以為不開花。佛教中傳說數千年開花一次。

外。犯罪時總是會發生意想不到的疏失呢。」

廣介再也無法虛張聲勢，頹然倒地，不偏不倚地靠在圓柱上千代子的血跡流過的一帶。北見小五郎同情地望著他悽慘的模樣，毅然決然地說出自己的想法：

「你非得殺掉夫人不可，這印證了你並非菰田源三郎。你懂嗎？夫人的屍體，就是我剛才說的證據之一。當然，不只這樣。我還握有另一項最關鍵的證據。我想你應該也猜出是什麼了，不是其他，正是菰田家菩提寺的墓地。人們目睹屍體自菰田家的墓地消失，隨後一名與菰田一模一樣的活人現身在另一處，當下必定深信是菰田復活了。但是，就算棺材裡的屍體不見，也未必代表那具屍體復活了，因為屍體可能只是被搬到其他地方。所謂其他地方，那附近不就埋著許許多多的棺材，倘若挖出屍體的人想要把它藏到別處，沒有比旁邊的棺材更適合的地點。這真是精采的魔術啊。菰田源三郎的墓旁埋著源三郎祖父的棺木，由於你體貼的安排，如今他們祖孫倆的骨頭相互懷抱，和樂地一起安眠呢。」

北見小五郎說到這裡，原本頹然不起的人見廣介猛地跳起，詭異地放聲大笑：

「哈哈哈哈……虧你查得這麼清楚。你說得沒錯，一點也沒錯。但老實說，用不著勞煩你這樣的名偵探出場，我也已瀕臨毀滅，只剩時間早晚的問題。我一時過於震驚，差點動手加害你，可是仔細想想，就算那麼做，也只能讓當下的歡樂延長短短半個月或一個月，又能如何？

我創造出所有想創造的藝術，完成想完成的創舉，已了無遺憾。乾脆恢復成原本的人見廣介，任憑你處置吧。坦白說，菰田家的萬貫家財，也僅存能維持這種生活一個月的程度而已。可是，你剛才說不願讓我這樣的人輕易受到俗世法律的制裁，那是什麼意思？」

「謝謝，聽你這麼說，我也心滿意足了……你說那句話的意思嗎？我希望不借助警方，請你果斷地接受處置。這並非東小路伯爵夫人的吩咐，而是同樣身為藝術僕從的我個人的願望。」

「謝謝，也請你接受我的道謝。那麼，能請你暫時放我自由嗎？只要短短三十分鐘就好。」

「當然沒問題。島上有數百名你的僕從，萬一他們知道你是個可怕的殺人凶手，也不可能繼續助紂為虐，再說，你也不是那種會糾集同夥、言而無信的人。那麼，我該在哪裡等你才好？」

「花園的溫泉池。」

廣介說完，旋即消失在大圓柱另一頭。

二十五

十分鐘後，北見小五郎與眾多裸女半身浸泡在溫泉池的芬芳蒸氣中，悠哉地等待廣介到來。

天空依舊烏雲籠罩，沒有半點風，放眼所及的花山沉眠在灰色中，溫泉池裡漣漪不起，連浸淫其中的數十名裸女都像死去般沉默不語。看在北見眼裡，這整片景色宛若一張憂鬱的天然貼畫（註一）。

十分鐘、二十分鐘過去，這段時間感覺是多麼漫長啊。四周只有凝然不動的天空、花山、池水、裸女群，還有黏貼住這些景物的夢幻般灰色。

不一會兒，人們就被池畔一角發射出的突兀煙火聲嚇得回神，仰望天空，看到綻放上空的絕美絢爛光花，不由得再次發出讚歎聲。

那火花是一般煙火的五倍大，因此遍布整片天空。與其說是一朵花，更像各種花卉匯集成一朵，五色花瓣像萬花筒般，隨著逐漸下落，簌簌地改變色彩與形狀，不斷向外擴散。

那並非夜間的煙火，也迥異於白晝的煙火，在烏雲與灰色的背景映襯下，五彩光芒變得模糊詭異，一刻又一刻地擴展面積，就像釣天井（註二）般步步逼近，那種情狀真是逼人喪膽銷魂。

此時，北見小五郎在教人看得目眩神迷的五光十色下，赫然瞥見幾名裸女的臉龐和肩頭沾上紅色飛沫。起初他以為是蒸氣的水滴反射出煙火的色彩，因而不以為意，但沒多久，紅色飛沫傾注之勢益發激烈，他自己的額頭和臉頰上亦感覺到異常溫暖的水滴，沾起一看，那毫無疑問是鮮紅的人血。接著，他定睛審視前方溫泉水面漂浮的物體，那竟是不知不覺間掉落在那裡、被慘烈扯斷的人類手腕。

在這片血腥的情景中，眾多裸女卻詭異地靜默不動，北見小五郎雖對她們的反應感到訝異，亦同樣一動也不動，靜靜把頭枕在池畔，茫茫然盯著漂蕩在他胸前一帶的新鮮手腕綻放的猩紅斷口。

就這樣，人見廣介的五體隨著煙火碎裂片片，化成血液與肉末之雨，傾注在他所創造的帕

註一　以布工藝製成的一種貼畫。將畫有草稿的厚紙板分成許多細節，切割開來，在每一塊包裹上顏色與質料合適的布片，重新組合，成為一張圖片，布與棉的質感能營造出浮雕般的立體感。

註二　釣天井是一種機關，房屋的天花板未加以固定，切斷吊掛的絲線，天花板即會落下，壓死室內人物。知名的有試圖暗殺將軍德川秀忠的宇都宮釣天井事件，但這是野史，並非史實。亂步寫過一部疑似以福爾摩斯短篇〈工程師拇指案〉（The Adventure of the Engineer's Thumb）為靈感的《妖怪博士》，裡面出現的汽缸，也可以算是釣天井的一種。

諾拉馬國每一隅。

〈帕諾拉馬島綺譚〉發表於一九二六年

湖畔亭事件

一

各位讀者是否還記得幾年前發生在H山A湖畔的那起不可思議凶殺案？案子雖然發生在偏遠的山村，卻為都會區的各家報紙爭相報導，可說是一起極其少見的命案。猶記一家報紙以「A湖畔的神祕命案」為標題，另一家報紙的標題「屍體離奇消失」更引人好奇，並大篇幅深入探討這起事件。

好奇的讀者或許會追根究柢，這起所謂的「A湖畔神祕命案」，直到五年後的今天，其實依然懸而未決。凶手自不必說，怪的是連被害人是誰都不清楚。警方早拱手投降。湖畔當地的村人似乎也在不知不覺間遺忘那起轟動一時的事件。或許漸漸地，命案將變成永久的謎團，從此成為懸案。

然而就在這裡，廣大的世界裡只有兩人對命案的真相一清二楚。其中一個便是膽敢這麼說的我。那為什麼我沒更早公開這件事？大家或許會這麼責備我，但其實你們有所不知，這當中有著深刻隱情。還是請先聆聽我的告白直到最後吧。而後，盼望諸位能夠體諒我懷著多麼痛切的心情緘默至今。

二

進入正題前，必須先說明我自身一種極其不尋常的癖好，也就是我稱之為「透鏡瘋」的愛好。讀者勢必急著想知道所謂不可思議的事件究竟隱含什麼內情、最後又如何解決，不過在這篇故事裡，若是不從我剛才提到的不尋常嗜好談起，實在是太突兀、太難以置信；而且我也想藉機好好解釋一下我那令人無法理解的癖好。請各位讀者索性當成是在聆聽癡人的瘋言瘋語，姑且容許我談談自己無聊的身世。

不知為何，我從小就是陰沉又內向安靜的孩子。即使在學校，我也總是躲在角落，既冷眼卻又羨慕地望著班上同學興高采烈地四處遊玩，回到家後，我也不和鄰近的孩子玩耍，反而獨自關在房間裡——一間別館的四張半榻榻米大的房間，小時候是把各種玩具視為玩伴，稍長以後，則是把方才提到的透鏡當成我最要好的朋友、唯一的玩伴。

我是多麼反常、多麼惹人厭的孩子啊。我甚至會把那些沒有生命的玩具當成生物，與它們說話。有時是娃娃，有時是紙糊的小狗，有時是幻燈片中的各種人物，並沒有特定對象。我會像對情人說話般滔滔不絕，甚至為對方配詞，彼此交談。記得有一次，我的自言自語被母親聽見，遭到一頓惡罵。當時不知為何，母親的表情透露出難以想像的蒼白，她一邊斥責我，眼睛卻驚駭地瞠得老大，讓還是孩子的我印象深刻。

母親的反應姑且不論，我的興趣從一般的玩具漸漸轉移到幻燈片，再從幻燈片轉移到透鏡。應該是宇野浩二（註一）先生吧，他曾在某部作品中提過（註二），而我也是嗜好躲在黑暗的衣櫃中，沉迷於幻燈片的孩子。看到幻燈片在漆黑的牆壁上，以猶如噩夢般濃厚的色彩，卻又完全不同於陽光下的異世界光線呈現出繽紛的圖畫時，那種景象真是充滿無法言喻的魅力。我甚至忘了吃飯等一切日常生活，沉迷在盪漾著煤煙氣味的衣櫃裡，鎮日盯著幻燈片，呢喃著彷彿是另一個世界的語言。母親發現後，生氣地將我從衣櫃裡拖出來，霎時我猛地感覺像從甜美的夢境被拉回可憎的現實，內心油然升起一種說不出的憤恨。

但我對幻燈片的狂熱並非永遠，在即將從尋常小學校（註三）畢業之際，可能是覺得有些丟臉，我再也沒有爬進衣櫃裡，祕藏的幻燈片放映機不覺間也壞了。但即使機械損毀，透鏡也還

註一　宇野浩二（1891-1961），小說家。

註二　應是指宇野浩二在大正十一年（1921）六月的《中央公論》發表的短篇〈夢想房間〉。

註三　第二次世界大戰前的小學名稱之一，自明治十九年（1886）起，至昭和十六年（1941）改稱為國民學校前使用。尋常小學校為六年義務教育（明治40年前為4年），相當於現今的小學。而更上一級的高等小學校為兩年制，並非義務教育，主要是讓已自尋常小學校畢業生，但未進入中學校、實業學校、高等女學校的學生就讀。昭和初期，東京市內的尋常小學校有一九六所，附設高等科的尋常高等小學校有8所，高等小學校有十九所。

留著。我的放映機比一般玩具店賣的更高級、更大型，透鏡直徑有兩寸左右，非常厚重。於是，我以兩枚透鏡代替文鎮，一直擺在我的書桌上。

事情發生在我中學一年級的某天，我向來賴床，這情形一點兒都不稀奇，這天不管母親怎麼叫我，我淨是唔唔應聲，怎麼也不願爬出溫暖的被窩。最後，果真錯過上學時間，根本不想去學校了。我甚至對母親謊稱不舒服，整天窩在床上。因為裝病，我得吃下一點也不喜歡的稀粥，想做什麼都不能下床，一如以往，開始為沒去學校而懊悔不已。

我故意關上雨戶，試圖讓房間的氣氛符合當下陰暗的心情，於是窗外的景色穿過隙縫和洞孔，倒映在紙門上。許多相同的景色或大或小、或清晰或模糊，全顛倒映在上面。我躺在床上看著，忽然想起相機發明人的故事。接著心想，要怎樣才能像照片一樣，讓那些洞孔的映像也帶有色彩？我思考著尋常孩子都會想的事，卻自詡為一名傑出的科學家般幻想著。

一陣子過後，我依然目不轉睛，紙門上的影子也漸漸淡去。當倒影完全消逝後，看起來純白色的陽光自同樣的洞孔和縫隙刺眼地照進來。沒想到，無故曠課的內疚竟讓我像地鼠般畏懼陽光。我懷著一種難以啟齒的厭惡心情，用被子蒙住頭，閉上眼睛，再以一種甜美的、鄙厭的心情瞅著霎時聚攏在眼前的無數黃色及紫色光輪。

各位讀者，我所述說的內容看似與殺人命案沒有任何關聯。懇請別斥責我，這是我一貫的陳述方式。且這段幼時回憶，並非與那起殺人事件全然無關。

過一會，我再次從被子裡伸出頭來，定睛一看，就在我的臉下方，有個地方正在發光。那是陽光爬進洞穴、穿過紙門的破洞投射在榻榻米上的圓光。當然也是因為房間整體十分陰暗，那道圓光之白亮刺眼，讓我頓時無法轉移注意力。接著我不經意地撿起掉落在附近的透鏡，擺到圓光上看看，沒想到天花板上竟出現一道怪物般的影子，當下把我嚇一大跳，一不小心將透鏡掉在地上。倒映在上頭的形影，就是如此驚嚇到我。縱然隱隱約約，但天花板上倒映出的，原本不過是榻榻米上的一根藺草，卻被放大到兩尺之寬，連小小的灰塵都看得一清二楚。透鏡無以比擬的作用令我害怕，然而亦同時感覺到一股難以形容的魅力。自此以後，我便著迷於透鏡的世界。

我拿起房裡的手鏡，試著利用它折射透鏡的光，並將各種圖畫和照片投射到另一邊的牆上，沒想到成功了。升上中學高年級，我在物理課學到相同的原理，又見識到後來流行的實物幻燈（註），才了解當年的發現沒什麼大不了，但當時我真覺得彷彿完成什麼大發明似地，而後我成天都沉迷在透鏡與鏡子的世界裡。

註　也稱實物投影機，是將書頁或照片等不透明的物體，利用折射光線放大投影的機械，適用於全黑的暗室。

我一有空就買紙板和黑布，製作成各種形狀的箱子。透鏡與鏡子的數量也逐漸增加。偶爾我會製作長長的U字形彎曲暗箱，在裡面裝設許多透鏡和鏡子，藉此從不透明障礙物的這一側看穿另一側，彷彿中間毫無障礙物，並佯稱這是「透視術」，令家人大呼不可思議。有時候則在庭院裡裝上凹面鏡利用其焦點引火，或是在家中裝上不同形狀的暗箱，當家人待在房裡時亦能看見玄關的來客，甚至還做過不少類似的惡作劇，並樂在其中。我也以自己的方式製作顯微鏡和望遠鏡，且達到某程度的效果。我還曾經做了小小的鏡子房間，在裡面放進青蛙和老鼠，看著牠們被自己的模樣嚇得顫抖，連連拍手叫好。

我這異於常人的嗜好一直持續到中學畢業，進入更高等的學校後，因為外宿以及忙於課業，透鏡遊戲也在不知不覺間遭我遺忘。而在我畢業以後，由於不必急著覓職，在無所事事、遊手好閒的時期，透鏡遊戲竟伴隨著更勝過去數倍的魅力復活了。

三

此時此刻，我不得不坦承某個可厭的癖好。不過，若從我少年時期懦弱的個性來思考，我會淪落至此或許也是理所當然的事。我——裝模作樣地在人中部位留了一撮小鬍子的我，竟然由下賤的女傭都不會做的窺密行為中，感受到一股無上的快感。當然，這種癖好每個人多少都有，我卻是異常極端。最糟糕的是，我偷窺的對象全是些說出口都覺得丟臉的特異、下流人事物。

這是我從某位朋友口中聽到的事，忘了是朋友的嬸嬸還是另有其人，也一樣喜歡偷窺，且正好她家後院的圍牆可輕易窺見另一頭的鄰家客廳；於是，她閒來無事便從圍牆木板的洞裡窺探鄰家動靜。由於隱居，她目前沒有工作，在百無聊賴的日子裡，便以一種嗜讀小說的心態持續觀察鄰家的風吹草動。舉凡今天來過幾位客人、哪個客人什麼模樣、說了哪些話、哪一家生了孩子、**標會**（註一）之後用那筆錢買哪些東西、女傭打開無鼠櫃（註二）偷吃了什麼……鉅細靡遺，無一疏漏，比自家人的事還要清楚，不，連鄰家男女主人都不知道的事，她都仔細觀察出來，再轉述給我的朋友聽——就像將報紙小說的後續情節唸給孫子聽的老奶奶一樣。

聽到這件事，我當下心想，世上果然有人患有和自己相同的毛病，這樣說頗為可笑，但這件事著實讓我感覺心中有了支持。只是我的狀況比那位嬸嬸更嚴重，且更惡質。以我畢業歸鄉

註一　日文稱賴母子講，起源可回溯至鎌倉時代，是一種多人合作的共濟融資組織。參加者定期存入存款，緊急時可以全額提領出來。後來發展為一些營利目的的組織，有相互銀行，無盡公司等。

註二　一種特別設計，讓老鼠無法進入的儲物櫃。

之後的第一樁惡作劇為例，我在自己的寢室和家裡的女傭房裝上先前提過、以透鏡和鏡子構成的各種形狀的暗箱，想要偷看那個肥胖得有如熟透果實的二十歲女傭有什麼祕密。說是偷看，我的做法其實是極為膽小的間接方式。我在女傭房的隱密之處，例如天花板的角落等，裝上我發明的透鏡與鏡片裝置，透過暗箱，以閣樓等為通道引導光線，將女傭房間鏡子裡的影像倒映在我寢室的書桌鏡子上。換言之，這是與潛水艇中窺看海面上的那種不知名鏡子相同的裝置。

至於透過這道裝置，我到底看到什麼？想當然耳，大部分是不好在這裡揭露的內容，例如二十歲的女傭每天晚上上床前，都會從行李底下拿出幾封信和一張照片，看看照片又讀讀信，讀讀信又看看照片，到了就寢的時刻，她便把照片按放在豐滿的乳房上，緊抱著照片躺下，看到這一幕，我才發現原來她也有情人。唉，就是這類事情。此外，人不可貌相，她竟是愛哭鬼，而且不出我所料，她不但愛偷吃，睡相也不好，還有其他更多更露骨的景象，令偷窺的我內心雀躍不已。

這次的嘗試讓我食髓知味，自此更是變本加厲。不過要窺探女傭以外的家人祕密，讓我油然升起一股莫名的不快，我也沒有勇氣把這道機關延伸到其他人家去，因此我一時感到相當困擾。不過沒多久，我就想到一個折衷的辦法，便是將透鏡與鏡子的裝置，改造成能夠隨身攜帶的組合，隨著我到旅館、茶屋或料理店，可就地組合出偷窺的道具。為了達到這個目的，我得設計出能自由移動透鏡焦點的裝置，暗箱也須盡可能小巧、不醒目，在這次設計的過程中，我遭遇許多困難，但如同前面所述，我生來就對這類勞作充滿熱情，全心鑽研幾天後，便完成無可挑剔的攜帶型偷窺鏡。

之後，我帶著新發明，應用在許多場合。我也曾託詞借住朋友家中，安裝在朋友的主臥室裡，偷窺到激情的一幕。

我想，光是寫下這些見不得人的觀察紀錄就足以完成一篇小說了。不過這姑且不提，前言到此為止，讓我進入標題所揭示的故事吧。

那是距今五年前，發生在初夏的事。當時由於我罹患神經衰弱症，都會的雜沓令我憂愁，我在家人勸說下，前往H山A湖畔一家稱為湖畔亭這個怪異店名的旅館，獨自留宿靜養一段時日，順便避暑。以當時的季節而言，避暑是早了些，因此偌大的旅館十分空蕩，沒什麼人影，山中清爽的空氣讓人格外寒冷。湖上的船遊、森林的散步，在一段時間過後，顯得毫無樂趣可言。即使如此，我也提不起勁回到都市，便在旅館二樓逕自過著索然無味的每日。

在這段期間，我因為窮極無聊，忽然想起那個偷窺鏡。所幸我習於隨身攜帶，此時道具止好端端地安放在行李箱底層。旅館裡雖是空蕩，但多少仍有零星客人出入，還有近十名為了即將到來的夏季而臨時僱用的女傭。

「不如讓我來惡作劇一下吧。」

我不懷好意地暗笑著。客人寥寥無幾，根本不必擔心被發現，於是我當下著手組裝偷窺道具。至於之後我到底窺見什麼？又因這次的偷窺，意外碰上什麼樣的大事件？接下來就要進入故事正題了。

四

湖畔亭坐落在H山上一座知名的湖泊南側高臺。建築物呈細長形，北邊面對湖泊的絕景，南側隔著湖畔的小村落，能夠瞭望遠方堆疊的山巒。我的房間位在面對湖泊的北側角落，房間外有陽臺般的寬闊走廊，以一室兩張的數量擺著藤椅，坐在藤椅上時，可越過旅館庭院的森林眺望湖泊的全景。翠綠山巒環繞著寂靜湖泊的景色，一開始確實撫慰我紛亂的心情。每當晴朗的日子裡，周圍連峰的影子倒映在湖面上，小小帆船滑行而過的風情；還有下雨時，雲霧遮蔽山巒頂峰，直逼眼前，凌亂地灑下銀色絲線，在湖面打出美麗水點。這些寂寥卻爽朗的風物，洗滌了我混濁至極的腦袋，一時之間甚至讓我完全遺忘那般折磨著我的神經衰弱症。

可惜，我畢竟是都市人，隨著神經衰弱症漸次好轉，很快便難以忍受這寂靜的山居生活。

湖畔亭如其名，除了是供遊覽客住宿的旅館，同時兼料亭（註），主顧是來自附近城鎮及村子的當日來回遊客。此外，若客人有所要求，店家也可從附近山腳下請來遊女之類，來一場與周遭閑靜格格不入的熱鬧酒宴。我因為寂寞，亦嘗試過兩、三次，可是那種半吊子的刺激怎麼滿足得了我？除了山就是湖，大部分的日子，旅館的各個房間皆靜謐無聲，偶爾能夠聽到的僅有鄉下藝伎走調的三味線。話雖如此，就算回去都市的家中，也沒有其他娛樂，且預定停留的日子還長得很。我正左右為難時，就像先前稍微提到的，我乍然想起偷窺鏡的遊戲。

再次令我想起這過去興趣的動機之一，是因我在旅館的房間位置正適合這遊戲。我的房間在二樓角落，打開其中一邊的圓窗，下方正是湖畔亭豪華浴場的屋頂。過去，我透過偷窺鏡的機關窺看過各種場景，卻只有浴場還沒親眼見識過，這強烈地引起我的好奇心。然而，我也不是想看裸女沐浴的景象。那種場景只要前往稍微深山的溫泉場，不，連在都心，到特定地點就可自由欣賞。何況這間湖畔亭的浴場沒特別區分男湯或女湯。

我所感興趣的，是四下無人時的鏡前裸女和裸男。我們日常在澡堂裡已看慣裸體的人，但那都是人前的裸體。這些人雖然會若無其事地在我們面前一絲不掛，卻並未褪去羞恥的外衣。

註　傳統的高級日本料理餐廳。

那完全是意識到他人目光的不自然姿態。我藉由以往的偷窺鏡經驗，熟知人類這種生物在人前與人後的表現有多天差地遠。在人前精明幹練的緊張神情，待所有人一離開，便完全鬆垮下來，轉變之劇，教人驚訝。有些人甚至會呈現出活人與死人般的天壤之別。不光表情，無論姿勢抑或各種行為舉止，全變了樣。我曾目擊過某個人，他在人前是個極端的樂天分子，可說是個樂觀到近於瘋癲的傢伙，然而實際上，在他獨處的時刻完全相反，真實的他是個徹底死氣沉沉的厭世家。我想人們或多或少都會有這樣的情緒轉變。在我們面前的人，實際面目南轅北轍的情形，可說是屢見不鮮。以我過去的經驗與事實來推測，窺探裸體的人獨處時，在鏡前會如何看待自己的身體，豈不是一件非常有趣的事？

出於這樣的理由，我當下決定不要將偷窺鏡的另一端裝設在浴場中，而是裝設在鄰間設有落地鏡的更衣室裡。

五

這天，我靜待夜深，著手進行我這令人期待的工程。首先，我從行李箱底部取出偷窺鏡道具，把紙套筒接得長長的，然後自圓窗偷偷爬到浴場屋頂，選了一個不會被人發現的位置，以細鐵絲將道具捆綁好。所幸一旁的空地有片高大的杉林，完全遮蓋了牆壁，即使天亮，也不必擔心我的裝置被人發現。不僅如此，這個位置相當於建築背面，鮮少有人過來。

我像個盜賊般爬上樹幹，鑽進浴場窗戶，在黑暗中專心埋頭工作。經過三個多小時，總算安裝好在理想的裝置。隨後，我將偷窺鏡的一端自圓窗沿著壁龕柱子後方導引至房間裡的適當角落，只要趴在那裡，我隨時可以偷窺。我把春秋季節穿的鳶衣（註）吊掛在柱子上遮掩鏡面，以免女傭發現這道機關。

自翌日起，我便沉溺於令人期待的鏡子世界。安裝在牆壁角落的灰色暗箱裡，斜斜地裝設了一面約兩寸見方的小鏡子，映照出由上方鏡片傳遞過來的更衣室景象。由於光線經過數次的折射，影像非常陰暗，卻意外增添一股夢幻情趣，致使我病態的嗜好獲得無可比擬的滿足。

我的房間在二樓，想當然耳，聽不見人們前往浴場的腳步聲，且就算從圓窗窺看，也只看得到浴場的屋頂，根本無法窺見裡面的情形。因此除了留心鏡面以外，完全無法得知何時會有人進入更衣室。於是，我像釣魚客緊盯著浮標般，迫不及待浮標快點動彈，一早起床後便趴在房間角落，凝視著小小的鏡子。

註　鳶衣是一種呢絨製的寬袖和服外套，由於形狀像鳶的翅膀，故有此稱。

過沒多久，望眼欲穿的人影終於掠過鏡面時，我當下的心情多麼雀躍啊。無論那個人脫衣服或離開浴池擦拭身體，我不知有多期待是否就要發生什麼特別的事。

遺憾的是，我的期待大多落空，映射在鏡面上的男女，除了在不可思議的陰暗鏡子的表面蠕動外，完全沒有任何反常的舉止。且就像我先前說的，雖然時值初夏，早晚的山中仍有幾分寒意，住宿的客人也只有兩、三組，就算有些前來飲酒作樂的客人，三天裡頂多也只有一席客人，所以入浴的人次也不多，以至於我的鏡中世界就和湖泊景色一樣，冷清極了。

而在這當中，唯一讓我聊以慰藉的，是近十名旅館女傭入浴的情景。

她們有些會三三兩兩結伴來到更衣室……

雖然聽不見她們交談的內容，不過不外乎是一些淫蕩的流言蜚語，她們邊笑鬧邊脫衣，比較彼此的肌膚，拍打對方肥碩的腹部等情景歷歷在目。這些景象就像迷你照片一般，在鏡面上以玲瓏可愛的形姿躍動著。

她們入浴完畢後，會花上很長的時間在落地鏡前化妝。我從以前就對女人的化妝興趣濃厚，但從未目睹裸體的女人以露骨的態度大膽化妝的模樣。

那是個男人完全陌生的、一個不真實的世界……

有些人會隻身出現在更衣室……

總是在這種時刻，我得以窺見更令人好奇的場景。方才還一臉天真無邪地服侍著我的女人，獨自來到鏡前時，竟會如此判若兩人，難怪世人都說女人是魔物——有時候，我禁不住深深嘆息。

六

然而過沒多久，便出現一個讓已對鏡中平淡景色厭倦至極的我大為期待的人物（不過緊接著鏡中又發生了比這更教人驚訝數倍的事件）。幾名疑似東京富裕家庭的女眷在這段期間住進旅館，那位姑娘就是其中之一。她約莫十八歲，打扮十分入時。當她第一次出現在鏡中時，我霎時錯覺陰暗玻璃中綻放了一朵鮮紅罌粟花。她的容貌與打扮如此絕配、如此豔麗，而她的肉體更完美得遠勝於容貌。她體態如西洋人般豐盈，膚色如櫻花花瓣般細緻，光這樣就夠讓我驚喜了，更令我雀躍不已的是，鏡前的她還有個讓人想入非非的不尋常癖好……

每每在走廊等公開場合遇見她時，她總是舉止端莊，態度嚴謹，沒想到當她獨自站在落地鏡前時，竟宛若變成另一個人似地豪放大膽……

這是我第一次有幸窺看到年輕女子迷戀於自身肉體的模樣。她那過分大膽的行徑，讓我不由得瞠目結舌。

縱使我很想一一細述，但這與本篇故事的主軸沒有關係，情非得已只好割愛，總而言之，由於她的出現，我總算從無聊中被解救出來。不久，我為了加強偷窺鏡的效果，又在半夜潛入浴場，在鏡片延伸至高處通風口隙縫的前端，再加上一道類似望遠鏡的透鏡裝置，讓焦距對準落地鏡的正中央。於是在我房間兩寸見方的鏡面裡，順利時可窺看到更衣室落地鏡前的人影，有時則只有身體的一部分像電影特寫般動著。

那景象多麼稀奇、小小兩寸鏡中的部分人體感覺多麼巨大，若非實際體驗過相同遊戲的人，恐怕完全無法想像吧。那感受好似幽暗的水族館玻璃水槽表面突然出現一片白皙魚肚般，冷不防地冒出屬於人類的肌膚。那是多麼地戰慄、又多麼地蠱惑啊……自此之後，我日復一日，絲毫不感厭倦地以偷窺度日。

七

這是某一天發生的事。

這陣子每天一定都會前來浴場的姑娘，不知何故，這一天直到入夜依舊沒有現身。就在我一整天看著壓根兒也不想看的其他人身體時，天色在我渾然不覺間暗下。不會再有人入浴了，依照往例，接下來直到十二點左右只有女傭會前來浴場，在這之間的一、兩個小時，鏡面不會出現任何人影。

我已死心，便鑽進早鋪好的床鋪。豈料自原本一點也不引人注意的斜對面房間傳來喧鬧聲，吵得我心神不寧，實在無法入睡。那是鄉下藝伎的老舊三味線，搭配著女人尖細聲及男人粗啞嗓音合唱的鄙俚俗曲，同時和著太鼓聲響。聽起來是難得的大場面，女傭的腳步聲不時在走廊上忙碌穿梭。

我完全睡不著，決定再次爬出床鋪。來到角落的鏡子前，懷著或許能看到那名姑娘的期待，不經意地望向鏡面，也不知是何時出現的，鏡面上正照映著一名女子的背影。我一眼就曉得她不是那位姑娘，卻認不出是其他什麼人。窺鏡裡的角落僅朦朧照出女人脖子以下的部位。以身材判斷，對方似乎是年輕女性，動作像剛沐浴出來，正在擦臉。

此時，突然有個物體在女人背後閃了一下。我頓時嚇一跳，定睛一看，竟有樣令人驚愕的物體在女人背後搖晃。一隻疑似男人的手自偷窺鏡角落伸出，握著一把短刀。女人圓潤的身體，及前方由於距離的關係看起來相對碩大的男人的手塞滿著整面鏡子，恍若水族館的水槽般沉黑。剎那間，我懷疑自己是不是看到幻影。事實上我的情緒當下就是亢奮到這般病態的程度。

然而，我仔細觀察了好一會，幻影依然未消失。不僅如此，詭譎閃爍的短刀正緩緩地逼近女人。男人的手可能是因為興奮，一直詭異地顫抖著。女人似乎毫不知情，仍不疾不徐地繼續擦臉。

這不是夢境，更不是幻覺。毫無疑問，浴場裡即將發生凶殺案，我必須盡快阻止才行。但我能對鏡中的影像怎麼辦？快點，快點，我的心臟幾乎快蹦開了。我好想大吼大叫，舌頭卻完全僵住，連聲音都發不出來。

霎時間一道光芒晃動，我才看見鏡面如閃電般一亮，鮮紅液體便彷彿流過鏡面似地潺潺而下。

事到如今，我依然忘不了當時那複雜又矛盾的情緒。在我斜對面的房間裡，歡樂的合唱俚曲配合著太鼓和拍手聲，震天價響地傳來。對照眼前黑暗中上演的這幕模糊鏡面的事件，是多麼地詭異啊。在那裡，女人白皙的背上淌著鮮紅黏稠的液體，悄悄步去似地自鏡面消失。用不著說，她應該是當場倒下了，但鏡子是無聲的，獨留在鏡面上的男人手腕和短刀好一會兒全然靜止不動，不久也退潮似地自鏡中消失。那隻男人的手背上有道傷痕般的黑色斜線，在那一刻，深深烙印在我眼底。

八

好一陣子，我都無法將鏡中的血腥影像戲碼當成現實發生的事，深覺那如果不是我病態的錯覺，便是窺孔機關（註）中的虛構故事，於是茫然若失地躺下。但仔細想想，即使神經再怎麼衰弱，也沒道理看到這般清晰的幻覺。在更衣室裡，就算不到殺人的程度，一定也發生類似的犯罪事件。

我邊想邊豎起耳朵，默默等待樓下走廊傳來匆忙的腳步聲和喧嚷的人聲。這段期間，我不經意望向手表，指針正好指著十點接近三十五分之處。

然而不管我等多久，都聽不見任何反常的聲響。鄰室的喧鬧聲也在不知不覺間消失，周圍一片悄然，剎那間，整棟旅館鴉雀無聲，只有我的手表異樣刺耳地滴答作響。我彷彿追尋幻影般再次凝視鏡中，當然，傳來的畫面只是更衣室裡冰冷的落地鏡照映出周圍的牆壁和架子，綻放出幽暗白光。短刀那麼猛烈地刺上去，噴出那麼多的血，被害人即便沒死，傷勢一定也很嚴

註　寬約一公尺的道具箱，前面有數個透鏡窺孔，望進裡面，箱中的畫會被擴大，畫一張張以繩索拉起，呈現一篇故事，是一種街頭遊戲設施，祭典時常見，直到昭和初年還經常可見。

重。雖然影像沒有聲音，但她當時勢必發出淒厲的慘叫聲吧。我徒勞無功地試圖從鏡面聽出慘叫聲的餘韻，直瞅著那兒看。

話說回來，旅館的人怎麼會如此平靜？或許他們沒有聽見慘叫聲。可能是浴場入口那道厚重的門，及浴場和女傭所在的廚房距離阻擋了女人的叫聲。若是這樣，這棟寬廣的湖畔亭裡，應該只有我知道這件事。當然，我必須通知他們。可是我該怎麼說才好？一旦通報，等於坦承偷窺鏡的祕密，我怎能做出如此丟人現眼的事？不光是丟臉而已，最糟的情況是，其他人會將這個常人根本無法理解的有趣機關與殺人命案聯結在一起。生性膽小而優柔寡斷的我，實在沒有勇氣下決心告訴他人。

只是，也不能就這樣一直按兵不動。在這整整五分鐘裡，我備受前所未有的焦躁折磨，陷入猶豫不決中，最後還是按捺不住，猛地站起，心裡也沒有任何盤算，總之，我立刻走出房間，奔向房間外的寬敞樓梯。樓梯下的走廊呈T字形，一邊通往浴場，一邊通往玄關，另一邊則通到裡面的客廳。我趕下樓梯，差點迎頭撞上一道突然從客廳走過來的人影。

定睛一看，對方一身西裝，打扮得像個頗有來頭的實業家，身上顏色素雅的厚重春季外套搖擺著，敞開的胸口露出粗重的金項鍊。他右手提著一只沉重的大號行李箱，左手握著金色握把的粗拐杖。在晚間近十一點的時刻，那一副趕著出發離開旅館的模樣，還有親自搬運沉重行李箱的景象，如今回想，確實相當反常；更令人詫異的是，由於我們差點撞個滿懷，我當下受到驚嚇，但對方過度驚慌的反應更是非比尋常。他赫然一驚，頓時想要折返，卻又突然改變主意似地，以極其不自然的態度佯裝無事，走過我面前，並趕往玄關。而後一名貌似僕從、風采略遜一籌的男子旋即尾隨在後，對方同樣是一身西裝，提著同樣的行李。

就像先前也屢次說明的，我的個性極端膽小，待在旅館的時候，也鮮少離開房間，對於其他房客幾乎一無所知。除了那名時尚的都會少女，及另一名青年（隨著故事進行，讀者自會明白他這個人是多麼教人讚歎啊）外，我對其他人可說是一點興趣也沒有。當然，透過偷窺鏡，我理應看遍所有房客，不過什麼人住在哪個房間、長相如何、穿著打扮如何，我完全不清楚。剛才突然迎面撞上、嚇我一跳的紳士也是，縱使有種似曾相識的感覺，卻沒有太深刻的印象，因此對於他鬼祟的舉止，我也沒有太大的興趣。

當時的我無暇懷疑在這莫名時間退房的客人，只是一味地激動不已，甚至無法決定該往走廊的哪一邊走。可惜不管我再怎麼鼓起勇氣，終究不敢將這件事告訴旅館人員。因為我是透過偷窺鏡窺視，總覺得自己才是罪人般，深感內疚。

九

但再這樣下去也不是辦法，我決定不管三七二十一，先前往浴場確認。於是，我沿著陰暗的走廊走到浴場，入口處的厚重西洋門扉緊緊關著。對懦弱的我來說，要打開那道門，實在是令人毛骨悚然啊。不過距離駭人的凶案已過好一陣子，我索性提起勇氣，一點一點地，慢慢打開門。當我湊近門邊窺探時，著實膽戰心驚。當然，更衣室裡不僅不見凶手蹤影，連我以為應該還在裡面的女人屍體都不見了。空蕩蕩的更衣室在明亮的燈光照耀下，寂靜得有如墳場。

這一刻我總算放下心來，把門完全打開，再走進更衣室。不久前才發生過一場血腥的砍殺，地上理應留下觸目驚心的血泊才對。然而低頭一看，光可鑑人的木質地板上，竟未留下一滴血跡。想當然耳，也用不著打開通往浴場的霧面玻璃門察看了。

我當下愣住，呆呆怔在原地。這一切簡直就像白日見鬼。

「啊啊，我的腦袋果然出毛病了，竟然看見那麼可怕的幻影，還誤以為是真的，甚至大驚小怪。我怎會設計出那種莫其奇妙的偷窺鏡？或許在研發的時候，我就已經瘋了。」

瞬間的體悟比適才那根源性的恐怖更令我戰慄。我立刻死命跑回房間，鑽進鋪好的被褥中，緊閉眼睛，祈禱著這一切都只是夢。

斜對面客房原本暫時歇止的喧鬧聲，彷彿嘲笑我的愚昧般，此際又鬧烘烘地響起。就算以被子蒙住頭，那些聲響依舊吵雜刺耳，教人難以入眠。

莫名所以地，我腦中又盤旋起剛才的幻覺。若將其視為一場幻覺，等於承認我瘋了，這實在是令人難以承受的結論。再說，漸漸冷靜下來後，我愈細想，愈覺得自己的神智或視力並未失常到那種地步。「這會不會是什麼人的惡作劇？」我竟愚蠢地興起這樣的可能性。

然而，有誰會為了什麼目的，導演出這麼荒唐的惡作劇？是為了嚇唬我嗎？但我在這家湖畔亭並沒有任何親近的熟人。不僅如此，連偷窺鏡的祕密，也還沒有任何人知曉，不是嗎？那把短刀、那些鮮血，怎麼可能是惡作劇？

那麼，果然是一場幻覺嗎？可是我總覺得不盡如此。更衣室裡沒有血泊，有可能是被害人腳下正好墊著衣物或是其他物品，血滴到那上頭，也有可能是出血量不夠多，沒有流到地面上。只是即便如此，被刺殺的人受了重傷，能夠走到哪裡？她的慘叫聲或許遭二樓的吵鬧聲掩蓋，致使旅館的人沒發現，但受了重傷，不可能神不知鬼不覺地離開這裡。再說，她無論如何都必須立刻就醫。

我的思緒過度紛亂，當天夜裡，終究一晚未曾闔眼。其實，只要轉達旅館的服務人員，一切就都解決了，但出於偷窺鏡這致命的死穴，我無法將這件事告訴其他人，只能為此徒然煩惱。

十

隔天早上天亮之後，自走廊漸次傳來人聲時，我總算恢復一點精神，想著或許洗把臉可以轉換一下心情，便拿起毛巾走下樓梯，前往盥洗室。盥洗室就在浴場旁邊，於是，我趁著早晨的陽光再次檢視更衣室，可惜仍舊沒發現任何異狀。

我洗完臉，回到房間，打開面對湖泊的紙門，深深地吸了滿腔的清晨空氣。多麼清爽的景色啊，放眼所及，湖面就像縐綢般微波遍布，爬上山頂的陽光點點閃爍地反射其上。背景有背陽山壁倒映出的宏偉陰影，陰影的黑與湖面的銀，再配上一抹流過山湖交界處的朝霞。我在漫長的住宿期間總是賴床，委實難得看到如此美景。而與眼前的美景相比，我昨晚一夜的恐懼顯得多麼寒酸可笑啊。

「您起得真早。」

身後傳來挖苦般的女聲，早膳送來了。雖然我毫無食欲，還是勉強在早膳前坐下。拿起筷子的一剎那，我忽地想再次確認昨晚的事。早晨清新的空氣，使我的心情著實輕鬆不少。

「不曉得妳有沒有注意到，昨晚我好像聽見浴場那邊傳來奇怪的叫聲，是不是發生了什麼事？」

我試著先以輕描淡寫的口吻詢問，接著換從各種角度探問，但女傭什麼都不知道。她說沒有任何客人受傷，也沒聽到附近的村人發生類似的事。若真有人受了那樣的重傷，不可能到現在都還沒被發現，既然消息靈通的女傭都沒聽到相關傳聞，那麼昨晚的事或許真的只是一場噩夢。我忍不住更加擔心起自己的精神狀況是否出了問題。

過一會，我也不想再睡，便坐在房間裡昏昏沉沉地想著，此時突然來了一名訪客。就是我先前略微提到的那名青年，他此時亦住在這家旅館，姓河野，可算是這篇故事的主角，因此我必須稍微介紹一下這個人。

我和他只在浴場和湖畔見過兩、三次，他似乎也和我一樣，都是憂鬱型的人，總是一副茫然注視著同一處的表情。在某種契機之下，我們聊了起來，意外發現兩人的性格有許多相似之處。比起混在人群中談天說地，更喜歡獨自沉思或閱讀，這樣的他讓我頗有好感。但他並不像我是個所謂的虛無主義者，反而對人際關係懷抱著一種理想，且他絕非一廂情願地夢想著烏托邦，而是更為確實（也因此在社會上是危險的）、更實踐性的境界。總之毫無疑問地，他是個怪人。

此外，他在職業和物質方面也與我大相逕庭。他是個西洋畫家，從打扮等方面觀察，也絕算不上富裕階級，言語間透露出他是邊賣畫邊到處旅行。來到這家旅館時，他被分配到走廊角落最不方便的房間。不知是什麼吸引了他，他過去似乎也曾屢屢造訪H山，對這一帶很是熟稔。而這次旅行他先在山腳下的Y町住了一段時間後，較我稍早之前來到湖畔亭。他長期以來一面旅行，一面調查各地的風俗民情，因而得知許多奇聞異事。旅行閒暇時，他會閱讀隨身攜帶的書本，左右亦總是擺放著四、五本翻得髒污不堪的艱澀書籍。

啊，我的描述聽來太過嚴肅了些。河野的介紹到此為止，繼續談談他那天早上拜訪我的情形吧。

他一踏進我房間，便直打量著我問：「你怎麼了？臉色看起來很差。」

「我整夜沒睡。」我若無其事地回答。

「失眠啊？真是糟糕。」

隨後我們就像平常一樣，談著不算議論、也不算閒聊的內容。但沒多久，我便受不了這樣表面悠哉的對話。昨晚的事動輒充塞我整顆腦袋，我完全聽不進河野那貌似博學多聞的議論。

煩躁不堪之際，我忽地心想：「索性告訴他真相，問問他的意見如何？」因為我覺得河野應該能夠理解，也是我較能夠坦然以對的人。隨後我便將昨晚的經歷一五一十地告訴他。告白偷窺鏡的祕密時，我難免羞恥萬分，但由於對方相當擅長聆聽，以至於我這個膽小鬼竟不知不覺間侃侃而談起來。

十一

河野看似對我所說的內容興趣濃厚，尤其是偷窺鏡的機關更讓他興奮莫名。

「你說的鏡子在哪裡？」他劈頭就這麼問。於是，我當即取下夏季外套，讓他見識一下我的機關。「噢，原來如此，原來如此，真是巧妙的構思。」他當下佩服不已，親自探頭窺看。「的確，這裡面映著更衣室裡的景象。如你剛才言，以幻覺來說，太過真實了些。可是那個女人（應該是女人吧）起碼也受了重傷，倘使事到如今都還沒有人發現，也太不對勁了。」

然後他沉思半晌，接著說：

「不，這並非全然不可能。假使被害人只是受傷，這樣的結果確實太過反常，可是若那個女人死了，凶手只要藏起屍體，再擦掉血跡就行了。」

「不過我看到那一幕，是十點三十五分的事，之後我到浴場查看，這期間頂多只有五、六分鐘。在這麼短的時間內，有可能藏好屍體並清除血跡嗎？」

「視情況也不是辦不到。」河野意味深長地說。「例如……不，猜測就留到之後，我們再調查一下浴場吧。」

「可是，」我堅決認為。「沒有人失蹤吧？這樣的話，認定女人已死也太不合理了。」

「這很難說。昨晚有許多客人並未留宿，場面似乎相當混亂，不能保證真的沒有人失蹤。再加上這不過是昨晚才發生的事，或許失蹤的人家裡也還未發現任何不對勁。」

於是，我們決定先前往浴場。我覺得用不著特地再檢查一次，但若不親自看過一遍，河野的好奇心是不會滿足的。

進入更衣室後，我們關上出入口的門，掃視以旅館的浴場而言寬敞得近乎奢侈的木質地板房間。河野以銳利的眼神（他的眼神有時候會犀利無比）仔仔細細地環視周圍說：

「這裡一大清早就會進行清掃，即便有血跡，可能也被擦拭得難以一眼辨認出來。」隨後他似乎發現了什麼，又說：「咦？真是奇怪。這塊墊子平常不是擺在鏡子前，應該放在浴場入口才對。」旋即以腳尖將棕櫚製的寬幅踏墊挪到正確的位置。「啊，這是……」

他發出不尋常的叫聲，我直覺望去，赫然驚見原本被墊子蓋住的木質地板上，有一處約兩尺四見方左右的漆黑污痕。只消看上一眼，便可辨識出那是擦掉血泊後的痕跡。

十二

我看著河野自和服袖袋裡取出手帕，用力擦拭那塊疑似血跡的地方，只是血跡已被擦得相當乾淨，手帕前端只染上些許紅色。

「好像是血，不是墨汁或顏料。」然後他繼續調查附近，說：「你瞧這個。」

我朝他所指的方向一看，除了先前被墊子蓋住的位置外，四處有著疑似血跡的斑斑痕跡。有些在柱子與牆壁下方，有些在地板上，因為擦得頗乾淨，幾乎已看不出來，但有了血跡的既定想法後，感覺周圍確實布滿許多疑似血跡的痕跡。而循著這些斑斑血跡前行，負傷者或死者顯然走進浴場。但接下來去了哪裡？或是被搬到哪裡？由於浴場的地面有熱水不絕地流動，當然完全無法判斷。

「總之，先通知櫃臺吧。」河野鼓足了勁說。

「嗯。」我萬分為難地答道。「可是偷窺鏡的事請你千萬不要說出去。」

「但那是非常重要的證物啊，藉此才得知像是被害人是女的、還有短刀的形狀等事實。」

「不過，還是請你別洩露這件事情。不光丟人而已，我擔心萬一其他人知道我裝設那種形同犯罪的機關，搞不好連我也會遭到懷疑。這片血跡就足夠當作線索了，不是嗎？接下來即便沒有我的證詞，警方也能順利辦案吧。請你絕對別說出去。」

「這樣啊，既然你都這麼說了，好吧，我就替你保密吧。總之，讓我先去通報一聲。」

河野丟下這句話，便直奔櫃臺。獨自留下的我，只是備感困惑，茫茫然怔在原地。這下真是鬧出大事了。我昨晚所看到的既非夢境也非幻影，而是真正的凶案。從這片血跡的分量來看，應該如同河野所猜想的，被害人恐怕已死，但凶手將屍體搬到哪裡去了？不，更重要的是，被殺的女人，還有殺人的男人（應該是男人），究竟是什麼身分？從旅館工作人員至今都還未顯慌亂的反應看來，留宿的客人中並沒有人失蹤。可是，有誰會特地將人帶來這裡，再加以殺害？我愈是多想，就愈摸不著頭緒。

不久，走廊傳來幾個人慌張的腳步聲，在河野的帶領下，旅館老闆、掌櫃、女傭等人先後進入浴場。

「請兩位千萬不要到處張揚，我們旅館靠的可是口碑啊。要是傳出莫須有的流言，生意就不用做下去了。」

胖碩的湖畔亭老闆一踏入浴場，隨即悄聲低語。然後他看了看血跡，說道：

「哎呀，不過是有什麼液體不小心潑倒罷了。什麼殺人，真是荒謬，再說，根本沒有人聽見叫聲，客人裡也沒有人不見啊。」

他極力撇清似地說，但內心似乎惶惑不安，禁不住回頭向女傭問道：

「今早是誰打掃這裡的？」

「是三造。」

「那，把三造叫過來，別嚷嚷，輕聲叫啊。」

三造是負責燒洗澡水的下人。一會兒，三造被女傭帶來。平素個性老實、有些楞頭楞腦的他，一副他就是痛下毒手的殺人犯般，臉色蒼白，神情戰戰兢兢的。

「你沒發現這個嗎？」老闆吼道。

「欸，小的完全沒發現。」

「這裡是你負責打掃的吧？」

「欸。」

「那怎麼可能沒發現？你一定沒把鋪在這裡的墊子掀開檢查，對吧？有人這樣打掃的嗎？你怎麼會懶成這副德性……哎，這就算了，你昨晚有沒有聽見這裡傳出什麼怪聲？你一直待在那邊的燒柴場吧？要是有叫聲，你應該會聽到才對。」

「欸，小的沒聽到什麼奇怪的聲響……」

「沒聽到？」

「欸。」

當時的情況大致如此。老闆面對著我們的時候，滿臉堆笑、哈腰奉承，然而面對傭人竟蠻橫至此，這讓我大為反感。話說回來，三造這個人的態度為何如此曖昧？

十三

接下來，雙方為了「是血跡」、「不是血跡」爭論不休，老闆擔心影響生意，極力避免事情張揚出去，而河野也不肯退讓，沒想到竟引發一場莫名所以的爭執。

「您這人也真是怪，這種不知道是什麼潑倒的污痕，何必硬要說成是殺人命案？您這是在刻意為難敝店嗎？」

老闆已有些惱火。局面演變至此，我不禁憂慮起河野會不會把偷窺鏡的事一股腦說出來，當場一顆心七上八下，忐忑不安。因為就算是老闆，只要聽到目擊證詞，一定也會信服的。

所幸就在此時，一名女傭慌慌張張地跑進來。所有女傭都已聽說血跡的事，因而神情舉止顯得有些惶恐。

「大老爺，中村家來了電話。」她上氣不接下氣地說。「他們說長吉還沒回去。」

這番突如其來的報告迫使局勢瞬時丕變。即便是老闆，也沒辦法再保持冷靜。長吉是附近山腳小鎮的藝伎，昨晚她被湖畔亭找來，人的確是過來了，如今卻行蹤不明。中村家以為她昨晚留宿在湖畔亭（這裡是鄉下，對這類情況早司空見慣），並未特別擔心，所以到了這時候才來電詢問。

「是，我們送走那一大批客人時，長吉也和其他家的藝伎一起上車。」

面對老闆的詰問，掌櫃結結巴巴地答道，可惜他好像也對自己的記憶不太有把握。

此時，老闆娘聞風趕來，女傭也漸次聚集過來，眾人七嘴八舌地談論到底有沒有看到長吉。她們說著說著，最後連這位叫長吉的藝伎昨晚是否真的出現在湖畔亭，都變得曖昧不清。

「不，她確實來了。」然後，一名女傭想起什麼似地這麼說。「那是十點半的時候，我拿著酒壺經過二樓走廊，十一號房的紙門倏地打開，長吉跑了出來。點長吉的不正是宴會廳的客人嗎？所以我不解地看著她的背影，沒想到長吉簡直像被什麼東西追趕似地，跑到另一個方向去。」

「對對對，聽到這兒我也想起來。」另一名女傭接著說。「就是那個時候。我經過樓下的洗手間前，正好撞見十一號室的鬍子先生。那位客人一見到我便走過來，凶巴巴地問我長吉有沒有經過這裡。我回答沒看到，他還特地進去洗手間開門查看，因為實在太不對勁，我印象很深刻。」

聽到這段話，我也憶起某件事，便無法自制地插口：

「妳們說的十一號室的客人，難道是兩名穿西裝、帶著大行李箱的人？他們昨晚匆忙地離開這裡……」

「嗯，是啊，他們各自帶著一只很大的行李箱。」

於是有好一會兒時間，眾人針對十一號室的客人議論紛紛。掌櫃說，他們完全沒有知會，突然就做好退房的準備，在櫃臺付清住宿費後，也沒有叫車，便急急忙忙地離開。不過湖畔的村子有公共汽車總站，只要另外付錢，也接受在時刻表以外的時間開車載人，或許他們是走去那裡坐車，但即使如此，他們出發時的慌張模樣委實不尋常。無論是我目睹的異樣舉動，或掌櫃剛才的描述，還有長吉的失蹤、浴場的血跡，此外，鏡中的影像更與他們倉促離開的時刻不可思議地吻合，這豈不是讓人感覺其中勢必有關聯嗎？

十四

老闆徹頭徹尾秉持息事寧人的態度，直說身為老闆的他一定會負責處理善後，請我們各自回房休息，並吩咐我們不要大肆張揚。河野和我也沒必要多惹來白眼地執意參與這樁事件，決定暫時回我房間。

比起其他一切，我更擔心偷窺鏡裝置被發現。即使如此，大白天裡，我根本沒辦法將它拆下。

「無所謂，從這裡也看得清他們在做什麼。」

河野無視於我的擔憂，逕自取下蓋在上面的外套，又窺看起鏡子。

「多麼精巧的機關啊。喏，你瞧，老闆那張臭臉照得一清二楚呢。」

無可奈何，我只好一起窺看。的確，老闆肥胖的半張臉被擴大到占據鏡子的二分之一，張動著厚唇似乎正說著什麼。

就像先前說的，偷窺鏡裡看到的景色如同潛入水中所見的世界，景象異樣混濁，也因此更添一種難以言喻的詭異氛圍。加上我尚未擺脫昨晚那令人膽戰的記憶，總覺得老闆映在鏡面上恍若痲瘋病人般的臉，好似會突然淌下血似地，教我幾乎無法正視。

「你有什麼想法？」一會兒之後，河野自鏡子抬起頭。「假設那個叫長吉的藝伎真的失蹤，十一號室的客人豈不最可疑？我知道那兩個人四、五天前就投宿在這裡，他們不常外出，雖然有時候會點藝伎，但也不會大聲喧譁，大抵都靜悄悄的，不曉得在做些什麼，看起來一點都不像遊客。」

「就算他們可疑，殺害當地的藝伎也太沒意義了，況且，若真是他們殺的，他們又能把屍體藏到哪裡？」我努力打消湧上心頭的某種駭人想法，竟言不由衷地說出這種話。

「或許是扔進湖裡，又或者……他們的行李箱有多大？」

我心頭一驚，可是逼不得已只好回答：「最大尺寸的普通行李箱。」

河野確定這件事後，一副打暗號似地瞅住我的眼睛。用不著說，他與我一樣，都聯想到同一件事。我們僅能默默對看，畢竟這個想法實在太可怕，沒有人敢說出口。

「可是，普通行李箱實在裝不下一個人。」未久，河野蒼白的下眼皮陣陣痙攣地說。

「能不能別談這件事了？連是誰殺的——不，連有沒有命案都還不確定呢。」

「雖然這麼說，但你也和我一樣聯想到同一件事吧？」

我們隨即再次陷入沉默。

但是，最血腥的是把人一分為二，裝進兩只行李箱的猜測。或許真有可能神不知鬼不覺地在浴場的淋浴間處理屍體。若是淋浴間，不管流出再多的血，都會直接流入湖裡。只是，他們真是在那裡將長吉的屍體切成兩半嗎？想到這裡，我的背脊好似被斧頭劈中般，突然一陣疼痛。他們究竟是拿什麼器具切斷屍體的？是預先準備了凶器？還是從庭院裡偷來斧頭？

或許其中一人站在入口處把風，另一個人在淋浴間，面對冶豔的女屍，高高地掄起斧頭。各位讀者，請不要嘲笑我過度神經質的胡亂想像。事後回顧雖然可笑，但當時我們真的歷歷在目般地描繪出那種血腥的光景。

那天下午，事件變得愈來愈現實。中村家似乎透過各種管道尋找長吉，長吉依然下落不明。除了村落駐在所的巡查，山腳小鎮的警察局局長及刑警等人也陸續趕來湖畔亭的櫃臺釐清案情。發生命案的消息迅速在村子裡傳開，旅館外頭擠滿看熱鬧的好事者。儘管老闆如此費心隱瞞，湖畔亭殺人命案卻已在當地鬧得沸沸揚揚。

不消說，河野與我身為命案發現者，立即遭到嚴厲的訊問。先是河野詳細敘述發現血跡時的情形，接著，輪到我被叫到局長面前，再次重複河野所說的內容。

偵訊結束後，局長一副突然想到似地問：「不過你們去浴場做什麼？聽說當時連熱水都還沒燒好，你們為何去那裡？」

我赫然一驚，登時語塞了。

十五

假如我沒有從實招來，是否會在將來導致不可挽回的後果？會不會連我都被當成是這起凶殺案的重要關係人？這麼一想，感覺似乎招出偷窺鏡的祕密比較好。可是，一旦被湖畔亭的人知道我偷窺更衣室的事，那種羞恥更讓我無地自容。情急之下，該選擇哪條路，著實令我陷入兩難，而怯懦的我最後仍抵擋不了羞恥心的折磨，儘管深知這是一著險棋，還是忍不住謊稱：

「我原以為肥皂忘在更衣室，結果沒有。不過今早我要洗臉的時候，忽然意識到會不會真的是放在更衣室，才會過去看看，沒想到意外發現那片血跡。」

我邊解釋邊不著痕跡地向身旁的河野使眼色。萬一他事後說出實情就前功盡棄了，我的暗示是要堵住他的嘴。機敏的他似乎明白我微妙眼神傳達的意思。

接著以湖畔亭的老闆為首，掌櫃、女傭、下人，甚至連住宿客都受到訊問。由於檢察官尚未抵達現場，這只能算是臨時偵訊，並未特別清場，而是一一叫來雜處一室問話，因此我能從旁聽到所有陳述。

河野依著我無言的請求，為我圓謊。聽完他的說詞，我總算放下心中一塊大石。老闆等旅館人員的供述也沒有提到新事證，全和我們之前聽到的一樣。綜合這些說法，警方看來只能懷疑行李箱紳士。

此外，犯罪現場勢必經過極為綿密的勘查。我們身為命案發現者，得以會同勘驗，一名老練的刑警看到木質地板上的痕跡，當場鑑定的確是血跡。後來我們才知道，因負責命案的檢察官要求，警方為慎重起見，擦下血跡後連忙送交當地醫科大學檢驗，確定這名刑警的鑑定沒錯。那並非動物的血跡，確實是人類的血液。

緊接著，根據刑警的推測，從血跡的量來判斷，被害者恐怕已身亡，而凶手一定是在浴場的淋浴間處理屍體，這些都與我們這兩個門外漢所猜想的差不多。

為了尋找凶器和其他遺留物品，警方著手調查浴場周圍，嫌犯紳士所住宿的十一號室也進行了地毯式搜索，卻沒找到任何足以成為線索的物品。

至於疑似被害人的長吉的身家背景，正好她的雇主中村家的老闆娘亦趕到湖畔亭，我們才得以從她口中獲知詳情。當時，中村家的老闆娘以驚人的饒舌透露了許多事，可惜綜合她的證詞後，並沒有特別引起我們懷疑的事實。長吉是一年前從同一個區域的小鎮轉職到中村家工作，以前的事姑且不論，但她來到中村家後，並無任何可疑之處，以賣笑的女人來說，她的性格確實有點陰沉，這甚至可算是她的個人特色。此外，在感情方面，她好像也沒比一般熟客更親密的對象。

「昨晚因為這裡的團體客招呼藝伎，這兒的蔦家締治也和長吉在一起，兩人八點左右自鎮上出發，出門的時候和平常沒什麼兩樣，聽說在宴會上也一如往常。」

老闆娘的解釋就像這樣，漫無邊際。此時，局長針對長吉與行李箱紳士（住宿登記冊上的名字是松永某人，疑似隨從的男子記得是叫木村。但兩人後來下落不明，因此沒必要清楚點出他們的名字）的關係，詢問中村家老闆娘有沒有什麼線索。可惜對於局長的問題，除了長吉曾被松永某人叫去陪酒兩、三次這早已知曉的事實外，老闆娘也沒有其他可補充的新事證。然後，根據旅館掌櫃與那名叫締治的藝伎作證，松永與長吉的關係果真僅止於酒客與酒女而已。

十六

最後從這場訊問中得知的事，不出我們已知的範疇。不僅如此，因為我沒有坦承偷窺鏡的事，就某個意義來說，我不得不說警方對於案情比我們更無知。例如光是行凶時間，我們很清楚正確的時刻——十點三十五分左右，但他們只能從女傭看到長吉及松永形跡鬼祟的時間，推測凶案八成也是那個時候發生。

因此，警方決定先搜索嫌犯松永的行蹤。正確地說，此時連是否發生殺人命案都尚未確定，只是更衣室的血跡、長吉失蹤，以及松永可疑的匆忙退房等，這些巧合令人不禁如此懷疑罷了。但面對這種情況，任何人都會理所當然地認為，搜索松永的下落是第一要務。

幸而河野認識村裡的巡查，我們後來亦能夠某程度地掌握有關當局的破案進度及搜查的實際情況，不過湖畔亭的偵訊結束後，警方雖立刻追查松永的下落，結果卻是一無所獲。追查行動主要是根據我和旅館掌櫃所描述的他們退房時的打扮，向沿路村鎮一一打聽，令人難以置信的是，符合「西裝、手提行李箱」這些條件的人，恍若人間蒸發似地無人目擊。即使如此，松永的其他特徵，只有肥胖、人中部位蓄小鬍子而已，假如他們將行李箱藏到別處，再經巧妙地變裝，想不被人發現地順利逃亡，也非不可能的事。

不必說，他們逃亡時的最大障礙就是那兩只引人側目的行李箱。他們一定是在途中悄悄將行李箱處理掉。警方當然也注意到這點，竭盡全力搜索卻仍得不到滿意的成果。

接下來幾天，警方特地僱用村人，附近的山區自不待言，連湖底都毫不遺漏地尋遍（近岸邊的湖水相當淺，且水質清澈，只要坐船巡視，湖底可一覽無遺），依然毫無斬獲。在沒有任何進展的情況下，這起命案甚至讓人覺得可能就此淪為懸案。

然而，以上這些陳述都不過是表面上的事實，背後發生了另一樁更不可解的怪事。

時間回到命案發生的隔天，警方在湖畔亭偵訊後的那天晚上，偷窺鏡雖然暫時逃過被發現的命運，但我還是極為擔憂，盤算著趁夜撤回裝置，並將其銷毀，一整晚焦急難耐地等待所有人熟睡。

警方調查浴場周邊時，我當下真是冷汗直淌。就算有樹木遮蔽，但走到屋簷下朝上一看，那灰色筒子肯定會招來疑惑。慶幸的是，刑警淨是查看地面，尋找是否有掉落的物品或腳印，完全沒留意上方，所以那令人難以想像的裝置在千鈞一髮之際免於曝光。

可是明天警方一定會進行更縝密的搜查，我不可能永遠僥倖逃過。無論如何都得在今晚將它拆下，否則我實在無法放心。

當晚由於命案的關係，整棟旅館吵吵鬧鬧的，一直到了比平常更晚的時間，喧囂聲都還未止息，所幸在十二點過後，所有人幾乎都睡了。即使如此，我還是覺得謹慎為上，耐心等到深夜一點。在這段期間，我不時查看偷窺鏡，留意更衣室的動靜。等到終於要爬出窗外，進行祕密任務的那一刻，我不經意地再次自房間的鏡面窺看更衣室，雖然只是一剎那，但我竟瞥見有個可怕的物體在鏡裡蠕動著。

那是與昨晚看見的一模一樣的男人手部特寫。手背上有著傷痕般的疤，從粗壯的手指形狀到整體，與昨晚的印象沒有絲毫差異。

那隻手忽而現身，在我還驚魂未定時，便消失無蹤。那絕不是夢也不是幻影。由於事出意外更是駭人，我禁不住瞅著早沒有影像的鏡面，好半晌動彈不得。

十七

我好不容易從暫時的失魂喪魄中恢復過來，隨即奔向浴場。但那裡就和前晚一樣，半點聲息也沒有。尤其因為發生命案，也還沒燒水，人們不自覺地感到恐懼，沒人膽敢靠近浴場，致使更衣室更顯蕭條冷清。與此對照下，乍看與黑色地板無異的那片血跡益發強烈吸引我的目光。

我豎耳傾聽一會，當然聽不到任何聲息。整幢屋子悄然無聲，除了那隻可怕的手的主人外，恐怕無人醒著。更何況，打從我在鏡中看到手，尚未經過多少時間，對方或許仍躲藏在近處。思及此，我胸口猛地一陣膽破心驚，旋即拔腿逃出浴場。

就算回到房間，我又怎麼能夠保持冷靜？而兩難的是，若叫醒旅館工作人員，通知他們此事，最終還是只能坦承偷窺鏡的祕密。事到如今，我深深懊悔偵訊時為何沒坦白。

就算懊惱也無濟於事，出於無奈，我只得將拆下鏡片裝置的工作順延，慌慌張張地拜訪我唯一的商量對象——河野。我毫不客氣地叫醒熟睡中的他，卻竭盡所能地壓低話聲以免驚動他人，並一五一十時地向他描述事情的始末。

「這可奇了。」於是河野也露出詫異的表情。「凶手不可能特地回來。再說，你只是看到手，怎麼知道那是昨天的加害者？」

乍聽這個問題，我才注意到這件事。我竟如此粗心大意，之前完全沒有向他提起手背傷疤的事。同時，一想到自稱松永的男子或他的同伴手背上不知有沒有相同的傷疤，對於自己竟愚笨得全然沒想起這個重大線索，我當下真是備感羞愧。

「這樣啊，原來有那樣的印記啊。」河野顯得非常驚訝。

「嗯，那大概是右手，我看到一條粗黑的斜線。」

「可是，如果你沒看錯，那就更奇怪了。」河野語帶些許狐疑。「先不論旅館工作人員，我連住宿客都仔細觀察過，卻沒看到任何人的手背上有傷。那名行李箱紳士似乎也沒有這樣的傷疤。你不會是把手背上的陰影誤認為傷疤了吧？」

「不，以陰影來說，顏色太深了。就算不是傷疤，也是類似的痕跡吧。這絕對不是我一時錯看。」

「這麼說的話，這可是非常重大的線索呢。但相對地，案情是愈來愈離奇了。」

「發生這些事，我對我的祕密機關擔心得不得了。我想趁此時把它拆下，可是又覺得殺人犯還潛伏在附近，怕得要命。」

「你還是打算保密到底嗎？那是非常有利的線索啊。不過你願意告訴我，真是太感謝了。其實呢，我想要自行偵查這起案子。乍聽我這麼說，你或許會覺得奇怪，不過我從以前就對犯罪很感興趣。」

或許是我多心，但我總覺得反而是河野想對有關當局隱瞞偷窺鏡的祕密，並將它占為己有。證據就是，他甚至說「既然你這麼說，我也來幫忙吧」，協助我取下窺鏡裝置。

這是非常危險的任務。當時是三更半夜，附近的房間都沒有人留宿，這一點很令人放心，可怕的是，剛才的傷疤男子說不定還潛伏在庭院的黑暗之中，試圖加害我們。或許刑警也在附近監視。我們像猴子一樣沿著樹枝爬過去，不時注意庭院，戰戰兢兢地行動。

紙筒裝置只簡單地固定了幾個部位，要順利取下並不難。過沒多久，我們便完成任務，並準備沿著屋頂折返房間，豈料事情就發生在這一刻。

「誰！」

我後方倏然響起一道低沉卻有力的聲音，是河野發現了什麼而出聲斥喝。

我不由得轉頭一看，庭院另一頭的角落，以湖水的幽光為背景，正蹲踞著一道黑影。

「是誰！」河野再次喝道。

只見影子默默地站起身，迅速隱藏到建築物後方，感覺像是一溜煙地跑了。這裡沒有嚴密的圍牆，只要沿著湖岸，想逃到哪裡都行。當我觀察著黑影離去的方向時，河野猛地自屋頂跳下，企圖追上男子。

事情發生在短短一瞬間，一眨眼工夫，逃亡者與追蹤者都已不見蹤影。

我因過度震驚，只能趴在屋頂上，以相當可笑的姿勢僵持許久，但仔細一想，適才河野躍下引發的震動或許已被旅館裡的人聽見。萬一真是如此，我得盡快趕回自己的房間才行。這令人匪夷所思的紙筒要是被其他人看見，我一番苦心可都白費了。不，更糟的是，三更半夜趴在屋頂上的行為，屆時要怎麼辯白才好？

於是，我火速奔回房間，將懷裡的裝置藏進行李箱最底層，一下便鑽進鋪妥的被窩裡。而後我心驚膽戰地豎起耳朵，靜靜等待著旅館工作人員的喧鬧聲。

過了一會兒，卻沒聽見任何聲響。看來無人察覺這次的騷動。我好不容易放下心，卻又擔憂起河野的安危。

「失敗了。」

沒多久，樹枝沙沙作響，河野平安無事地出現在窗口。他一進房間就坐到我枕邊，向我報告追捕的結果。

「那傢伙溜得太快，最後還是追丟了。不過，我撿到一個好東西，意外獲得一項證物。」

十八

河野說著，慎重無比地自懷中取出一個物品。「就是這只皮夾。」

仔細一看，那是個有著金色金屬零件、相當高級的雙折式皮夾，而且還鼓鼓的。

「這皮夾掉在那傢伙逃跑的路上。四下一片漆黑，我沒看清楚歹徒的相貌，不過這只皮夾正好掉在浴場後門燈光照射的地面上，我才會發現。我想，一定是那傢伙不小心掉的。」

我們在好奇心的驅使下檢查起這只皮夾，不經意地取出內容物後，卻不由得瞠目結舌。皮夾裡沒有預期的名片等顯示物主身分的證件，反而全是紙鈔，且是新得幾乎可劃傷手指的十圓鈔票，約有五百圓。

「依此推論，剛才那名歹徒或許就是行李箱紳士。果真是他，皮夾裡放這麼多錢也不足為奇。」一種難以形容的想法在我腦中翻騰，但一時之間，我只能推想出這種明顯至極的猜測。

「可是這太奇怪了。若他就是凶手，還跑到這附近來做什麼？依他逃跑的反應來看，絕不是刑警之類，一定是與犯罪有關的人，但就算是這樣，也未免太不合理。」河野邊思索邊說。

「你完全沒看見歹徒的模樣嗎？」

「嗯，他一下就溜掉了，感覺像隻飛過黑暗的蝙蝠。我會有這種印象，一定是因為對方穿著和服。他似乎沒戴帽子，身材看起來很魁梧，又好像很嬌小，實在太不可思議了，我的印象很模糊。他沿著湖畔跑出庭院外頭，應是跑進對面的森林裡。那座森林很深，就算追進去，也找不到人。」

「行李箱紳士（姓松本）的身材肥胖，感覺像不像他？」

「我不是很清楚，但看上去不像。直覺告訴我，這起事件還有我們不知道的第三者。」

河野的口吻聽來彷彿隱約察覺出什麼，我感到一股莫名的寒意，情不自禁地和他有相同的感觸。這起案件裡，是否隱藏著尚無人知曉的可怕陰謀？

「或許留下了腳印。」

「找不到的。這幾天天氣晴朗，泥土十分乾燥，且庭院以外長滿了雜草，根本看不出腳印。」

「那麼，目前這只皮夾便是唯一的線索。倘使能夠查到原持有人就好了。」

「沒錯。天一亮，我們立刻向其他人打聽吧，或許有人認得。」

接著，我們幾乎徹夜談論這起令人振奮的案件。我完全是出於小孩子喜歡鬼故事那種想見識恐怖事物的好奇心，但河野看來對偵探犯罪事件有著濃厚的興趣，從他的話中，處處可窺見他異常敏銳的判斷力。

無論如何，我們不僅是命案的發現者，且不管是偷窺鏡上的影子也好，今晚發生的事也好，再加上皮夾這個確實的物證，我們掌握著各種警察所不知道的線索。這個事實更是令我們興奮。

「如果我們能夠親自找到凶手，一定大快人心吧。」

因為不必再擔心偷窺鏡，我有些得意忘形，還搶先河野放肆地如此脫口而出。

十九

「那這只皮夾暫時先由我來保管吧。天亮後，我馬上去問掌櫃和女傭知不知道是誰的。」

河野說完返回他的房間時，時間已近黎明。至於我，因為所有的調查都交給河野，只需聽取結果即可，在他帶來新消息之前，我想不如先小睡一下。我太熱中談話，穿著睡衣便坐在被褥上，並就這麼躺下，豈料情緒過於亢奮，愈是想睡就益發清醒，漸漸地，四周亮了起來，走廊上傳來女傭打掃的聲響，更令我無法好好休息。

無奈之下，我心神不寧地爬起，先到之前裝設機關的窗邊打開窗戶，趁著早晨的陽光，再次確認有沒有留下任何會引起注意的窺鏡裝置痕跡。可能是因腦袋疲倦，原本覺得無關緊要，卻又頓時覺得好像有什麼嚴重的疏漏，以至於我不由得擔心起來。可是，我發現這不過是杞人憂天。現場連固定紙筒的鐵絲都一根不剩地拆下，根本沒遺留任何痕跡。

這一刻我總算放下心，接著望向昨晚神祕人物佇立的地點。二樓的窗戶距離現場太遠，看不太清楚，但感覺就像河野說的，沒留下腳印。

「可是，或許地面有一些土質較柔軟的部分，意外留下歹徒的腳印也說不定。」

這實在很反常，看到河野如此熱心追查凶手的樣子，我也不甘示弱，忽地興起自行調查腳印的念頭。另一方面，我也想讓昨夜以來因憂心和睡眠不足而隱隱作痛的頭腦呼吸一下戶外新鮮的空氣，於是索性臉也不洗，便通過緣廊來到中庭，佯裝外出散步的模樣，若無其事地晃到浴場的後門。

但令人失望的是，地面果真一片堅硬，就算是柔軟之處，亦長滿了雜草，連個清楚的腳印都找不到。我仍舊不放棄，繼續沿著湖岸往庭院盡頭走去。

最後，我在取代圍牆環繞庭院的杉林中瞥見一道人影，當場嚇一大跳，且影子正朝我這邊走過來。一大清早的，加上我沒料想到這麼偏僻的地方竟會有人，只能兀自怔在原地。我當下以為對方就是昨晚的歹徒，膽戰心驚地觀察對方下一步的行動。

可是定睛一瞧，對方根本不是什麼可疑人物，而是湖畔亭燒洗澡水的下人三造。

「早安啊，嘿嘿嘿嘿。」他一看到我，便露出癡傻的笑容打招呼。

「噢，早。」我邊回話，忽地心想「這個人或許知道些什麼」，忍不住叫住正要離去的三造，若無其事地和他攀談。

「你不用再燒水了，一定很閒吧？不過這下還真是碰上麻煩的事呢。」

「欸，真傷腦筋。」

「你一點都沒發現有命案發生嗎？」

「欸，完全沒有。」

「前天晚上，浴場裡沒有任何聲響嗎？那裡和燒柴處僅隔一道牆，且有隙縫可窺看裡面，感覺你應該會注意到什麼。」

「欸，小的一不小心就疏忽了。」

三造一副害怕和命案扯上關係的樣子，從昨天起，不管問他什麼，都問不出任何確切的答案。不知是否我太多心，我總覺得他看起來好像有所隱瞞。

「你平常都睡在哪？」我忽然想到某件事，試著探問。

「欸，小的睡在那裡的燒柴處旁邊，三張榻榻米大的房間。」

朝他指的方向一看，浴場建築物的後面有個陰暗的泥土地房間，用來堆放燒洗澡水的煤炭等雜物，旁邊有個鋪榻榻米的地方，連道紙門也沒有，看起來就像間乞丐小屋。

「你昨晚也睡在那裡嗎？」

「欸。」

「那麼，半夜兩點左右，你有沒有聽見什麼？我覺得好像有什麼怪聲。」

「欸，小的沒聽見。」

「你沒被吵醒？」

「欸。」

萬一他所說的是真的，那麼那場追捕歹徒的騷動，根本沒有驚醒這個愚人的美夢。即使沒什麼好問的了，我依舊捨不得離開，直瞅著三造。然而令人好奇的是，三造也莫名地扭扭捏捏，杵在原地不動。

眼前的他身穿衣襟染有「湖畔亭」三個字的破舊和式開襟外套、膝蓋鬆垮垮的毛料細筒褲。儘管外貌寒酸，臉卻刮得很乾淨，這莫名地引起我的注意。沒想到這個人也會刮鬍子——我不自覺地這麼想。雖然他是個愚人，像這樣稍微修飾一下，看來倒也乾淨整齊。不過，他那狹窄額頭上的美人尖，還真讓人不由得想多看一眼。

二十

毫無來由地，我接著望向他的手背，卻不見任何傷疤。命案之後，我特別注意起別人的手背，此時可能又是出於這個習慣吧。當然，我沒有絲毫懷疑愚人三造的念頭。

然而就在我盯著對方時，我赫然浮現這樣的想法：

「自昨天起，即使再三詢問，這個人都是一問三不知，會不會是因為問的方式錯了？回想一下，每位問話的人都沒有明確指出時間點。他們沒有說出命案發生的時間，只是問他有沒有聽到什麼聲響，這樣豈不教人無從回答起？如果能明確指出時間，或許他會有什麼不同的答案。」

因此我毅然決然地只對三造吐露時間的祕密。

「我想命案發生的時間，可能是前晚十點半左右。」我壓低聲音。「會這麼說，是由於在那個時間點，我聽到浴場好像傳來不尋常的叫聲。你有沒有注意到？」

「欸，十點半……」三造似乎想到什麼，表情變得明確了些，應道：「說到十點半，啊啊，或許吧。老爺，那個時間小的正好不在浴場，而是在廚房吃宵夜。」

我不禁深入探問，才知道三造因為工作關係，就寢時間很晚，以至於用餐時間也比其他傭人更晚，他會等到住宿客都洗完澡後才去用餐。

「不過只是吃個飯，也用不了多少時間吧，在這麼短的時間裡，能夠完成一場凶殺案嗎？若你留心點，吃飯前還是吃飯後，應該會聽到什麼聲響才是。」

「欸，小的完全沒注意到。」

「那麼，你去廚房前與回來後，浴場裡有沒有人？」

「欸，經你這麼一提醒，小的從廚房回來的時候，浴場裡好像有人。」

「你當時沒確認一下嗎？」

「欸。」

「那是幾點的時候？是不是十點半？」

「小的不太清楚，應該比十點半晚。」

「是什麼樣的聲音？沖水的聲音嗎？」

「欸，聽起來像是在拚命沖水。會那樣猛沖水的，只有我家老爺而已。」

「這麼說來，那個時候在浴場裡的，是這裡的老闆嗎？」

「欸，好像也不是。」

「好像也不是？你怎麼知道？」

「咳嗽聲聽起來不太像老爺。」

「那你不認得那個聲音嘍？」

「欸，不，小的覺得那聽起來像河野老爺。」

「咦？你說河野，是住在二十六號房的河野先生嗎？」

「欸。」

「喂，你是說真的嗎？這事非常重要，你確定那是河野先生的聲音嗎？」

「欸，小的聽得一清二楚。」

三造昂然回答，反而是我一時難以判斷這個愚人的話是否可信。和他一開始曖昧的說詞相較，方才的斷定是不是唐突了些？於是我進一步反覆探問，想確定三造模糊的記憶，但不知為何，他淨是主張當時的入浴者就是河野，卻又沒有任何確證，終究無法讓我信服。

二十一

對於這樁命案，我一開始就抱持疑問。聽到三造剛才的自白，我心中的疑問更深了。就算三造是個傻子，但浴場裡有澡堂人員專用的狹窄出入口，也有窺孔用以詢問客人水溫是否合適，倘若三造人在燒柴處，絕對會察覺凶案，凶手明知這一點，卻仍然明目張膽地殺人（或分屍），豈不是太有勇無謀？

或許凶手事先確定三造人不在隔壁，才會動手殺人。即便如此，在用宵夜的短暫時間裡，怎麼可能完成那樣一樁大任務？這不是有些不尋常嗎？或者三造聽見的沖水聲，是凶手不知道澡堂人員已回來，兀自沖掉浴場洗身處血跡的聲音？這種荒誕無比、噩夢般的事真可能發生嗎？更教人難以置信的，是三造直稱沖水的人是河野這件事。依此來看，縱使這番猜測非常荒唐，凶手不是別人，正是河野，而他竟想要偵查自己？這起案件真是愈想愈讓人陷入五里霧。

於是，我就這樣佇立原地，好一段時間耽溺於這些不合理的推論裡。

「原來你在這裡，我找你找好久。」

我被突如其來的聲音驚嚇，不禁抬起頭，三造已然離去，此刻站在我面前的是河野。

「你在這種地方做什麼？」他直瞅著我問。

「噢，我來找昨晚那傢伙的腳印，可是沒有半點跡象。然後，負責燒熱水的三造正好在這裡，我便向他打聽一些事。」

「這樣啊。他說了什麼嗎？」河野聽我提到三造，似乎非常感興趣，熱心地問我。

「他說得很曖昧，不清不楚的。」

接著我故意省略有關河野的部分，重述不久前與三造的問答。

「那傢伙怪怪的。搞不好其實是個手段高明的大騙子，不能隨隨便便就相信他。」河野提醒道。「話說回來，知道皮夾主人是誰了。那是旅館老闆的皮夾，說是四、五天前弄丟的，正在尋找。至於是在哪裡弄丟的，很遺憾，老闆說他完全不清楚，總之我問過女傭和掌櫃，都說確定是老闆的。」

「那麼，是昨晚那傢伙偷走的嘍？」

「唔，應該是吧。」

「這樣的話，那傢伙和行李箱男是同一人嗎？」

「不曉得，若是這樣，他都已經逃走了，為何昨晚還特地回到這裡……出於什麼理由他必須如此冒險？我完全摸不著頭緒。」

接著，我們又短暫交換意見，遺憾的是，每當有了新發現，案子只會變得更錯綜複雜、難以理解，一點兒也看不見破案的曙光。

二十二

這下子，我果真被捲入殺人命案裡了。在取下偷窺鏡裝置前，我只想不顧預定停留時間，早日逃離這個可厭的地方，不過如今裝置安然取下，我不必再擔心自身安危。此時天生的好奇心勃然湧起，我甚至興起自不量力的念頭，想和河野並肩靠著掌握到的線索，自行追查凶手。

當時鄰近的法院特地派來負責案件的官員，對方亦確定浴場的血跡是人類血液，Y町的警察局也忙得人仰馬翻。儘管搜索行動規模龐大，卻毫無斬獲。從河野認識的巡查口中聽到搜查進度嚴重落後，連門外漢的我們都備感焦急難耐。警方的無能更激起我的鬥志。而另一個重重刺激我好奇心的要素，不必說，正是河野過度熱心偵查的態度。

我獨自回到房間，細細尋思剛從三造口中打聽到的事實。三造吃完飯回來，浴場似乎有什麼人在，我想這應該是真的。從時間點來看，那個人與犯罪有關也幾乎是無庸置疑。然而根據三造的說法，那個人或許就是和我一起偵查此案件，並以業餘偵探自居的河野。

「那麼，河野就是凶手嗎？」

突然間，我感到一股無法言喻的恐懼。萬一浴場的那一大灘血跡沒被沖走，或者即使沖走了，後來也發現其實是顏料或其他動物的血液，考慮到河野那異於常人的個性，也可猜想可能是他的惡作劇。不幸的是，警方檢驗確定那是人類的血液，且從擦拭的痕跡來推測，分量也足以奪走被害人的性命，若當時在浴場的人真的是河野，不由分說，他正是那名殘酷的凶手。

可是，河野為什麼要殺害長吉？他又是怎麼處理屍體的？一想到這些細節，我實在無法接受河野是凶手的推論。首先，光是夜間的神祕人影，不就足以證明河野是清白的嗎？再說，一般人不可能犯下殺人重罪後，還滿不在乎地繼續留在現場，甚至擔負起偵探的任務。

三造只聽到咳嗽聲，便主張那個人是河野，但人的耳朵很容易錯聽，且聽到聲音的又是那個傻子三造，這想必是某些誤會所致吧。可是，我認為當時應該真的有人在浴場。三造說「會那樣猛沖水的，只有我家老爺」，那會不會不是河野，而是湖畔亭的老闆？

再仔細思索，那個人影掉落的皮夾也是老闆的。不過傭人們都知道老闆的皮夾不見了，要斷定人影就是老闆有些勉強，但無論三造的說詞也好，老闆些許古怪的個性也好，也並非全然不可疑。

在這當中，最可疑的莫過於行李箱紳士。屍體的處裡……兩只大行李箱……其中隱藏著甚是駭人的疑點。那麼，三造聽到的人聲，會不會並非河野也非旅館老闆，而是行李箱紳士？

關於行李箱紳士，警方視其為唯一嫌犯，並傾力搜查，可惜自從他們深夜離開湖畔亭玄關後，不曉得如何變裝、逃到何處，竟完全追查不到。沒人看到提著行李箱的西裝男子。難道，他們已逃到天涯海角？抑或仍潛伏在這座山中的某處？由前晚的神祕人影來推測，或許他們依舊潛伏在四周。果真如此，不由得令人有種難以捉摸的恐懼。殺了人的凶殘歹徒正躲在某個角落（或許就近在身邊），蠢蠢欲動。

二十三

這是那天黃昏的事。我一時興起，叫來山腳小鎮蔦屋的藝伎締治。我並不特別想聽三味線，對這名叫締治的女人也興趣缺缺，不過聽女傭說，她和死去的長吉交情最好，因此我想向她打聽長吉的身世。

「好一陣子沒見到您了。」中年藝伎締治記得我找過她，逕以親切的笑容和率性的口吻招呼道。她這樣的態度，最有利於我達成目的。

「收起三味線，放輕鬆，今天我們就邊吃飯邊聊聊吧。」我隨即這麼吩咐。締治聽到我的話，略為斂起笑容，面露警戒的表情，不過她好像很快就隱約察覺我的目的，轉而換上另一副笑容，毫不客氣地在矮桌對面坐了下來。

「長吉真是可憐，我們非常要好呢。聽說浴場的血跡是老爺您和河野先生發現的？我害怕極了，根本不敢去看。」

她也和我一樣，似乎很想談談凶殺命案。她是被害人的好友，我則是命案的發現者。就這樣，在我和她共酌之間，自然地達成我當初所設想的目的。

「妳也知道那兩名帶著行李箱的男子吧？那位客人跟長吉是什麼關係？」我刻意斟酌時機，如此切入重點。

「十一號房的先生看上長吉，好像時常指名她。」

「有沒有過夜呢？」

「之前聽長吉說倒是從來沒有。我常聽長吉提起他們的事，可是他們的關係根本沒有親密到會起殺機。且那兩位先生是初次來到這裡，住進來不過一星期，沒道理能建立起多深的關係。」

「我只瞄過他們一眼，那兩人有什麼特別的嗎？妳聽長吉提過嗎？」

「沒什麼特別的，很普通的客人，不過好像非常有錢。長吉可能是不經意瞥見他們的錢包吧，聽說裡面塞滿錢，把長吉嚇一大跳。」

「哦，他們那麼有錢？但以有錢人來說，他們倒不怎麼揮霍。」

「是啊。他們總是只叫長吉一個人，也沒請她彈三味線，最多只是陰沉沉地聊天。掌櫃說那兩名客人很怪，成天關在房裡，也從不出門散步。」

關於行李箱紳士，看來不會有更多訊息了。於是，我索性將話題轉到長吉的身世。

「長吉一定有心上人吧。」

「嗯，說到這個啊，」締治的眼神露出笑意。「長吉這個人真是個悶葫蘆，她來到這兒才不久，我完全不了解她心裡面在想些什麼。她給人一種不願敞開心房的感覺。這種性格很吃虧的。所以我也不是很清楚她的感情生活，但是依我看，她並沒有心上人。她看起來就像個良家婦女，一點兒都不適合藝伎這行。」

「有沒有特別中意她的熟客？」

「您這樣好像前些日子的刑警。」締治誇張地笑著說。「中意她的熟客倒是有，是一位姓松村的先生，他是這附近山林地主的公子。那真是情迷意亂呢。噢，我是說那位公子對長吉。然後呀，他這陣子甚至直說要為長吉贖身。但長吉非常不願意，無論如何都不願點頭答應。」

「有這種事？」

「嗯，那天晚上也是，就是長吉遇害那晚。松村先生也在二樓的團體客裡，他平常是個老實人，沒想到一喝醉就發酒瘋，在眾人面前讓長吉相當難堪。」

「難堪？」

「唉，鄉下人很粗魯的，松村先生打她一巴掌，還揍了她。」

「該不會……」我玩笑似地說。「該不會是那個人殺死長吉吧？」

「哎呀，這話太嚇人了。」可能是我說得太重，締治臉色忽然丕變。「不可能有這種事的，我也和刑警先生說過，松村先生從宴會開始到結束，一次都沒離開座位。回程的時候，他也和我搭同一輛車子，沒有任何可疑之處。」

我從締治口中問到的線索，大致上只有這些。不過也因此，我又發現一名可疑人物。根據締治的說詞，那名姓松村的人宴會期間不曾離開座位，但宴會上杯觥交錯，締治想必也醉了，她的話能盡信嗎？若要懷疑，是沒完沒了的。

用完飯後，我讓締治先回去，獨自面對杯盤狼藉的矮桌茫然坐著。從行李箱紳士開始，被河野追捕的人影、湖畔亭老闆、剛才聽到的松村青年，甚至連河野的身影，都像走馬燈般在我的腦中浮現又消失。我當然沒有確實的證據，卻總覺得這些人都十分可疑，頓時油然心生一股莫名地恐懼。

二十四

接著是發生在當晚的事。由於湖畔亭老闆懇求說會影響生意，使得原本暫時禁止出入的浴場自這天起又重新開放。締治回去以後，我沉思好一會兒，大概九點時，興起去睽違許久的浴場看看的念頭。

更衣室地板上的血跡都已刮除，但刮痕處白皙的木紋反而顯得異常清晰，讓人不禁想起前晚血淋淋的事件，一切猶歷歷在目。

至於客人，多數都被殺人命案嚇破膽，一一退房離去，留下來的除了我和河野外，只有一組三人的男客。那位偷窺鏡之花的都會姑娘一家人，也在命案隔天匆匆離開。眼下客人稀稀落落，大批傭人又都還沒入浴，浴池顯得分外清澈，坐進浴池裡，甚至連腳趾頭都能看得一清二楚。

雖然沒有男女之分，但這裡的浴池十分寬敞，甚至媲美都會區的澡堂，洗身處一片空蕩，高高的天花板正中央垂吊著明晃晃的電燈，儘管時值夏季，整體的氛圍卻流露著陰寒氣息，恍若可在地面上看到分屍的情景。

因為寂寞，我想起前些日子漸漸熟稔的三造就在一道牆外的燒柴處，便打開窺孔的蓋子，尋找他的蹤影。

「三造？」我出聲。

「欸。」應聲傳來，偌大的燒柴口一角露出他呆茫的臉。那張臉被煤炭的烈火照亮，顯得一片赤黑，我內心不由得竄起一股詭譎的寒意。

「這洗澡水真舒服。」

「嘿嘿嘿嘿嘿。」三造逕自在暗處發出傻子般的笑聲。

我當下深感困惑，闔上窺孔蓋，匆匆走出浴池，站在洗身處擦拭起身體。忽地，我見到眼前的霧面玻璃窗開了條小縫，且可清楚看到前晚歹徒逃進的深邃森林一角，在那漆黑的地方，一道白光閃閃爍爍。

我心想會不會是一時眼花，便暫時停下擦身子的手，凝目觀察，這次白光稍微換了位置，再次閃爍起來。看樣子似乎有什麼人在森林裡遊蕩。

事情發生在這種節骨眼，我立刻聯想起前些夜晚的歹徒。若能夠查明那名男子的真面目，就可解開一切疑問。我無法壓抑瞬間湧起的好奇心，急忙穿上衣服，迂迴地從庭院趕往森林。途中我順便繞到河野的房間窺探，但他不曉得到哪去了，房裡不見人影。

這是個連星辰都沒有的暗夜。我靠著幽幽明滅的光芒，竭力以腳探索著前進。事後連我自己都深感不可思議，沒想到懦弱的我竟會如此大膽，但當時我一心只想破案讓他人刮目相看，幾乎處於渾然忘我的狀態。話雖如此，我也沒打算要逮住歹徒，我只想在不必冒險的距離接近他，看清他的真面目罷了。

如同先前說的，走出湖畔亭的庭院後，就是森林的入口。我藏身在大樹幹後方移動，戰戰兢兢地接近光亮。

走了一會兒後，不出所料，我朦朦朧朧看見一道人影。那個人拿著手電筒，正專注地查看地面，像在找東西。遺憾的是，距離仍有點遠，我看不出對方是誰。

於是我鼓起勇氣，走近男人。幸而樹幹十分密集，小心別弄出聲響就不必擔心會被發現。沒多久，我已逼近到隱約辨識出對方穿的衣物花色和臉型了。

二十五

可疑男子像老人般駝著背，靠著一把小手電筒，尋找什麼似地在草叢中踱來踱去。手電筒的位置使他有時看起來像個漆黑的影子，有時又像個昏白的幽靈。當他不期然地換手拿手電筒的時候，周圍的樹枝就像詭異的生物般晃動，在某個時刻燈光還會向我直射，迫使我藏身到樹幹後面。

但無論如何，手電筒的燈光都只有一丁點，且在對方手上兀自擺動，想借光看清對方的模樣，委實困難重重。我選了個絕對安全的位置，像逼近敵人的士兵在遮蔽物之間隱身前進似地，鑽過樹幹，一步一步靠近。

三更半夜的，在森林裡找東西實在太不合理，何況對方是從未在這附近見過的都會型男子，更令人費解。我當然想起前些夜晚河野追丟的那名神祕男子，懷疑近在眼前的正是那個人。

可是，我就是無法看清他的臉。我來到離他僅一間之處，但因身居暗處，根本看不明白。這天晚上狂風大作，整座森林吵嚷不休，即使稍微弄出一些聲音，也不必擔心會被聽見，可能是因為如此，對方絲毫沒有注意到我，僅專注地四處搜尋。

經過漫長的一段時間，我靠著左右來回的手電筒燈光，耐心地觀察男人的行動。最後，可能是怎麼找都找不到，男子終於死心，挺直身子，倏地關掉手電筒，沙沙地弄出聲響，看來他準備離開了。我心想不能跟丟，隨即追趕上去。由於四下一片漆黑，我只能靠著對方踏過草地的腳步聲辨認他的所在位置，但就像剛才說的，當時風聲大作，我沒辦法確實捕捉到腳步聲。

我既害怕，又不熟練這類跟蹤的戲碼，當下不知該如何是好。就在我猶疑不定之際，四周連細微的腳步聲都聽不見了，我被獨自留在黑暗中。

都跟蹤到這種地步，還讓對方跑掉的話，我的苦心都白費了。他總不會逃進森林裡吧？他應該完全沒發現我在一旁偷偷觀察，想必是往街道的方向去了。一想到這裡，我立刻奔向湖畔亭前的村道。

這裡是山中聚落，除了旅館以外，沒有一戶人家亮著燈火，漆黑的街道上未見人影。自遙遠彼方傳來應是村裡青年吹奏的追分節（註一）尺八（註二）聲響，儘管笨拙，音色依舊哀淒，摻雜在風聲裡飄送四方。

我站在那條路上，望著森林好一會。從這裡遠眺，怪物般的森林在狂風中起伏的模樣更是驚人，竟莫名激起我的思鄉之情了。無論再等多久，剛才的神祕人物依然沒有要走出森林的態勢。

我大概等十分鐘後，終於死心放棄，但又覺得心有不甘，於是興起再次拜訪河野的想法，要是他在的話，就請他一起到森林裡尋找。打定主意後，我匆匆地喘著氣衝進旅館玄關，連脫拖鞋都顯得焦急。我跑過走廊，一到他房間就猛地拉開紙門。

二十六

「嗨，請進。」幸運的是，河野已回來，他一見到我，便露出一貫的笑容歡迎。

「喂，剛才森林裡又出現奇怪的傢伙了。要不要去看看？」我雖倉促，卻不自覺地壓低嗓音。

「是上次那傢伙吧。」

「或許是。他在森林裡拿著手電筒，似乎在找什麼。」

「你看到他的臉了嗎？」

「我無論怎麼努力就是看不清楚。也許他還在那附近徘徊，要不要去瞧瞧？」

「你到前面的街道觀察過了嗎？」

「觀察過了。除了那裡以外，沒有其他出路。」

「那麼現在再去也是白費工夫吧，歹徒不可能逃往街道。」河野別具深意地說。

註一　一種日本民謠。馬子唄在中山道追分宿成為酒宴歌曲後，被稱為「追分節」，流傳至全國。

註二　一種日本的傳統木管樂器，中國唐代時傳入日本。

「你怎麼知道？你查出什麼了，是吧？」我忍不住表明疑心。

「嗯，其實我已把範圍縮小到某種程度，就差一步而已。只差一步，便能明白一切。」河野的口吻自信滿滿。

「你說縮小範圍，意思是……」

「也就是說，這次命案的凶手，絕非來自旅館以外的人。」

「難道凶手是旅館裡的人……」

「唔，是啊。若是旅館的人，就算會從森林那邊走後門回來，也不會逃往街道。」

「你怎麼知道？那究竟是誰？老闆嗎？還是傭人？」

「只差一步，你稍安勿躁。我自今早起就全神貫注在這件事上，大致整理出一些眉目。但還是別輕率點出名字吧。請再忍耐一陣子。」

眼前的河野表現出異於往常的賣關子態度，讓我覺得很不好受，然而好奇心凌駕內心的不滿，我無法遏抑地繼續追問：

「你說是旅館裡的人，這也太奇怪了。其實我也正在懷疑一個人——大概就是你想的那個人——可是仍有些地方令人費解。首先，光他如何處理屍體這件事，我便毫無頭緒。」

「就是這一點。」河野也點點頭。「我也只有這點尚未想透。」

從他的口氣聽來，似乎也正在懷疑那名皮夾的物主——亦即湖畔亭的老闆。想必他掌握了比我更確實的證據吧。

「還有那道手背上的傷疤。我留神觀察過，可是舉凡旅館工作人員和住宿客，沒一個人的手上有傷。」

「傷疤之謎，我已大致解開。應該是那樣沒錯，但還不是很明確。」

「還有，行李箱紳士又該怎麼解釋？以現階段而言，那兩人不是最可疑的嫌犯嗎？不管是長吉從他們的房間逃出來、行李箱紳士四處尋找長吉的所在、還有他們毫無預警的退房、再加上那兩只大型行李箱……」

「不，我覺得那都只是巧合罷了。今早我想通一件事，你看到殺人情景，是十點三十五分左右的事吧，然後你在樓梯碰到他們，這期間經過多久？依你的說法，大概是五到十分鐘。」

「沒錯，頂多十分鐘吧。」

「就是這裡，這便是誤會的源頭。為慎重起見，我問過掌櫃他們退房的時間，掌櫃的回答也是一樣，中間只過了五、六分鐘而已。在這麼短的時間內，可能處理好屍體並塞進行李箱嗎？就算不塞進行李箱，光是殺人、擦拭血跡、藏好屍體、準備退房，五分鐘、十分鐘根本無法完成。懷疑行李箱紳士，真是太不智了。」

聽河野這麼一說，確實如此。我怎麼會興起如此可笑的妄想？警方也沒懷疑我的錯覺，反而更進一步對照女傭的證詞，兩三下就懷疑起行李箱紳士了。

「男子追趕長吉，算是藝伎和醉客間常有的事。以特殊看法過度詮釋，才導致誤會。無預警的退房，可能是他們突然有什麼急事，撞上你嚇一跳也是如此，碰到那種意外狀況，任誰都會感到錯愕啊。」河野不當一回事地說。

後來我們針對這意外的誤會談論了一會兒。這天大的失策，讓我在河野面前備感慚愧，淨是不停地說「我真是太荒唐、太荒唐了」，此外再也沒心思繼續追查真凶，糊裡糊塗地退回自己的房間。

也就是在那個時候，我從河野的口吻判斷出，他懷疑的定是旅館老闆，同時懷著這樣的誤解與他談話，但事後我才了解並非如此。從這篇故事的起始到最後，我這個人扮演的盡是丑角，更遑論什麼偵探了。

二十七

接著，讓我稍微快轉一下，將時間直接拉到三、四天後的晚上。在這期間並沒有什麼特別需要交代的事。河野似乎每天都會出門，不管我何時前往拜訪，他都不在房間。他逕自將我排除在外的態度令我大為不滿，再加上我自己先前犯下的錯誤頗為難堪，此際我已沒興致像先前那樣以業餘偵探自居。話雖如此，要我拋棄這令人好奇的案子，斷然離開旅館，也著實可惜，因此我姑且相信河野要求我再耐心等待的話，繼續逗留此地。

另一方面，警方也像先前說的，大規模地搜索行李箱等，仔細搜尋森林和湖岸，但看來一無所獲。或許我不該讓警方白費工夫，反而該向他們指出先前表白的時間點錯誤，但河野認為「可順便搜索屍體，不必制止」，我也贊同，因此至今仍對警方保密。

我一有機會就留心旅館老闆，拜訪河野的房間也成為我的日課。但老闆的言行不僅毫無可疑之處，河野也大多不在，這幾天我簡直快要望穿秋水，無聊至極。

這天晚上，我心想河野八成又不在，一打開他房間的紙門，竟意外看見不只主角河野在，還有村落駐在所的巡查，兩人正熱烈地談論一些事。

「啊，你來得正好。進來吧。」

看到我不自然的舉止，河野率先大方出聲。要是平常，我應該會客套地婉拒，但他們似乎正在討論命案，我實在難以壓抑自己的好奇心，便順著他的話走進房裡。

「他是我的朋友，可以信任，請繼續講下去。」河野邊介紹我邊說。

「就像我剛才所提的，有個來自對岸的村人說了以下的事。」巡查繼續道。「我來這裡的途中，碰巧經過那兒，聽到他正在對村人談起這件事。兩天前的夜半時分，他聞到一股奇怪的味道。當時注意到這股味道的不只他，同一座村子也有許多人聞到。至於那是什麼味道，據說是火葬場的味道。這一帶根本沒有火葬場，實在很反常。」

「焚屍的味道是吧？」河野看來非常感興趣，眼眸熠熠生輝地反問。

「對，是焚屍時那種令人窒息的、難以形容的臭味。聽到這件事，我突然想起這次的殺人命案，目前警方正在為屍體消失而大傷腦筋。因此聽到燒屍體的味道，我總覺得兩者間似乎有什麼關聯。」

「這兩、三天風颳得很厲害。」河野像想起什麼似地興奮說道。「是南風吧。沒錯，關鍵就在於一直颳著南風。」

「什麼意思？」

「聞到味道的村子，是不是位在這座村子南邊？」

「正好就是南邊。」

「那麼，如果在這座村子焚屍，味道應該會伴隨強烈的南風，越過湖面，傳進對岸的村裡。」

「可是那樣的話，比起對面的村子，這裡的味道應該更濃啊。」

「不，這倒不一定。假設是在湖畔焚屍，由於風勢太強，氣味會全部吹往湖面，這個村子反而聞不到，因為是上風處嘛。」

「就算如此，想要不被任何人發現地焚屍，我實在不認為辦得到。」

「視情況也是有可能的，例如只要在浴場的爐灶進行……」

「咦？浴場？」

「對，浴場的爐灶……至今為止，我採取與警方不同的路線，一直獨自偵查這樁命案，差不多已查出凶手，可惜因還不清楚屍體是如何處置，並未向有關當局報告。不過，聽到巡查剛才的話，我想謎團完全解開了。」

河野一臉滿足地看著我們啞然的模樣，兀自轉向背後，拉過提袋，取出一把短刀。那是一把沒有刀鞘，髒得發黑，約五寸長，有著白木柄的短刀。我看到那把刀子的瞬間，赫然一驚，當下明白了一件事。在鏡面看到殺人情景時，男子就是握著這樣一把短刀。

「你認得這把短刀嗎？」河野望著我問。

「嗯，就是這把短刀。」我不小心便說溜了嘴，立刻警覺到巡查還在這裡，內心大喊不妙。偷窺鏡的祕密或許會因此曝光。

「乾脆全說出來怎麼樣？」河野趁著我失言的機會勸道。「反正件事遲早會曝光，況且不從偷窺鏡的事講起，我的話就會變成一派胡言了。」

仔細想想，河野的提議很有道理。為了證實我見過這把短刀和手背的傷疤、證明行李箱紳士清白的時間點、拆下偷窺鏡時發現的可疑人物，以及其他種種疑點，若不坦白偷窺鏡的事，實在難以取信於人。

「我做了個非常無聊的惡作劇。」逼不得已，我只好一五一十全盤托出。既然要坦白，我希望不是由河野來解釋，而是我自行婉轉地說明。「我在這家旅館的浴場更衣室裝設了機關，利用鏡子和透鏡的原理，直接從房間偷窺更衣室。我並無惡意，只是因為太過無聊，所以稍微應用了在學校所學知識。」

於是，我盡量不提到自身的變態嗜好，簡單地向巡查述說緣由。由於事實太過突然，巡查有些納悶不解，不過經我再三說明後，他便了解事情的梗概。

「基於這層顧慮，我一直沒有講出重要的時間點，真是萬分抱歉。剛開始偵訊的時候，我便錯失了說明的機會，加上裝了那種奇怪的機關，害怕因此被誤會與犯罪有關。不過，剛才聽河野說已追查出凶手是誰，我再也不必擔心。不信的話，晚點我可以拿實物讓你親自過目。」

「既然這樣，再來談談我搜查凶手的始末吧。」河野接續道。「首先是這把短刀。請看，刀尖沾有不尋常的污痕，仔細觀察就能辨認出是血跡。」

由於整把刀子又黑又髒，若不悉心查看，實在難以分辨，但刀尖的確沾著像是血跡的黑色污點。

「這把短刀與鏡中所見的刀子同款，尖端又沾有血跡，顯然就是殺人凶器。不過，兩位猜猜我是在哪裡發現這把短刀的？」

河野有些賣關子地說到這裡，面露絲毫惡意地交互盯著我們兩個人。

二十八

河野拿著骯髒的短刀瞅著我們，一時之間，我的腦中接連浮現應是那把短刀主人的嫌疑犯容貌。行李箱紳士、旅館老闆、姓松村的長吉的客人、手電筒男子……而最後留在我腦海的身影，依然是貪婪的湖畔亭老闆。我相信河野即將說出口的名字，一定就是他。然而意外的是，河野所指的人物，卻是我壓根兒從未懷疑過的人。

「這把短刀是我在浴場燒柴場角落的陰暗置物架上找到的。架上堆放著三造的所有物，且都已蒙上一層灰，最隱密的地方則藏了一個骯髒的白鐵盒，盒裡裝有許多稀奇古怪的物品。那只盒子目前還在原處，收納著像是精緻的女用錢包、金戒指、大量的銀幣等，還有這把沾滿血的短刀……用不著說，這把短刀的物主正是負責燒洗澡水的三造。」

巡查和我皆默默等待河野繼續說。因為光是這件事，實在教人難以相信傻子三造就是凶手。

「而凶手也是三造。」河野的語氣從容不迫。「這起案件裡有許多嫌疑犯。首先是行李箱紳士，再來是姓松村的年輕人，最後則是這家旅館的老闆。關於那兩名頭號嫌疑犯，警方似乎也是竭盡全力搜索，遺憾的是，截至目前為止，他們依舊行蹤不明。不過懷疑這兩個人，根本就是錯誤的方向。」

河野再次向巡查說明先前對我解釋過的時間點矛盾。

「至於第二位嫌疑犯松村青年，警方亦曾對他進行一番偵訊，但沒發現可疑之處。他與藝伎締治搭乘同一輛車回家，之後就沒有任何可疑行動，由此推論他根本沒多餘的時間處理屍體，顯然不是凶手。再說，他也沒有動機殺害自己深深迷戀的女子。最後，則是那名神祕人物掉落的皮夾，不錯，那的確是這家旅館老闆的所有物，但也僅止於此。事後調查，我發現命案發生的時刻，老闆正在自己的房間睡覺。他的妻子和傭人對這件事的說法一致，且還有小孩作證。小孩是不會說謊的。」

然後，河野又對前些夜晚的神祕人物進行一番說明。

「換句話說，由此可知，我們所懷疑的嫌疑犯都不是真正的凶手。對於太過接近的事物，我們往往會因近在眼前而忽視。例如，三造雖然是個接近癡呆的傻子，但警方為何完全沒有懷疑過燒洗澡水的他？三助(註)並不是附屬於浴場的道具，他們也是人。且浴場有兩個出入口，從燒柴處也可自由穿梭更衣室。同時，能夠在那麼短的時間內——十點三十分起的五分或十分鐘之內處理屍體的，除了三造外，別無他人。或許他先將屍體藏到燒柴場的煤炭堆後面，等到深夜再慢慢料理人肉。」

河野的口氣漸漸變得像在演說般，顯得得意洋洋。

「可是，三造是個傻子，且是個老實到底的傢伙。我也覺得他不可能是凶手，直到最近才懷疑起他。昨天我在浴場後面碰到三造時，赫然發現他手背上有條黑色的痕跡。當然，我立刻想起凶手手上的傷疤。那是條異常清晰的粗線，和你的描述非常相近。我突然靈光一閃，若無其事地問：『你的手怎麼了？』果不其然，三造一如平常傻愣愣地回著『欸』，頻頻摩擦手背，但那條線卻很難擦掉。看起來如同用力擦到某種沾上煤炭的物品。」

註　在澡堂負責燒水，或為浴客擦身洗澡的下人，一般稱為三助。

河野說明到這裡，又必須為巡查詳細解釋偷窺鏡中所見的景象。

「你在鏡中看見的傷疤，會不會其實和三造手背上的擦痕一樣，不過是煤污罷了？我就是驚覺這一點。由於影像模糊，無法斷定煤污不會被誤認為傷疤。喏，你怎麼想？」

河野徵詢我的意見，我思索一會兒應道：「事情發生在短暫的剎那，或許是我錯看……」傷疤的印象至今尚未從我的腦中消失，因此我無論如何都難以將其視為煤污。

「倒映在鏡子上的，是不是這樣一隻手？」沒想到，河野倏地把他的右手背伸到我面前。定睛一看，他的手背上畫著一道斜斜的黑線。因為與鏡中看到的手過於相似，我忍不住驚叫出聲：

「就是這樣，就是這樣！你怎麼會有這樣的傷？」

「這不是傷，而是煤污，非常像吧。」河野感嘆似地望著自己的手說。「因此，我才會覺得三造很可疑，便前往調查我剛才所提到的燒柴處置物架——當然是趁三造不在的時候。結果找到那個白鐵盒。裡面的短刀等物品，都是與三造格格不入的東西。我在隨意翻找時發現架子有兩層，間隔又很窄，當我把手伸進底層架子，上層架子的下側木條就會摩擦到手背，若一不小心碰到木條尖角，就會被堆積在那裡的煤灰畫出這樣的痕跡。」

河野配合著手勢說明。

「這下三造更可疑了吧？還有，三造有個無人知曉的毛病。這是很久以前的事，當時我剛到這裡不久，偶然體悟人果然不可貌相，原來三造徹頭徹尾是個壞坯子。別看他傻裡傻氣的，其實他的手腳很不乾淨。要是有人把東西留在更衣室，他就會神不知鬼不覺地據為己有。我目擊過他偷東西的那一幕。不過當時他拿的不是什麼大不了的物品，我當下也沒有揭穿，暫且放過他，但看到白鐵盒時，我大吃一驚。他簡直是了不起的大竊賊。眾人皆誤以為他是老實人而未加提防，豈料其真面目並非如此。所有人對他的疏忽，也是讓他走上歧路的原因之一吧。遑論智商不足的人，往往都有偷竊的毛病嘛。」

二十九

「既然如此，得盡快逮捕三造才行。」我的心思隨即轉向浴場，連聆聽河野滔滔不絕的推論都備感焦躁。巡查則是悠哉悠哉，滿不在乎地繼續坐著。河野也是，明明晚點再說明也無妨，他卻還打算拖拖拉拉地繼續講下去。

「三造的立場最方便處理屍體，再加上手背的煤污、沾血的短刀、許多的贓物——換言之，三造異於外表，骨子裡是個壞坯子——有這麼多的證據，也只能認定他就是凶手了吧。那天早上儘管打掃過更衣室，卻沒有將放錯位置的墊子放回原位，也可算上一筆。不過，三造殺人的原因我也不太明白，但那類接近癡呆的人，難說有什麼我們無從想像的動機。或許他看到醉態迷人的女人，一時無法壓抑衝動也說不定。抑或是他的惡行無意間被長吉發現，三造害怕她揭發，便一時魯莽犯事。這些都只是揣測，不過無論動機為何，三造是凶手的事實，已不容懷疑。」

「那麼，你的意思是，他在浴場的爐灶燒掉長吉的屍體嗎？」巡查一臉難以置信地插口問道。

「此外別無可能。雖然殘忍得難以想像，但那種人身上搞不好保留了許多人類祖先的殘酷特質。不僅如此，他還缺少擔憂惡行曝光的理智，更有可能做出這種事。三造是燒洗澡水的人，一旦急需湮滅屍體，他立刻會聯想到爐灶，這是非常自然的反應。再說，凶手為了毀屍滅跡，將之燒毀的例子不勝枚舉。著名的有韋伯斯特教授（註一）殺害朋友後，以實驗室的爐子加以燒毀的案件，藍鬍子藍道爾（註二）也將眾多被害人以玻璃工廠的爐灶及鄉下別墅的火爐燒掉，這些你們應該也聽聞吧。這裡的浴場爐灶是業務用的大型鍋爐，火力十足，就算無法一次燒毀，花上三、四天，分手、腳、頭等部位，一點一點地燒，也並非不可能的事。幸好這幾天吹著強勁的南風（或許智能不足的他根本沒有考慮到這一點），又是夜闌人靜的深夜時刻，他可以關在幾乎不會有人來訪的房間裡，毫無顧忌地完成這項工作。我的推測難道會太突兀嗎？否則，對岸村人聞到的火葬場氣味，又該如何解釋？」

「但是，旅館這裡一點味道都沒有，太奇怪了。」巡查半信半疑地進一步追問。我也覺得這個說法無法讓我完全信服。

「焚燒屍體的時間一定是眾人皆入睡的午夜。就算留下一點味道，也都在黎明前被強風吹散。而爐灶裡的灰燼一向全扔進湖裡，因此也不會留下骨頭等證據。」

這真是天馬行空的推測。的確，火葬場的氣味是難以動搖的事實，但河野光靠這點證據就如此判定，不會太過武斷嗎？直到後來，我都難掩心中疑惑。這點姑且不論，不管屍體如何處置，單是河野所查到的事實，已非常清楚三造就是凶手。

「馬上捉住三造訊問吧。」河野的長篇大論告一段落後，巡查立刻站起身。

我們沿著庭院，往浴場的燒柴處走去。此時已是晚上十點左右，今晚仍舊是個強風的暗

註一　約翰・懷特・韋伯斯特（John White Webster）是麻薩諸塞醫學院的化學、礦物學教授，同時在哈佛大學擔任客座講師。因為借貸糾紛而殺害同事喬治・巴克曼教授，並以研究室的焚燒爐將屍體燒毀。一八五〇年被處以絞刑。

註二　安里・戴茲雷・藍道爾（Henri Desire Landru, 1869-1922）是個強盜殺人犯，曾引誘多名女子，將其帶至別墅，搶奪財物後殺害，並焚毀遺體。被害人數目據說超過兩百人。一九一九年遭到逮捕，被判處死刑。藍鬍子的綽號是出於法國詩人夏爾・佩羅（Charles Perrault）根據民間傳說所寫的《童話集》（1697）中登場的殺人魔，他殺害六名妻子，被第七任妻子揭發。

夜。我因一股捉摸不透究竟是恐懼抑或憐憫的感情，遲遲無法克制內心的激動。

來到燒柴處的門口後，雖然身為鄉下巡查，但畢竟是執法人員，他即時擺出行家的架式，迅速地開門，一下子就衝進裡面。

「三造！」巡查發出低沉有力的叫聲。只是白費他如此萬全戒備了，裡面未見三造人影，只有認識的打雜老頭茫茫然地坐在熊熊燃燒的爐灶前。

「三造啊？他自黃昏起就不見人影，不曉得跑哪兒去。我被吩咐替他顧灶火。」老頭子一臉詫異地回答巡查的問題。

接著是一陣騷動。巡查打電話到山腳下的警察局，迅速組成一支臨時搜索隊在街道上來回尋找。這下子三造的罪證更是不動如山。

正式搜查在隔天早上展開。除了街道以外，森林、溪間亦鉅細靡遺地搜索過。由於情勢使然，河野和我也無法置身事外，分別加入搜索隊。這場騷動約莫持續到中午，總算找到三造。

從湖畔亭順著街道走上五、六町的地方，有一條往山路偏去的狹窄樵道。從那裡彎彎曲曲地走上半里路，就會來到一座不知是什麼河川上游的深谷。沿著溪谷有條驚險的棧道，一名巡查發現棧道最危險之處有些土石崩塌的現象。

高達數丈（註）的斷崖底下，眾人遍尋不著的三造一身血紅地倒臥，下方是一整片岩石。

恐怕三造是昨夜摸黑走在棧道上，失足滑落了吧。岩石上滿是漆黑的血，景象令人怵目驚心。這難道是天譴嗎？最關鍵的凶手都還沒自白，就死於非命了。

警方隨即在屍體懷裡找到河野先前在白鐵盒裡所看到的各種贓物。很顯然地，三造是在逃亡途中意外身亡。

而後，警方搬運屍體、檢察官勘驗，整座村子議論紛紛，一整天便在騷動中過去。三造房間的燒柴處似乎也被警方仔細調查過，可惜最後仍舊找不到任何焚屍的跡象。

命案看似急轉直下，告一段落。儘管被害人不見蹤影，殺人動機亦有些曖昧不明，但沒人能否定是三造下的毒手。由於大規模的行李箱搜查行動徒勞無功，這起案件讓法院感到有些棘手，如今三造的死亡或許讓他們鬆了一口氣。幾位檢察官很快便撤離山腳小鎮，警方的搜索也在知不覺間中止。就這樣，湖畔的村子又恢復往常的寂靜。

這段期間，損失最為慘重的是湖畔亭。一時之間，好奇的客人絡繹不絕地前來參觀發生命案的浴場，但沒多久，就傳出有長吉的幽靈出沒、聽見三造的呢喃等，流言愈滾愈大，最後連附近的人都對湖畔亭避之唯恐不及，甚至連續好幾天都沒半個客人上門。如今，湖畔附近建造

註　日制一丈約三公尺。

起其他嶄新的旅館，風光一時的湖畔亭再也不復以往，完全沒落了。

各位讀者，以上就是湖畔亭命案表面上的故事。A湖畔的村人流言，以及Y町警察局紀錄中的事實，恐怕不及這裡所寫的內容。不過我所述說的這則故事，最重要的部分其實是在這之後。話雖如此，各位也請不必感到厭煩，這最重要的部分不多，換算成稿紙的話，二、三十頁即可交代完畢。

命案解決之後，我們決定馬上離開這個是非之地。發生命案後和我愈來愈熟稔的河野，因為返家方向相同，便搭乘同一班火車。我當然是要回到T市，而河野預定在前一站的I站下車。

我們各自提了個相當大的行李箱。我的是收著偷窺鏡的那個方型行李箱，河野的則是只老舊的橫長型提包，我們雖都穿著和服，不過像這樣自湖畔亭出發的模樣，總令人覺得與那兩名行李箱紳士相似。

「不知道行李箱紳士最後怎麼了。」我忍不住把心裡的想法告訴河野。

「誰曉得呢。他們會不會是偶然沒被任何人看見，離開這座村子了？無論如何，已沒必要討論那兩個人。他們應該與這樁犯罪一點關係也沒有。」

說完，我們搭乘的上行列車駛離留下許多回憶的湖畔小鎮。

三十

「啊啊，清爽多了。多美的景色啊。涉入那樁命案的時候，我們根本忘了如何放鬆心情。」河野望著掠過窗外的初夏景色，極為暢快地說著。

「真的，簡直是兩個世界。」我順著他附和。可是，這起命案結束得太簡單倉促，有些疑點我仍無法信服。例如，焚屍這種罕見的想像，竟由火葬場的氣味來佐證；或是才剛找到凶手，竟已成了一具死屍；還有行李箱紳士（至少行李箱本身）的去向就是追查不到，愈想愈教人感覺不對勁。還有更切身的疑問，好比此時坐在我面前的河野，他老舊的手提包裡應該只裝了幾本舊書、畫具、數件衣物，但為何顯得如此小心翼翼？他為什麼每次打開後都會仔細上鎖，並將鑰匙收進口袋裡？我莫名地在意起河野的舊提包，連帶著河野本身的態度也不禁教我介意起來。

我的態度可能因這些顧慮顯得有點不同以往吧，河野也露出有些警戒的模樣。更奇怪的是，雖然河野不著痕跡地佯裝若無其事，但我看出他的眼睛（或者說他的心）被一股極強的力量，牢牢地吸往頭頂架上的舊提包。

實際上，這是詭異的變化。住在湖畔亭的十幾天，涉入那樁犯罪事件時，我完全不曾起過疑心，如今命案已解決，我坐在返鄉的火車裡，卻頓時湧起一種奇特的想法。不過，懷疑這回事，或許大部分都是因這類唐突的契機而萌生。

可是，若當時沒發生河野的舊提包突然自架子上掉落的巧合，我那種若有似無的疑心，或許會隨著時間淡去。但可能是碰到緊急轉彎吧，車廂劇烈震動，這對河野來說真是教人怨恨的偶然。而舊提包掉下來的剎那，原以為已上好的鎖不知怎地沒卡緊，這樣的不巧也只能說是命運了。

提包正好落到我腳下，令人震驚的東西差點從我面前張著大口的提包裡掉出來。不，有個物品甚至滾到我腳邊。

各位讀者，您猜那是什麼？切成片片的長吉屍體嗎？不不不，怎麼可能是那種東西。其實，是數不清有幾萬圓的成疊鈔票。而滾到我腳邊的物品也很突兀，竟是醫生所使用的玻璃製針筒。

當時河野慌張的模樣，真是難以形容。他的臉倏地脹紅，緊接著轉為慘白，他急忙撿起掉落的物品，迅速闔上提包蓋，將其推進座位底下。我一直以為河野這個人理智沉著，有如鋼鐵般冷靜，沒想到他居然露出這般手忙腳亂的狼狽相。他在關鍵時刻完全暴露出他不為人知的弱點。

不管河野闔上提包蓋的動作多迅速，我都看見了。河野當然也知道這件事。然而，他很快便恢復神色，一副滿不在乎的模樣，又繼續先前的話題。
偌大數目的紙鈔和針筒究竟意味著什麼？由於太過於意外，我好一會兒都說不出話，暗暗困惑不已。

三十一

可是，不管河野身懷多少巨款，或者攜帶著與他職業無關的醫療器具，都僅止於令人意外，輪不到我來說三道四。縱然如此，若留下這個謎團就此道別，我實在無法釋懷。我猶豫不決地反覆思量，煩惱著該如何提出這難以啟齒的質問。
河野也是盡力繼續佯裝無事——至少在我看來是這樣。
「你沒忘了把偷窺鏡帶回來吧？」
他冷不防問道，顯然是為掩飾自身的狼狽而提出的無意義問題，但換個角度來看，也可視為一種威脅：「你也有不可告人的祕密唷。」
火車承載著我們無言的內心糾葛，不覺間越過數十里山河。隨後，很快就抵達河野下車的I車站。沒想到我完全忘了這件事，直到發車笛響後才赫然驚覺，然而不知為何，眼前的河野竟泰然自若，沒有要下車的樣子。

「你不是要在這一站下車嗎？」

就我來說，倘使河野在這裡下車，我也覺得惋惜，但一時還是忍不住這麼問，未料河野竟莫名地微微臉紅，辯解似地說：

「噢，是啊。沒關係，就坐到下一站吧。反正也不能下車了。」

用不著說，他故意坐過頭的。這麼一認定後，我不禁心裡有些發毛。

距離二哩幾十鏈（註）的下一站轉眼就要到了。當車站的標誌逐漸出現時，河野有些忸怩地講起莫名所以的話：

「我有件事想拜託你，能請你搭晚一班車回鄉嗎？先在這個站下車，等下一班上行列車進站，相隔約三小時，這段時間可以聽聽我無理的請求嗎？」

河野突如其來的提議令我當下無言以對，更讓我感到詭異。但他的態度非常誠懇，我內心盤算著總不可能危及性命，加上實在難以按捺好奇心，便姑且答應了他。

於是我們下了火車，走進車站前的一家旅館，告知服務人員想休息一會兒，便租下一間隱密的房。鄰室似乎沒有客人，很適合密談。

點好的酒菜送來、女侍離去後，河野一副難以啟齒，態度極不大方，還企圖掩飾害臊似地向我勸酒，不過沒多久，他便陣陣痙攣著蒼白的臉頰，下定決心地開口：

「你看到我手提包裡的東西了嗎？」他直瞅著我問，以至於本應坦蕩的我反而面色慘白，心跳加速，腋下冷汗直流。

「你覺得奇怪嗎？」

「看到了。」怕過度刺激對方，我盡量壓低音量，但也只能從實招來。

「嗯。」

接著是一陣沉默。

「你了解愛情的價值嗎？」

「大概吧。」

這聽起來簡直像學校口試，或法院的訊問。若是平常，我一定會當場笑出來，但當時的我們一副要對決似地，嚴肅地進行這番滑稽的問答。

「那麼，對於一個人為了愛情而犯下的某個過失——那或許是犯罪，但那個人毫無惡意——你能夠寬恕他這樣的過失嗎？」

註　一鏈為六十六呎。換算為公里，約為四公里左右。根據《旅程與費用概算》（昭和六年），四公里車程的三等車廂資為七分。

「大概可以。」我試著以讓對方放下心防的語調答道。因為那個時候，我仍對河野心懷好感，絕不厭惡他這個人。

「你和那起案子有關係嗎？難道你才是最關鍵的角色？」我毅然決然地發問，並堅信我的猜測是八九不離十。

「或許。」河野那雙充血的眼睛眨也不眨地直視著我。「萬一真是如此，你會報警嗎？」

「應該不會。」我立即回答。「案子已結束。事到如今，沒必要再製造新的犧牲者吧？」

「那麼……」河野似乎稍微放下心。「即使我犯了某些罪，你也能將它擱在你一個人的心裡嗎？而你也能忘掉我提包裡的不尋常物品嗎？」

「我們不是朋友嗎？誰都不願讓自己敬愛的朋友變成罪人啊。」我盡可能輕鬆回應。事實上，這也是我的真心話。

聽到我的話，河野沉默良久，表情愈顯痛苦，最後甚至一副快哭出來地說起來：「我做了不可原諒的事。我殺了人。出於一點歹念而做的事，竟變得不可收拾，我根本束手無策。我竟連這點事都不了解，真是愚蠢至極。我被愛沖昏頭，事實上也真是鬼迷心竅了。」

河野竟有如此怯懦的一面，我大感意外。湖畔亭裡的河野與眼前的他，多麼地判若兩人啊。奇怪的是，知道河野的弱點後，我不禁對他更有好感。

「意思是，人是你殺的？」我一副閒聊的口吻，盡量不刺痛對方地問。
「嗯，形同是我殺的。」
「形同？」我忍不住提出疑問。
「不是由我直接下手。」
我不禁一頭霧水。不是他親手殺的，那麼倒映在鏡中的男人的手，究竟是誰的手？
「那麼，直接下手的凶手是……」
「沒有凶手。那傢伙是自己一時疏失而意外死亡的。」
「意外……」我驚覺自己完全誤會了。「噢，你是說三造嗎？」
「當然了。」聽到河野如此明確的答覆，我的腦袋反而混亂起來。

三十二

「那麼，你說殺了人，指的是三造嗎？」
「是啊，不然你以為是誰？」
「這還用說嗎？當然是藝伎長吉。這起命案裡，除了長吉外，沒有其他被害人啊？」

「噢，是啊，我都忘了。」

我當下啞口無言，看著河野迥異於平常的表情。這究竟是怎麼回事？這樁命案裡是否隱含著某個根本上的錯誤？

「長吉根本沒死。她毫髮無傷，只是徹底銷聲匿跡罷了。我淨顧慮到自己，一時忘記告訴你最重要的事。死掉的只有三造一個人。」

這樣的結果，在我被偷窺鏡的景象嚇著的時候，也曾經設想過，意即那會不會只是一場戲？可是就像之前我也說明過的，種種情況實在令我無法認定這真是一場戲，不是嗎？然而此時，聽到河野這番若無其事的說法，我反而有種被耍的感覺，一時難以置信。

「真的嗎？」我半信半疑地反問。「警方為了根本沒死的人如此勞師動眾？你這話真讓我摸不著頭緒。」

「這是當然的。」河野惶恐萬分地說。「因為我耍了無聊的小手段，致使原本無關緊要的小事，逐漸演變成棘手的大問題，最後甚至奪走一條性命。」

「可以請你從頭說起嗎？」我甚至不曉得該從何問起，只能這樣拜託他。

「當然，我正準備向你一一述說。首先，我必須坦承我和長吉的親密關係。她和我其實是青梅竹馬。只需說出這一點，你應該就可猜出十之八九了吧。我忘不了青梅竹馬的她，在她離鄉背井外出工作後，也經常與她幽會。不過我很窮（聽到這裡，我不禁想起他手提包裡的紙鈔），沒辦法隨心所欲地找她。不僅如此，我這個人浪跡天涯，有時候我們一年半載都見不到面。這次也是一樣，雖然我一年前聽說她遷到湖畔亭附近（這一定是將我引導到這座山裡的動機之一），但我完全不知道她以什麼花名、在哪個小鎮工作。案發前一天，我才得知長吉正是我的情人。過去她應該也經常前往湖畔亭，但不知怎地，我們一次也沒遇上。就在命案發生的前一日，我們偶然在走廊擦身而過，認出彼此，於是我一聲『失禮』，便悄悄把她帶進自己的房間，聊起離別以來的種種。詳細情形，因為時間不多，我就略過了，總之那個時候，她猝然哭了出來，不停說著『我想死，我想死』，最後甚至逼我和她一起殉情。她個性內向，又有點歇斯底里，才會講出這種話，不過她一向不喜歡藝伎這一行，換到Y町工作之後，也沒交到知心的朋友，似乎還常被周遭的人為難。加上她的雇主是個殘忍無情的傢伙，最近那位叫松村的富豪要求為她贖身，催得愈來愈急，雇主索性逼她要是不點頭答應，就要把債款加倍，將她轉給其他雇主，致使她陷入走投無路的絕境。在如此嚴苛的情形下，會一心尋死，以她的個性來看也是理所當然。儘管出於這樣的原委，但最令我感動的，是她至今依然深愛著我的誠意。如果辦得到，我真想牽著她的手，一起逃到天涯海角。

「但就在這時候，不知是幸或不幸，突然發生一件我一時難以招架的事。縱然有了那起突發事件，但若是沒有另一個條件，或許也不會引發後續的大騷動，不巧的是（這麼說是有點自私），條件都備齊了。我說的另一個條件，其實就是你的偷窺鏡。其實我事前就知道那個機關。這是我的壞毛病，我非常喜歡探查別人的隱私，算是偵探狂，我不僅早在一開始就知道那個裝置，甚至還趁你不在的時候，溜進你房間偷看。」

「請等一下。」我等河野的話告一段落，插口道。因為他的告白遲遲沒有提到我最感疑惑的部分，聽得我相當不耐煩。

「你說長吉沒死，我只覺得這實在太不合理。更衣室裡的大量血跡是誰的？醫大的博士不都證明那是人血了？那麼多血你究竟是從哪兒弄來的？」

「哎，別那麼性急，若不依序說明，連我自己都會混亂。接下來，我馬上就要講到血跡了。」

河野制止我的問話，繼續他漫長的告白。

三十三

「藉由偷窺鏡，我得知站在更衣室穿衣鏡的哪個位置，身體的哪個部分就會映照在偷窺鏡裡。正好此時，你把偷窺鏡設計成像望遠鏡一般，只有穿衣鏡的中央部分特別放大，對吧？我曾經趁你不在的時候，偷看入浴者的裸體特寫。或許你的心態也是如此，對於那如夢境般的詭異影像，我感覺到一股異樣的魅力。不僅如此，我甚至幻想，若那有如水底般朦朧的鏡面映照出某種血腥的情景，例如一把白森森的短刀刺上豐滿的裸女肩膀，瞬間迸流出鮮紅血液，那會是多麼地美麗的畫面啊。用不著說，那只是一時興起的念頭罷了，若是沒有剛才所說的另一起突發事件，我完全沒想到竟會親自下海演出這齣戲碼。

「那天晚上，大概十點鐘過後吧，總之是命案發生稍早之前，我已躺下準備就寢，長吉突然跑進我房間。她縮在角落，啞聲哀求我：『讓我躲在這裡，讓我躲在這裡。』眼前的她面色蒼白，氣喘吁吁，肩膀顫抖著上下起伏。由於事出突然，我怔在原地，緊接著自走廊傳來匆促的腳步聲，以及詢問『長吉去哪兒了』的聲音。問話的人似乎是行李箱二人組中的其中一人。

「那個人四處找長吉，但就算是女傭，也想不到我和長吉會是青梅竹馬，而她此時正藏在我房間。行李箱紳士最後無功而返。我依舊是一頭霧水，長吉看來好似鬆了口氣地來到房間中央，我便拉住她詢問事情原委。長吉說，那天晚上那個松村大少爺又來參加宴會，趁著酒意，對她做了非常過分的事，長吉沒臉待下去，無奈離開會場，漫無目的地在走廊徘徊，當時她見行李箱紳士的房間紙門開著，裡面沒有人，赫然想起一件事。你應該也知道，行李箱紳士曾叫過長吉幾次，而在某次機會裡，長吉得知行李箱裡藏有巨款。她親眼目睹裡面裝著幾乎可劃破皮膚的成疊新鈔，算不清有幾萬圓。哎，先等一等。如同你猜想的，這只提包裡裝的就是那些錢，至於我是怎麼弄到手的，接下來會一一說明。

「長吉當下想起那些錢，又看看四下無人，便起了貪念。只要擁有其中一、兩疊，她就能即刻恢復自由身，並逃離松村的魔掌。由此判斷，松村不時地對她動粗，可能也導致她一時糊塗了吧。她旋即潛進房間，試圖打開行李箱。行李箱當然上了鎖，靠女人的腕力根本打不開。但此時的她已利慾薰心，硬是扳開行李箱一角，把指頭伸進細縫，好不容易成功抽出幾十張鈔票。可惜她做不慣這類違背良心的事，光抽出一小疊鈔票，便耗費許多時間，當她驚覺後方異樣的視線時，行李箱的主人已一臉凶相地站在她身後。

「長吉會逃到我房裡，就是這個緣故。但行李箱紳士的態度非常令人難以理解。一般來說，倘使竊犯不見蹤影，物主應該會立刻通報櫃臺，要求找出竊犯審訊，但物主卻沒這麼做。由於長吉相當害怕，我便悄悄前往行李箱紳士的房間觀察後續，古怪的是，他們竟急急忙忙地準備離開。哪有這麼沒道理的事？他們一定有著不可告人的祕密。與被長吉偷走錢的事相較，或許他們更害怕被她發現行李箱裡裝了什麼。長吉看見他們有數不清的鈔票，且他們還把那些錢裝在行李箱裡隨身帶著。事後想想，的確相當不尋常。或許他們根本就是大盜之類，要不然就是製造偽鈔的人。當然，這不過是我的臆測。

「之後我回到房間，長吉哭得不成人形。而她天生的歇斯底里又發作起來，吵著『和我一起死』。這讓我也焦急萬分、陷入一種莫可奈何的瘋狂情緒。我處在噩夢般的情境中，突然興起一個破天荒的念頭。『既然妳這麼說，那我就殺了妳吧。』我說著，將長吉帶到浴場。我首先窺看燒柴處，所幸三造不在，架子上擺著他的短刀（這我以前就調查過，所以知道）。接著，我便上演了你所目睹的那樁凶案。」

三十四

「儘管兩人皆處於瘋狂狀態，我依然想讓你見識一下那場激烈的美豔畫面。或許比起讓長吉如願了斷，這可貴的畫面才是最主要的動機也說不定。可是，我不知道當時你是否正盯著鏡面。萬一你沒在看，我難得的大戲也是白費心思。因此我想到可先在更衣室的木質地板上留下血跡，以做為更現實的證據。可是，這也真的只是一時興起、充滿戲劇性的靈機一動罷了。

「我在旅途中從某位朋友手中得到一支針筒。我有個怪癖，對醫療器具有著難以言喻的癡迷，我把它們當成玩具隨身攜帶。我以那支針筒自長吉和我的手臂共抽出約一碗的鮮血，再用海綿塗抹在地板上。抽取情人的血，和自己的血混合在一起，這戲劇性的想法真讓我樂昏了頭。」

「可是一碗量的血，怎麼看起來好像很多？簡直是會讓人致死的量。」我忍不住插嘴。

「重點就在這裡。」河野有些得意地答道。「這就是擦拭和塗抹所造成的不同效果。不管是誰，都想不到竟會有人以塗抹的方式處理血跡吧。若是擦拭掉的痕跡，那麼大片的鮮血分量，確實足以致命。可是我當時其實是盡可能大範圍地將血跡塗抹開，盡量讓現場看起來像是擦拭後的痕跡罷了。我利用繪畫所學習到的專業技術，細心再細心，甚至偽造飛濺到柱子和牆壁上的血滴，並將剩下的鮮血塗抹在短刀上，收進那個白鐵盒裡。當然，我要長吉馬上遠離湖畔亭。對她來說，這是冠上竊賊的污名，或是獲得自由的緊要關頭，沒有多餘的時間害怕。於是，她沿著山巒，匆促逃進黑暗，往Y町的反方向離去。當然，我們已約好會合地點。」

這太過簡單的事實，不禁讓我有些失望。可是，所有的疑問就這樣完全解開了嗎？不，倘使那真的只是一場戲，有些地方就更無法理解了。

「可是，焚屍的味道從哪裡來的？」我性急地問。「還有，三造為什麼會橫死？而他的死又怎麼會是你的責任？我實在想不透。」

「我現在就來一一說明。」河野以消沉的聲調繼續道。「接下來的事，就和你知道的大抵雷同。幸好行李箱紳士不出所料，似乎犯了什麼罪，當晚就逃逸得無影無蹤，即使警方徹底搜索，依然一無所獲，意外導致我的演出更顯真實。大家都認定被害人是長吉，加害人是行李箱紳士，不但警方如此相信，更沒有任何人懷疑。但對於始作俑者的我而言，騷動愈擴大，我就愈擔憂。事到如今，也沒辦法坦白那全是我的一場惡作劇，然而，保持緘默又無法預期行李箱紳士何時會落網，導致真相被揭發。我因一時歹念做出無法彌補的事，真不知有多後悔。所以，儘管長吉在約定的地點殷殷期盼我的到來，我卻無法前去聚首。在案子有個著落之前，我一步也沒辦法離開湖畔亭。這十日之間，我表面強作鎮靜，內心卻是處於何等殘酷地獄裡，我想局外人是無從想像的。

「我雖以偵探自居，和你一起進行多方搜查，其實內心不時忐忑不安地等待著這場戲露出破綻。然而在拆下偷窺鏡時，卻意外出現新的登場人物。我當時故意隱瞞這件事，不過那天晚上的神祕人影，其實正是負責燒熱水的三造。從他一向的竊盜癖來看，從他身上會掉下旅館老闆的皮夾並不值得大驚小怪，令人想不透的是皮夾裡的五百圓。老闆說那是他的錢，態度卻很讓人起疑。老闆是出了名的貪心鬼，說的話不能盡信。於是我便猜想，三造一定藏著與這個案子相關的祕密，便開始跟蹤他，調查他的周遭，並發現一個驚人的事實。」

三十五

「三造不曉得從哪裡撿來那兩只大行李箱，藏在燒柴處的煤炭堆裡。行李箱紳士可能擔心行李箱成為特徵，而將它藏在山裡，空手逃跑了，或許三造目睹這一幕，也可能是之後在森林撿柴時無意間發現。總之，三造連同裡面的大量紙鈔，將行李箱偷了回來。這麼一來，就可以解釋皮夾裡成疊的五百圓了。可是就算情況危急，行李箱紳士竟能毫不惋惜地扔下巨款逃逸，實在有些蹊蹺。那是假鈔嗎？抑或他們刻意把行李箱埋在隱密的地方，打算日後再來取回？那個風大的夜晚，拿著手電筒在森林裡四處尋找的男子，或許就是依他們的指示，前來尋找行李箱的同夥人。

「案情變得愈來愈複雜，我完全看不出究竟如何演變。我壓根也沒想到魯莽的惡作劇竟發展成無法預期的大事件，也愈來愈擔心。然而四、五天前，當警方著手大規模搜索行李箱時，三造也害怕起自己的所做所為。於是他想到要將唯一的證物——行李箱——丟進爐灶裡燒掉。他趁著夜闌人靜，拆開行李箱，一點一點地燒毀。我當時就躲在一旁偷看，沒想到燃燒那兩只真皮行李箱的味道會飄到對岸的村落。想當然耳，是燒獸皮的味道被誤認為是焚屍的氣味了。

我曾聽說外國發生過類似的事件。鄉下有一戶人家，煙囪裡黑煙直冒，散發出火葬場的氣味，村人便喧鬧起來，認為那絕對是在焚屍，調查一看，哪是什麼焚屍，不過是那家人把舊皮鞋或其他皮製物品扔進火爐燒掉罷了。只因那家屋主是某樁凶案的嫌犯，才會引起大騷動。

「可是，當時我並未多想。我一直處在徬徨無主的狀態，先是擔心要是由於這個傻子輕率的舉動，導致真相曝光，那該如何是好？因此我為了盡可能拖延案情曝光的時間，計畫讓三造逃亡。我若無其事地暗示三造，說警方已開始懷疑他，讓他更加忐忑不安。三造雖是個惡棍，但畢竟是個傻子，他不僅沒有識破我的企圖，還以為是他偷走行李箱，才會蒙上殺人罪嫌。就在村落巡查拜訪我的那天，三造將成疊的紙鈔以布巾包裹，逃向他故鄉所在的深山。對於自己的計畫能夠順利達成，我感到相當滿意，我毋寧是懷著護衛他的心情，尾隨他上路。

「然而就在途中，接近那個棧道的地方，竟發生了意想不到的事。由於路況險惡，三造失足滑落山崖摔死了。我急忙下去試圖救他，但三造已沒有生還的希望。如今回想，三造也真是可憐。縱然他是個惡棍，但那與他的智商不足一樣，是他根本無力改變的天性吧。都是因為我的自私，教唆他逃亡，他原本還可以活上許久的性命，就此輕易斷送。我覺得自己犯下重罪，不敢正視眼前悽慘的屍體，只好拾起裝著紙鈔的包袱，打算折回旅館，通知其他人發生意外了。

「然而就在折返途中，我忽然心生一計。三造雖然可憐，但他畢竟已離開人世。若能夠讓他攬下所有的罪行，並使長吉成為已死之人，自由自在地度過接下來的人生，豈不就可實現我最初夢想的幸福願景？且令人慶幸，無論短刀也好、手背的線條也好、三造平素的竊盜癖也好，有利的條件都備齊了。我當即打消通報三造意外死亡的消息，盤算起該如何將所有罪過嫁禍到他頭上。與此同時，巡查前來通知我焚屍氣味的事。到了這一步，所有布局皆已完成。我只要在巡查和你面前，講出我預先想好的說詞便大功告成。

「那些紙鈔乍看辨別不出是否假鈔。萬一是真鈔，我立刻一躍成為大富豪。丟臉的是，出於貪念，我捨不得燒掉，便暫時收進提包裡，沒料到卻被你看見。要是就這樣分手，我無法預期真相哪天會因你不經意的話而曝光，我想乾脆向你和盤托出反倒安全，所以才執意將你留下。換句話說，這起案件一開始沒有犯罪成分，是長吉的歇斯底里和我的一時興起所引發，並在數個巧合重疊下，導演出一樁看似極為血腥的大命案。」

河野語帶嘆息地結束這則漫長的故事。命案背後意外的真相，讓我好半晌說不出話。

「我講的都是事實，請你千萬把這件事藏在心底，不要告訴任何人。一旦事情曝光，長吉會被原來的雇主抓回去，肯定再也活不下去，而我也會無顏面對世人。請你答應我的請求，發誓絕對不會向任何人洩露。」

「我明白了。」我被河野的態度感動，以極為沉痛的聲調回答。「我絕對不會說出去，請放心。你也盡快出發與長吉會合，讓她安心吧。我會默默祈禱你們幸福。」

然後，我心懷感激地與河野道別。河野以充滿感謝的眼神，一直目送我搭乘的火車離去。

往後我再也沒有見過他們。我與河野信件往來了兩、三次，但我不清楚他們的戀情結果如何。不過，最近我接到河野難得的長信。他洋洋灑灑地感謝我往年的好意，並告知情人長吉已離開人世，他自己也因參與朋友的事業，即將前往南洋的某座島嶼。從字面看來，他或許再也不會回到日本，這意味著已到發表真相也無妨的時刻。

各位讀者，我無趣的故事就到此為止。那些數量驚人的紙鈔究竟是不是真鈔，我終究沒機會問清楚，不過我想應該是偽鈔。

只是，這起事件最後還是留下一個重大的疑問。與河野分手後，疑問日漸加深，令我感到無法言喻的苦惱。假如我的猜想正確，我等於是平白無故放掉一個令人髮指的殺人凶手。可是，此時還不到明白點出這個疑問的時候。因為河野人還活著，且他是為了國家前往海外工作。事到如今，我又何必為了數年前已死的傻子三造而徒增犧牲？

〈湖畔亭事件〉發表於一九二六年

《帕諾拉馬島綺譚》解題

文／傅博

《帕諾拉馬島綺譚》為「江戶川亂步作品集」第五集。收錄亂步之第二長篇〈帕諾拉馬島綺譚〉與第一中篇〈湖畔亭事件〉等兩篇。都是一九二六年開始在雜誌連載的作品。

二六年是亂步繼前年，創作力最旺盛的一年，上述兩作品之外，一月另有兩篇長篇在雜誌連載。即是一月至十二月，在《苦樂》月刊連載的第一長篇〈蠢動於黑暗之中〉，與一月五日起在《寫真報知》旬刊連載四回而中斷的〈二名偵探小說家〉，後來本作品以短篇形式收入作品集時，更名為〈空氣男〉。

而至年底十二月八日起，在《東京朝日新聞》連載至翌二七年二月二十日之第三長篇〈一寸法師〉。

亂步初期的長篇特徵是其心目中的烏托邦，即桃源鄉的小說化。

〈帕諾拉馬島綺譚〉：自一九二六年十月至二七年四月，以〈パノラマ島奇譚〉名義，在《新青年》月刊連載五回（二六年十二月，二七年四月休刊）。原文約九萬三千字，亂步之第二長篇（連載四回而中斷的〈空氣男〉不計），亂步連載本篇時，沒什麼自信，經詩人萩原朔太郎的稱讚後，信心十足地稱為自己之五大傑作之一。

一九二七年一月，亂步從春陽堂要出版《一寸法師》時，把「奇譚」改為「奇談」收入。至三一年六月，從平凡社出版「江戶川亂步全集」時，第一卷收入本書，「奇談」又改為「綺譚」。之後，戰前的版本都使用〈パノラマ島綺譚〉。

但是，戰後政府的文字改革，限制部分漢字的使用，「綺譚」兩字都被禁止使用，於是再次使用「奇談」，一直至今。

不知道讀者看了這三種「奇談」、「奇譚」、「綺譚」時，有什麼感想。這三種奇談的涵義，應該是沒有什麼不同的，但是，分開來看「奇」與「綺」，「談」與「譚」的話，一定有不同的感受。為什麼筆者要提起這問題呢？因為本書內容就是一部「綺譚」。

故事是以第三人稱單視點記述主角人見廣介的夢想之實現經過與破滅。

人見廣介自從大學畢業後，十多年來一直不找工作，寄居在一家破舊的公寓，整天做其白日夢。他最喜歡閱讀烏托邦小說，政治或經濟為主題的烏托邦作品，他沒有興趣，他關心的是地上的人間樂園。

他認為與音樂家以樂器、畫家以畫布與顏料、詩人以文字創作各種各樣藝術一樣，以大自然的山川草木為材料，一個石頭、一株樹木、一朵花、一隻飛禽走獸甚至昆蟲等為材料，可創造大自然的藝術，換句話說，他自己變成「神」來改造大自然，這就是他唯一的夢想。

有一天，人見廣介的夢想變為現實的機會來臨，一座直徑不到兩里的孤島，他如何改造為桃花鄉，是本篇的主題，詳細請閱讀本文。故事如果這樣就結束，本篇只是一篇亂步式烏托邦小說。但是亂步在後半部布置一場殺人事件，讓讀者也享受本格推理小說的滋味。是一篇亂步全作品中，最具體表現出其「夢」的傑作。

〈湖畔亭事件〉：一九二六年一月三十日至五月二日，在《每日星期日》週刊連載十二回，期間休載七回，原文約八萬五千字，與〈帕諾拉馬島綺譚〉字數比較，相差不到一萬字，不妨算為長篇。實際上在日有些評論家視為長篇，但是也有些研究者把〈帕諾拉馬島綺譚〉歸類為中篇。這種以字數歸類作品，實際上並不重要，只是告訴讀者此作品的長度為目的的較多。

篇幅的短、中、長之分，另有一個重要的使命，就是故事的架構之簡、繁問題。短篇適合單獨事件的敘述，但是，長篇要記述單獨的事件，需要補助材料來補強，不然一定會失敗。如引發事件的遠因之事件，與事件沒有直接關係的作者之衒學等，都是補助材料。〈帕諾拉馬島綺譚〉的人工樂園也可視為補助材料。

又，在日本，中篇與長篇或短篇比較，不大被重視，最大理由是大多數作品，都先在雜誌、報紙發表，然後才結集出版單行本。長篇連載完結後即時可出版，而短篇的好處是讓讀者一次可讀完故事，大約四萬字的較短的中篇，也許會一次刊出，較長的中篇需要連載，完結後，又不能立刻出版單行本，營業上的效率不好，所以許多雜誌是不刊載中篇小說。這現象戰前特別明顯。

話說回來，〈湖畔亭事件〉與〈帕諾拉馬島綺譚〉比較，前者的架構近於短篇，後者是由衒學構成的長篇，所以筆者把前者分為中篇。

本篇以一名富有子弟「我」，以第一人稱敘述五年前，從透鏡目睹的殺人事件。經緯是這樣的：「我」自幼小就極度喜歡透鏡，長大後其嗜好有增無減，自己試作各式各樣的偷窺鏡，竊視他人的隱私，感到至上的喜悅。

有一天「我」到H山中A湖畔休養，投宿湖畔亭旅館。「我」設計一套竊視浴室的透鏡，觀察浴場的人生百態。有一天晚上，看到透鏡那邊，一個男人砍殺一名女人的場面，因透鏡的角度，沒看到兩人的臉孔。

事後屍體消失，恰如沒有發生過殺人事件，「我」坐立不安，把目睹的經過告訴同樣投宿在湖畔亭的一名畫家河野……

二〇一〇年八月十五日

華麗的烏托邦

文／大內茂男

（一）亂步的長篇小說——概觀

江戶川亂步就像他本人曾經述懷的：「我沒有耐心，個性似乎只適合一氣呵成的短篇或中篇。」並被多數人歸類為本質上並非長篇作家。事實上，從出道作〈兩分銅幣〉到晚年的〈詐欺師與空氣男〉，凡是被視為佳作、傑作的作品，幾乎都是短篇或中篇，長篇只有〈帕諾拉馬島綺譚〉、〈孤島之鬼〉、〈十字路〉等兩、三篇而已。這是對於亂步眾口一詞的文學評價。

然而在亂步的創作生涯裡，其實寫過近三十篇的長篇作品。而且不管是戰前的平凡社版「江戶川亂步全集」、新潮社版「江戶江亂步選集」，以及戰後的春陽堂版「江戶川亂步全集」、桃源社版「江戶川亂步全集」，編輯方法都是將這些長篇視為招牌刊於卷首，短篇及中篇反而收錄於其後。換言之，對於亂步的文學評價，與這些全集的編輯方針（這可以說是讀者人氣的最新指標）完全背道而馳。評論家、專業讀者與大眾、一般讀者之間的評價落差如此巨大的作家，應該十分罕見吧。

戰後過沒多久，亂步曾有感而發：「戰前流行『煽情．獵奇』這種詞彙，我的推理小說也做為代表之一，遭到有心人士的非難抨擊。」這裡所提到的非難抨擊，主要是針對亂步在當時的大眾娛樂雜誌連載的通俗長篇作品。事實上，亂步的長篇作品幾乎如同作者自稱的「通俗武打劇」，是描寫壞人（多半是極端的性格異常者）與好人（大部分是名偵探明智小五郎）虛虛實實、周旋對戰的鬥智小說。雖然水準頗低，但其中的驚悚、懸疑情節令人歎為觀止，以近乎荒唐無稽的豔情與恐怖點綴的這一連串作品，在戰前的某一時期，的確是大眾閱讀界的寵兒。各家雜誌會爭相連載亂步的長篇作品，也是這個緣故。說到推理小說，當時的一般大眾似乎都將其視為亂步的煽情．獵奇長篇代名詞。事實上，除了亂步以外，在大眾娛樂雜誌連載長篇的推理作家還有甲賀三郎、大下宇陀兒、橫溝正史等人，為數不少，然而不能否認，他們在在都被亂步狂熱的人氣壓倒，相形失色許多。

話說回來，談到亂步這些通俗長篇作品寫得如何，就像人們之後針對每一篇作品所做的評論，體整來說，借用亂步自己的話：「要在這類雜誌連載，本格作品反而不是最好的選擇，就算沒有整體大綱也無妨——坦白說，整體的一貫性並不重要，每個月所撰寫的情節都必須引人入勝，才能取悅讀者和編輯。」以至於收錄成單行本時，許多作品都顯得支離破碎。而故事的整體結構，到〈吸血鬼〉（一九三〇）和〈盲獸〉（一九三一），已完成固定公式，其後的作品幾乎都是在重複這道公式，或稍微加以變型罷了。從這個觀點來看，可以認為大眾讀者並不是在享受亂步長篇中的情節，而是毫不厭倦地欣賞著故事裡獨特的豔情與恐怖氛圍。

當然，亂步也對自己的壞毛病感到厭惡，而且似乎為此深感自卑。亂步曾經回憶，戰前他會主動接下中央公論社版《世界文藝大辭典》（一九三五－一九三七）推理小說及推理作家項目的執筆，「形同是為了因我的通俗長篇造成推理小說**墮落**而謝罪」。在連載戰時唯一一部長篇〈偉大的夢〉時，亂步在「作者的話」中提道：「我想要描述一個夢。當然，不是昔日的噩夢。」此外，在戰爭剛結束的隨筆中，亂步也反省道：「我非常後悔，真不該在連兒童都會閱讀的低水準大眾娛樂雜誌撰寫豔情且恐怖的推理小說。我今後絕對不會再**重蹈覆轍**。」

以往，亂步的通俗長篇幾乎從未被當成正式評論的對象，可能也是顧慮到作者對自己作品所懷的罪惡感吧。既然亂步的通俗長篇被他視為是過去的遺物，如今的我們也完全不值得一讀嗎？我絕不這麼認為。如同前述，亂步的通俗武打長篇，是鬥智與動作、驚悚與懸疑的寶庫。我想現今有不少人立志書寫諜報驚悚或鬥爭動作之類的作品，對這些有志之士來說，想要學習驚悚場面的營造方法、打動讀者的寫法等，亂步的通俗長篇是再適合不過的教材。以這層意義來看，雖然角度與短篇、中篇大不相同，但亂步的長篇今後仍有許多值得研究之處。基於這樣的旨趣，以下不只通俗武打作品，包括較為嚴肅的作品，我嘗試將亂步的所有長篇小說依發表年代一一評論。

（二）初期長篇小說——〈蜘蛛男〉以前

1〈蠢動於黑暗之中〉（註）

就如同亂步自己所回顧的：「我想在這篇小說中寫出一種情色糜爛的氛圍。」這篇作品可形容為濃豔怪奇，由女體細緻的描寫、偷窺女澡堂的刺激、被禁錮於漆黑洞窟的恐懼，以及逐漸轉變為嗜食人肉者的悽慘所構成，可以稱之為豔情與恐怖的極致表現。

在這部作品中，過去〈紅色房間〉、〈百面演員〉、〈人間椅子〉等怪奇短篇那種「全是騙人的」大逆轉式結局完全銷聲匿跡，不折不扣荒誕無稽的戰慄情節，帶著一種奇妙的現實感，被放肆生動地描寫出來。這種商業化的大膽，應該就是亂步在後年能夠創作出〈蜘蛛男〉

註　自一九二六年一月至十一月於《苦樂》連載九回後中斷。收入翌年一九二七年十月出版的平凡社《現代大眾文學全集第三卷・江戶川亂步集》時，則完成結局。

之後的一連串連載通俗長篇的原動力吧。

2〈湖畔亭事件〉（註一）

或許是考慮到連載雜誌的整體風格，相對於〈蠢動於黑暗之中〉，不管是在豔情度或恐怖度上，都穩當得甚至無法與其他作品相較。故事的骨幹與短篇〈二廢人〉相同，都是在獲得成功的、顧慮到對方存在的犯罪計畫，以及最後向對方述說前因後果的推理小說結構。這樣的結構，在中篇〈陰獸〉及〈石榴〉也使用過。

將透視鏡般的機關帶進溫泉旅館的浴室，在自己的房間偷窺女人入浴的景象，並樂在其中，這種設定可說是每個人的潛在欲望、一定擁有的心理弱點，但亂步仍特意將其具象化為小說，這是只有亂步才做得到的大膽放肆。甚至還讓鏡子以特寫的方式倒映出血腥的殺人場景，真正是效果滿點。小說的前半部，在即使性禁忌已然消失、性描寫大為自由的現今讀來，依然不失趣味。這是因為偷窺女體與偷窺癖好雖然和性好奇有許多共通之處，本質上依然有所不同的關係吧。

此外，在創作〈湖畔亭事件〉的同時，亂步也開始在《寫真報知》連載長篇〈空氣男〉，只是由於雜誌停刊，〈空氣男〉在連載數回後便告中斷。

3〈帕諾拉馬島綺譚〉（註二）

亂步曾說，在他的連載長篇裡，「事先略有構想」的僅〈帕諾拉馬島綺譚〉和〈孤島之鬼〉，甚至說這部作品他「率性寫下」「一廂情願的夢想」，因此「可說是寫得樂在其中」。

從挖開墳墓、搬開屍體、佯裝死而復生這異想天開的前半段，到盡情描寫帕諾拉馬國這個烏有鄉建設的華麗幻想，全是只有亂步才想像得出的獨特世界。唯一可惜的是，若能更進一步刻畫人婦「這個人真的是自己的丈夫嗎？」的懷疑心理就更完整了。這樣一來，最後的殺人場面應該會更為生動有迫力，實在教人遺憾。亂步可能是因為受到萩原朔太郎稱讚，曾說這部作品「感覺是我連載作品中破綻最少的一部」，只是我認為破綻不多，並不代表是傑作的條件。

總而言之，極盡幻想之美與悖德的帕諾拉馬島那刻畫入微的描寫，若以電影來說，完全是特效的世界，將它和短篇〈火星運河〉一起做為亂步詠歎超現實主義的散文詩來看，亦十分有趣。關於最後推理小說式的結局，亂步認為與〈天花板上的散步者〉的推理成分一樣，是畫蛇添足。但這樣的說法大錯特錯，若沒有揭露真相的情節，這篇作品即失去畫龍點睛之妙。

註一　一九二六年一—三月，於《每日星期天》連載。

註二　一九二六年十月至一九二七年四月於《新青年》連載。

4〈一寸法師〉（註一）

這是亂步的小說初次在全國兩百萬名讀者面前亮相，從這個角度來看，可以說是具劃時代意義的作品。無論如何，亂步此時所面對的是《朝日新聞》的讀者，不能再寫出〈蠢動於黑暗之中〉那種駭人聽聞的內容，以至於創作的過程備嘗艱辛。亂步在預告中寫道，本篇故事內容將會「留意不要成為純本格作品，必須低調內斂」，不過完成後的作品，就算稱其為一部普通的解謎本格推理小說也無妨。

不過，亂步喜好的獵奇作風仍妝點於這部作品各處。淺草公園猥瑣的描寫、帶著活人手臂遊蕩的詭異一寸法師、嵌在百貨公司西服人體模特兒身上的活人手臂、被封進丘比特人偶的屍體、擁有三個出入口的祕密基地等，運用在後年〈蜘蛛男〉和〈盲獸〉的各種詭計，早已在這部作品中明確萌芽。讓人驚嚇連連的怪奇性，加上看得人掌心直冒汗的錯綜謎團，最後明智小五郎「名偵探召集全員，娓娓道來」，進行一場長篇演說，結局還透露出〈黑手組〉式的溫情主義，這徹底娛樂讀者的作品，怎麼可能不受歡迎？

然而亂步絞盡腦汁總算寫完〈帕諾拉馬島綺譚〉和〈一寸法師〉後，「終於再也擠不出任何創意。我對自己的作品感到羞恥，厭惡自己、厭惡他人，滑稽一點地形容，我真想挖個洞鑽進去」，從這時起，亂步進入他的第一次休筆期。

5〈孤島之鬼〉（註二）

昭和三年（一九二七），亂步由於中篇〈陰獸〉的成功而重返文壇，在森下雨村的勸說下，著手撰寫這部長篇。亂步說：「……事前已略有構想，但實際下筆才發現先前隱約構想的或有不妥，結果還是得為每個月的截稿日發愁。最後只能寫出這種程度的作品。」但前半是本格推理小說，後半是怪奇冒險小說，結構變化多端的這部冒險驚悚小說，可說是亂步眾多長篇中首屈一指的作品，對於這高度的評價，應該是眾口一詞吧。

這部作品據說是由《鷗外全集》裡兩、三行有關中國製造殘障者的描述為靈感，而主角在地下洞窟迷宮徬徨的部分，還引用了鷗外翻譯的《即興詩人》一節，還有〈D坂殺人事件〉、〈心理測驗〉、〈鏡地獄〉等故事的結構，由此可窺見亂步初期鑽研文筆的方法，非常值得探究。不過關於主角的同性戀情感，儘管亂步本人曾深入研究同性戀，但就像他自己說的「因為是推理小說，沒有機會盡情書寫這段不尋常的愛情」，實為遺憾。話雖如此，也絕不像亂步說的「甚至成了情節發展上的阻礙」，同性情愛仍舊為作品增添深度與充實感，只是沒有徹底描寫到讓所有讀者都能夠接受的地步罷了。

註一　一九二六年十二月至一九二七年三月，於《東京・大阪朝日新聞》連載。

註二　一九二九年一月至一九三〇年二月，於《朝日》連載。

這部作品的密室殺人詭計中使用的「景泰藍花瓶」，等於是現今山田風太郎（註一）忍術作品的先驅。故事亦有暗號文登場，但與〈兩分銅幣〉及〈黑手組〉的暗號相較，遜色許多，或許是因為還有大眾雜誌這個制約存在吧。「八幡不知藪」（註二）也在亂步後來的長篇裡經常看到，並成為這部作品後半段的中心主題。亂步曾提到，這部作品是「賣文主義的肇始」，還說「這篇小說沒有陷入過去那種潔癖式的執著就完結了，算是多少熟練了一些……這也成為我撰寫〈蜘蛛男〉的動機之一」，由此可知，這部淚香（註三）調的長篇力作在亂步作品系列中，意義也極為重大。

（三）戰前長篇小說——〈蜘蛛男〉以後至亂步全集

6〈蜘蛛男〉（註四）

這是講談社作品的第一作。因這部作品而獲得壓倒性的好評，致使亂步接下來有十年以上不斷量產通俗長篇。從這層意義來看，無論是好是壞，這都是一部值得紀念的作品。

有關執筆這部作品的動機，亂步曾反省道：「我從休業狀態重新拾筆，〈陰獸〉、〈芋蟲〉、〈帶著貼畫旅行的人〉、〈蟲〉，一路寫來，雖然受到部分讀者好評，但作者本人卻全然沒有自信……簡單地說，我因為過度寂寞，愈來愈自暴自棄」，並自述他受到講談社的信念及風氣打動，「或許是那類感動對我產生了作用」、「講談社標榜的『老少咸宜的小說』，我實在是寫不來，因此我先取得略為殘酷的描寫亦無妨的許可後，以淚香與盧布朗的混合體為目標書寫」。結果，「對推理小說的讀者來說，這不過是一部荒唐的冒險怪奇小說，卻意外大受歡迎。無數純真的讚賞之詞湧入作者耳中」。之後，這篇小說在讀者投票中也「獲得最高票數。眾多記者不斷吹捧作者。我一定是有點飄飄欲仙了」。這部作品受到歡迎的情形就是如此。

中島河太郎（註五）在春陽堂版《江戶川亂步全集》的解說中說道：「的確，對專門讀者來說，這只是老套的詭計組合，但是作者以僅少部分讀者能夠享受的推理小說魅力——異想天開

註一　山田風太郎（1922-2001），小說家，以「忍法系列」作品風靡一世，亦有推理作品。

註二　千葉縣市川市八幡過去有一處被稱為「八幡不知藪」的竹林，據說誤闖其中，就再也出不來，故用來形容一進去就找不到出口的竹林或迷宮。此外，不只是單純的迷宮，也指表演展覽等以等身大人偶重現詭異情景或幽靈場面的迷宮。明治十年（1877）左右起，成為一種表演設施，大為流行。亂步曾在隨筆〈旅順海戰館〉中寫道：「不知藪中，我至今仍印象深刻的，是酒吞童子傳說中的活祭品還是什麼的年輕女子，纏著一條鮮紅色腰布站立的模樣。導覽人員觀察遊客的表情，突然掀開女子的腰布，細細一看，裡面也製作得十分精巧……還有一個是重現火車平交道車禍實況的場景，兩條鐵路、竹林、夜晚，在那兒，被輾得支離破碎的頭顱、胴體、手腳，斷口流著大量鮮紅的血糊，像芋頭還是蘿蔔似地掉了滿地。」

註三　黑岩淚香（1862-1920），文學家，以翻譯偵探小說成名。

註四　一九二九年八月至一九三〇年六月，於《講談俱樂部》連載。

註五　中島河太郎（1917-1999），推理文學評論家。

的詭計及凶手的意外性——為骨架，並以淺白達意的文章描述出來，會獲得驚人的迴響，也是理所當然的事。」並評價這部作品「平易地介紹出推理小說的醍醐味」，「在娛樂雜誌界奠定推理小說不可動搖的地位，具有先驅性的意義」，我認為這番評價完全切中。總之，當時的推理小說家全開始積極撰寫長篇作品，與這部〈蜘蛛男〉同一時期，就有大下宇陀兒(註一)的傑作〈蛭川博士〉、甲賀三郎(註二)的〈幽靈凶手〉，但在人氣方面，似乎都不敵亂步的魔筆。

身為作家的亂步，若不經常受到讚賞，就會立刻喪失自信，無法寫作。這部〈蜘蛛男〉可能因為是通俗小說的第一作，老實說，我覺得比起接下來的〈魔術師〉和〈黃金假面〉要遜色許多，但或許因為這是亂步第一部大紅大紫的通俗作品，亂步直到晚年都對它擁有相當的自信——戰後重新出版這部作品的世界社編輯曾向我這樣提起。確實，稀世殺人魔那極盡淒慘淫靡的種種惡業，與兩、三下便識破其真面目的名偵探明智小五郎之間那「深仇連綿、無盡無休的鬥爭」描述，是將〈一寸法師〉中的各種詭計加以誇大，並借用隨筆〈電影的恐怖〉的發想，再加入〈帕諾拉馬島綺譚〉的人工樂園靈感，碰撞出迥異於前年〈陰獸〉中的亂步，有一種亂步寫作結構總整理的況味，就此而言，感覺確是一部力作。而這部〈蜘蛛男〉中的情節模式，也經常反覆出現在後來的作品。

7〈獵奇的結果〉（註三）

這部作品在亂步的長篇作品中，也是最為獨特的一篇。亂步一開始以兩人一角為主題，似乎打算以〈雙生兒〉、〈盜難〉、〈一人兩角〉、〈疑惑〉、〈接吻〉式的驚悚來寫成短篇，但對於解開還有另一個人與自己一模一樣的恐怖真相，不知作者原本的設定為何。總之，就前半部而言，這是一部驚悚有趣的作品。然而亂步似乎並未準備對這不可能的事明確、合理地予以說明。時任主編的橫溝正史看不過去亂步持續執筆的痛苦模樣，便伸出援手說：「乾脆寫成〈蜘蛛男〉風吧。」亂步也聽從他的建議，將後半改題為〈白蝙蝠〉，從小標題的格式到劇情、脈絡都煥然一新，甚至讓明智偵探登場，轉化為一場政治陰謀的動作故事。「人類改造術」這種空想科學的詭計，想當然耳，是借用自淚香的《幽靈塔》吧。

亂步自己可能也深感歉疚，特地在全集末尾為「每個月的三心二意、散漫的情節發展及其他諸多缺點」致歉。我曾經幻想，若在戰前以這部作品的前半部為基礎，透過不同的形式有獎徵求後半部，或許會誕生出非常有趣的小說，不過到了今天，這已是不可能實現的夢想。總

註一　大下宇陀兒（1896-1966），推理小說家。其作品〈蛭川博士〉於一九二九年八—十二月在《週刊朝日》連載。

註二　甲賀三郎（1893-1945），小說家。其作品〈幽靈兇手〉於一九二九年七—十一月在《東京朝日新聞》連載。

註三　一九三〇年一—十二月於《文藝俱樂部》連載。

之，唯獨這部長篇，無論如何都只能說是一部失敗作。

8〈魔術師〉（註一）

亂步因〈蜘蛛男〉獲得壓倒性好評而洋洋得意，〈蜘蛛男〉連載結束後，緊接著執筆這部作品，並設定為在〈蜘蛛男〉事件後，明智小五郎連好好休息的時間都沒有，立刻再次出動，這也等於是替作者的心情發聲吧。這部作品的靈感與詭計，顯然來自范・達因的《格林家命案》。

這部作品中的構想曲折離奇、千奇百怪，或許是只有亂步才寫得出的大眾讀物典型，不過每一期高潮迭起、峰迴路轉的連環式構造雖然無可挑剔，但中間的伏筆安插實在太弱，是這部作品的一大敗筆。且如同甲賀三郎也曾指出的，就算凶手知道自己在襁褓時期被掉換了，但因這理由而加入復仇鬼一幫，助紂為虐，向父母兄弟復仇，實在有違人性。這部分若能夠加入更讓人信服的描寫，讀者的接受度會更高。總而言之，亂步沒有事先構思好大綱的缺點，也就此暴露出來。

儘管有這些缺點，這部作品仍然十分有趣。在亂步的通俗武打作品中，本篇可以與〈黃金假面〉共稱雙璧吧。短篇〈跳舞的一寸法師〉中運用的眾目睽睽之下的殺人詭計，在故事裡亦以馬戲團做為舞臺，效果十足。

9〈黃金假面〉（註二）

這是一部讓亂步在大眾小說界奠定不動如山人氣的傑作。《國王》是戰前出版量最大的娛樂雜誌，標榜適合闔家閱讀，也是講談社的招牌雜誌，名副其實雜誌界的國王。因此亂步也說他盡量不在作品中表現出殘虐和異常性欲等猥瑣之感。

這部作品的主角與〈蜘蛛男〉的殺人淫樂者及〈魔術師〉的復仇鬼迥然不同，竟然是亞森・羅蘋（此處特意以主角稱之，因為亂步的通俗武打作品乍看之下都是以名偵探明智小五郎為主角，但實際上經常變換手法、屢出新招地登場的殘忍凶手，才是真正意義上的主角，明智不過是為了讓故事增添推理小說趣味的第二主角罷了。雖然同樣有明智登場，但這一點是亂步的通俗長篇與〈D坂殺人事件〉、〈心理測驗〉等短篇根本上不同之處）。讓髮色及膚色完全不同的法國怪盜紳士當主角，一般尋常的變裝根本派不上用場。因此亂步想出讓他戴上黃金面具的苦肉計。據說這個靈感是得自馬賽・書沃博（註三）的《黃金假面之王》（*Le Roi au masque d'or*）。作品中描述「毫無表情，如能面具般的黃金假面，一抹鮮紅的液體自他的嘴角淌流至

註一　一九三〇年七月至一九三一年五月於《講談俱樂部》連載。

註二　一九三〇年九月至一九三一年十月於《國王》連載。

註三　Marcel Schwob（1867-1905），法國作家。

下巴，全身包裹著鬆垮斗蓬般的金色服裝，面具的裂口呈巨大的新月型，看似咧嘴而笑的神情，發出咻咻怪笑」，演出效果十足。

作品中的詭計也盡是一些以傳統推理小說的觀點來看，皆會讓人覺得荒唐且根本不可能運用的破天荒點子。再怎麼說，連法隆寺的國寶玉蟲櫥子（註一）都被掉包成為假貨，這樣的情節簡直教人目瞪口呆。而將整個房間裝置成電梯的詭計雖然早有先例，但將水泥製的中空大佛像當成祕密基地的橋段，雖說靈感得自《奇巖城》（*L'Aiguille Creuse*）的「空洞的針」，但將其日本化的構想果然相當出色。亞森・羅蘋決戰明智的虛實大鬥法，光看劇情似乎沒有任何意義，但加上亂步生動的敘述文筆，即使今日讀來，依舊緊張萬分、精采絕倫。我們今天該從亂步身上學習的，就是這種神妙的敘述文筆吧。這一定也是亂步從過去的講談書籍中所學得的基本功。

10〈吸血鬼〉（註二）

由於是報紙連載，致使此部作品成為亂步結構最宏偉的長篇。篇幅最長，情節的首尾不連貫也是首屈一指。亂步自己也曾提到：「如同讀者所知悉，我寫的內容支離破碎，令人傷腦筋。」的確，〈吸血鬼〉的劇情發展之曲折離奇，只能以支離破碎來形容。這部作品也是「一如以往，依恃著曖昧模糊的大綱便寫起來」，不過亂步得在每天固定的篇幅中加入一定的懸疑情節以炒熱氣氛，就是那過剩的表演天分，迫使亂步的創作有種處處被制約的感覺吧。結果可以說完全被報紙的日刊特性所局限，犯罪動機的復仇感也十分做作不自然。

在詭計方面，就像亂步過去的詭計成果發表會般，熱鬧非凡。以沒有嘴唇的男子一人分飾三角的詭計為首，援引短篇〈幽靈〉、〈天花板上的散步者〉、〈人間椅子〉的詭計，此外，〈白日夢〉的橋段變成冰凍的屍體，〈帕諾拉馬島綺譚〉的地點變成國技館的鬼屋、涙香《白髮鬼》中活體埋葬變成活體火葬，凡此種種皆以各種方式加以變形、運用。不僅如此，〈蜘蛛男〉和〈一寸法師〉中的詭計也再次登場，並加入蠟像和蠟面具等構思，猶如亂步創作的嘉年華會。凶手搭乘廣告熱氣球逃亡這荒誕無稽的詭計，也在其後的通俗作品中反覆出現，這部作品即是熱氣球的第一次亮相。此外，後年在《少年偵探團》系列大顯身手的助手小林少年，也在這部作品中初次登場。

總之，完全可以想像到，這部作品在報紙連載時，一定每天都讓讀者看得掌心直冒汗，在亂步的通俗長篇裡，或許能和〈獵奇的結果〉並稱為怪作吧。

註一　玉蟲即吉丁蟲，此櫥櫃因鋪有近萬片吉丁蟲羽翅而得名，為飛鳥時代的作品。
註二　一九三〇年九月至一九三一年六月於《報知新聞》連載。

11〈盲獸〉（註一）

這是亂步通俗長篇中的異色作品，不是一般所謂的動作小說，也完全沒有偵探登場，從頭到尾都只有一名作者命名為「盲獸」的盲目殺人淫樂者，將無數的女人「玩弄、殺害、切碎其手足，將屍骸以各種千奇百怪的方法暴露在公眾面前，這可怕而駭人的事件始末」的編年史紀錄。先前我提到，亂步通俗長篇的主角並不是名偵探明智小五郎，而是凶惡殘暴的各類罪犯，我想這篇〈盲獸〉也是最明瞭的佐證之一吧。

總之，這篇作品可說是亂步煽情‧獵奇小說的最高峰，全篇充滿豔情與恐怖。在日本文學史上，可能也很難找到其他如這等「下流猥瑣」的小說。連作者本人最後亦看似喪失繼續書寫盲獸種種惡行的原動力，「……然後，或許在此該詳細描述他如何玩弄、處置不同類型的女人，但那也已是畫蛇添足。作者早感到厭煩，恐怕各位讀者也倦了吧。透過以上的記述，至少讀者對於我們醜怪的主角盲獸的為人、病癖、惡行，都已瞭若指掌，甚至到了想揮手說『知道了，夠了』的地步」，草草以所謂的「感官藝術」作結。

這類感官藝術的發想充滿亂步風格，非常有趣。但問題是作者在一開始及書寫這部作品的過程中，儘管撰寫了大篇幅悽慘淫靡的感官刺激內容，但也僅止於描寫，似乎還不到所謂的藝術論，直至結尾才想到讓故事成為感官藝術的創意。若一開始就有「感官藝術」這卓越的發想，整篇故事的寫法自然也會隨之不同，或許更能發展為可與〈帕諾拉馬島綺譚〉媲美，亂步獨特而前所未見的感官美世界，實在令人惋惜。

12〈白髮鬼〉（註二）

這是亂步流改編長篇的第一作。很顯然地，是改編自黑岩淚香翻譯的瑪莉．柯蕾莉女士（註三）的小說〈白髮鬼〉。除了此篇作品外，亂步還有四部改編長篇，分別為〈綠衣之鬼〉（註四）、〈幽靈塔〉（註五）、〈幽鬼之塔〉（註六），以及〈三角館的恐怖〉（註七）。

亂步何以會想到要將這些既有作品進行改寫或令其脫胎換骨？這是個很有意思的問題。當然，部分原因是亂步深深著迷於少年時代嗜讀的淚香作品那驚人的魅力吧。不過，此時亂步同時進行〈魔術師〉、〈黃金假面〉、〈吸血鬼〉等月刊雜誌與日刊報紙的連載，而且又剛開始

註一　一九三一年二月至一九三二年三月，於《朝日》連載。

註二　一九三一年四月至一九三二年四月，於《富士》連載。

註三　Marie Corelli（1855-1926），英國小說家。

註四　改編自英國菲爾波茲（Eden Phillpotts, 1862-1960）的《紅髮雷德梅因家》（*The Red Redmaynes*）。

註五　改編自黑岩淚香所譯的〈幽靈塔〉。

註六　改編自西默農（Georges Simenon, 1903-1989）的《聖弗里安教堂的自縊者》（*Le Pendu de Saint-Phollien*）。

註七　改編自美國推理小說家史卡雷德（Roger Scarlett）的《天使家凶殺案》（*Murder Among the Angels*）。

連載〈盲獸〉，他無法拒絕《富士》雜誌不斷地邀稿，然而手邊沒有可用的構想，加上要連貫每一期的連載劇情，亂步的疲憊已瀕臨極限，出於這些苦衷，窮極則變，才會想到改編淚香作品這樣的創意吧。既然有原作，應該就不必為每一期的情節大傷腦筋。淚香所譯的〈白髮鬼〉如同原作標題《復仇》所示，是以近親復仇為主題的特殊大眾小說，由於結構並非〈幽靈塔〉那種解謎偵探小說，若想嘗試大膽且自由奔放的脫胎換骨，確實是一部再適合不過的原作。而且淚香翻譯採文言文體，雖然同時收錄在昭和四年（一九二九）的春陽版文庫本偵探小說全集裡，但對於當時的大眾來說，勢必顯得艱澀難讀，從這個角度思考，以白話文加以現代化、日本化，則具有莫大的意義。

這麼看來，早於〈白髮鬼〉的〈盲獸〉並未採取推理小說式的結構，而是一般的編年體小說體裁，也顯示出光其他三部連載，就讓亂步為每個月的推理小說情節焦頭爛額，到達極限。推理小說的解謎和首尾一貫的結構，在這樣的情況下，對任何人而言，都是困難度極高的創作。如今也是一樣，人氣推理作家量產之後，推理小說的結構便會逐漸鬆散，破綻百出，縱使有各種自圓其說和誇張的情節，然而真正的原因還是推理小說的結構要嚴謹絕非一件容易的事吧。總之，亂步在這部亂步版〈白髮鬼〉中再次獲致成功。這種創作態度說是草率也的確草率，但亂步著手撰寫講談社作品的動機，就已存在著這種一方面輕視讀者，一方面又盡力娛樂讀者的表演術。這次脫胎換骨的成功帶來的輕率自信，致使亂步在往後一碰上靈感枯竭，便逃向菲爾波茲、淚香或西默農的改編，更進一步在〈大暗室〉裡將〈帕諾拉馬島綺譚〉通俗化，在〈惡魔的紋章〉重現〈蜘蛛男〉等，養成重抄舊作、苟且偷安的態度。

13〈恐怖王〉（註）

《講談俱樂部》在〈魔術師〉連載結束後，完全不讓亂步有片刻喘息的時間，旋即請他繼續在同一部雜誌連載第三部作品。亂步此時似乎已疲憊不堪，厭倦至極，通俗長篇的靈感看來亦完全枯竭。接續〈白髮鬼〉之後的這部小說，淪為勁道全無、虎頭蛇尾的作品。可能是因為如此，讀者期盼的明智小五郎也沒有登場。每次連載的字數和〈盲獸〉一樣，都只有〈魔術師〉的一半左右。不但如此，劇情甚至前後矛盾、莫名其妙，導致〈恐怖王〉成為亂步通俗武打小說中最糟糕的作品。

這部作品最大的敗筆，在於盡是描寫醜惡的猩猩男，最重要的自稱恐怖王的人物卻幾乎完全隱身幕後。因此即使有許多殘虐萬分的殺人場面，或穿插各種巧思，像是以米粒般的極小文

註　一九三一年六月至一九三二年五月，於《講談俱樂部》連載。

字與高空特技飛行的極大文字做出大膽對比等，仍然無法讓人感覺到絲毫像樣的驚悚刺激。結局也是，恐怖王的真面目究竟是誰？逃亡的猩猩男結果如何？令讀者毫無頭緒。說得更明白些，就是沒有用心將故事收尾，做為一部以大眾為對象的通俗長篇作品，簡直是嚴重違反娛樂讀者的精神，太過自私。

順帶一提，這部作品中登場的推理作家被命名為「大江蘭堂」。後年出現在連作〈惡靈物語〉（一九五四）的肇始篇中的小說家也是這個名字。中篇〈陰獸〉（一九二八）的推理作家名叫「大江春泥」，與之相較，和「江戶川亂步」更是接近了（註二）。之後在〈綠衣之鬼〉中登場的推理作家則叫「大江白虹」，看起來，亂步相當喜歡為作品中的推理作家冠上「大江」這個姓氏。不知是否受此影響，橫溝正史在新作推理小說全集（一九三三）的〈詛咒之塔〉中，將主角推理作家命名為「大江黑潮」，相當有意思。提到主角的名字，由亂步負責撰寫第一回的連作作品〈江川蘭子〉（一九三〇）裡，就像亂步自己所形容的「會稍微改變一下我的筆名，做為故事中毒婦的名字，並索性當成標題，肯定是我一貫的壞毛病又犯了」，不過後來江川蘭子這個名字也用於〈人間豹〉中的登場人物（被害人），可說是非常有趣的安排。

以上，從〈蠢動於黑暗之中〉到〈恐怖王〉這十三篇作品，皆收錄在一九三一年五月至一九三二年五月出版的平凡社版《江戶川亂步全集》十三卷，也成為各卷的標題。

（四）戰前長篇小說——亂步全集以後

番外篇〈蠕動的觸手〉（註二）

將這篇作品列為番外篇，是因為亂步自己在戰後曾告白這只是代筆作品，不管是戰前的新潮社版選集或戰後的春陽堂版全集、桃源社版全集都沒有收錄。回憶起我第一次看這部作品時，見厚重的全集本的目次背面寫道「撰寫本篇時，受到友人岡戶武平君大力協助，特此致謝」，便照著文面解釋為是創作這部作品時，曾受到朋友幫忙，但讀過內容之後，覺得和過去的亂步作品相比，舉凡情節發展或文風都相當不同，但是這篇作品後來也收入在新潮文庫，而且大為暢銷。戰後也由光文社以搶眼的封面包裝重新出版，因此我完全沒想過這竟會是代筆作品。亂步後年懺悔道：「當然，大部分的情節是兩人討論決定的，完成後的稿子我也看過，並修改了幾個地方，但還是不能說這是我自己的作品。」不過作品中切割女人屍體，將之縫合在一起玩弄這種說不出是殘忍還是滑稽的描寫，依然保有部分亂步的通俗風格。這麼說來，我想

註一　日文中「蘭」發音與「亂」相同。

註二　未連載，新潮社版新作推理小說全集第一卷，第六回副刊，一九三二年十一月出版。

起這本書的報紙廣告上，森下雨村的推薦文似乎寫得相當勉強：「『蠕動的觸手』是只有亂步才想得出來的標題吧。」

這部作品中，在兩大報社進行八卦論戰的背景設定下，以復仇和殺人淫樂糾纏不清的形式接連發生犯罪，明智小五郎化身為戴墨鏡的怪異男子，挑戰罪犯，若將整體結構重新整理，並更進一步掌握描寫的節奏起伏，應該會是一篇相當有趣的作品，可惜完稿不盡人意，不過這也暴露出代筆作者的實力水準吧。

14〈妖蟲〉（註一）

〈妖蟲〉及其後的〈黑蜥蜴〉、〈人間豹〉這三部作品，是〈恐怖王〉半途而廢後睽違一年半、亂步試圖捲土重來（被迫捲土重來？）的通俗長篇作品，當時與《新青年》的本格作品〈惡靈〉同時連載。結果最被看好的〈惡靈〉意外地夭折收場，總之這三部作品好不容易一路寫下去，勉強完結。不過故事情節裡已不見〈魔術師〉和〈黃金假面〉中那種對通俗武打小說的熱情，令人強烈感覺到亂步不過是在虛應故事。換句話說，就是了無新意，陳腔濫調。

這部〈妖蟲〉亦不脫往例，開頭效果十足。主角在餐廳透過讀唇語，意外得知兩名奇怪的男子正密謀殺人，過程驚悚萬分。可是接下來的情節就毫無新鮮感。又是八幡不知藪的鬼屋、又是屍體展示在銀座大道，就算是亂步迷，也不禁有些膩了。凶手的印記紅蠍子本身雖然是個相當有效果的小道具，但可能是處理得不好，一點兒都沒有被活用。這部小說本身算是〈魔術師〉的變形作品，但為了避免舊調重彈，亂步並未讓明智小五郎登場，反而塑造出另一名老偵探三笠龍介，這個創意倒是成功了。可惜犯罪動機是源自於容貌醜惡的自卑感，委實缺乏現實感，顯得沒有說服力。

在雜誌連載時，另一個意外之處造成這部小說的致命缺點——也就是插圖。這麼說，絕不是插圖的水準不夠。相反地，繪者下了極大的工夫，表現出充滿神祕氛圍的感覺，是無可挑剔的推理小說插畫，但是一開始就登場的真凶被描繪成一名體型胖碩的人物，而他所變裝的墨鏡男子則畫成一名瘦骨如柴的人物，在最後一回真凶的真面目揭露時，沒有一名讀者能夠接受這樣的一人二角。當然，一開始就應該對插畫家指示作畫時應注意的地方，但或許直到接近最後一回連載時，亂步自己也還沒明確決定該由誰擔任真凶。

15〈黑蜥蜴〉（註二）

在這三部作品中，〈黑蜥蜴〉應是這時期的代表作。就亂步的通俗長篇系統來看，它算是

註一　一九三三年十二月至一九三四年十一月，於《國王》連載。
註二　一九三四年一—十二月，於《日出》連載。

〈黃金假面〉的變形作品。左臂有黑蜥蜴刺青、在夜總會表演冶豔脫衣舞的黑街女王，同時覬覦著寶石「埃及之星」、想將它和美男子、美女的標本一起裝飾在自己的「恐怖美術館」裡，這名稀世女賊與名偵探明智小五郎之間周旋對抗的鬥智、鬥力描寫，多少算是獨具新意。〈人間椅子〉的詭計在此被借用於犯罪方法，這個前所未見的新奇創意也就此墮落。

總之，這部作品沒有勉強採用凶手伏法的推理小說形式，大部分從女賊的角度來描寫，反而使得整篇作品顯得俐落痛快。亂步盡量避開過去作品中濃重的殘虐風味，也和〈黃金假面〉共通，因此也可想像，期待亂步獨特強烈官能刺激的讀者，應該不太能欣賞這部作品。

16〈人間豹〉（註一）

亂步或許是想不出任何新創意了，竟創造出一個人人聞風喪膽的半人半獸怪物，並將其命名為「人間豹」。這個名字應該是取自於畢斯頓（註二）的短篇，與過去「蜘蛛男」這種比喻式的命名不同，「人間豹」等同於倫敦的狼人，如字面所示，是個彷彿存在於傳說世界的豹人。「這個怪物，其目綻放詭異的燐光、其牙如野獸般銳利、其舌有著貓屬尖刺」，同時長於邪智，有時還會身穿西裝，像隻四腳獸似地敏捷奔跑，完全是二十世紀的驚異奇談。面對這個執著於美女的豹人，及愛著真正豹類的其父那邪惡的挑戰，明智小五郎偕同明智夫人文代與其展開殊死鬥，是一部驚悚懸疑的作品，可惜幻想到了這種地步，也實在太過荒誕。這類情節應是其他人絕對想像不出來的吧。

這部作品致命的缺點，在於常理無法想像的豹人何以誕生在世上的祕密一直沒有解開。故事中雖然暗示「人獸交婚」，但這理由未免太薄弱。若就這一疑點亂步能描寫得更詳盡，或許可成就一部空想科學小說，或變成現今流行的東寶製片怪獸電影的原型，真是教人遺憾。這麼說來，最後豹人乘坐熱氣球飛往天空彼方，生死不明的結局，與東寶製片怪獸的末路不無雷同，是十分有趣的連結。此外，文代夫人披上熊的毛皮，在雜技團觀眾面前與被染成老虎斑紋的豹在柵欄裡格鬥的殘酷場面，應是繼短篇〈跳舞的一寸法師〉後首度出現的公開殺人詭計的變奏版，但就算只是鉛字的創作世界，也教人不由得佩服起作者竟能創作出如此荒誕不經的情節。無論是主角豹人還是血腥廝殺的場面，插畫家要將其具像化時，肯定傷透腦筋吧。

17〈綠衣之鬼〉（註三）

這篇的原作是菲爾波茲《紅髮雷德梅因家》，再加上亂步式改編。對於這篇〈綠衣之

註一　一九三四年五月至一九三五年五月，於《講談俱樂部》連載。

註二　Leonard John Beeston（1874-1963），英國小說家。

註三　一九三六年一—十二月，於《講談俱樂部》連載。

鬼〉，我個人有些私怨。之所以這麼說，是因為我在閱讀原作之前，由於不知情而先讀了亂步的改編作品，之後再讀眾人譽為名作的《紅髮雷德梅因家》（井上良夫譯本，出版日期為一九三五年十月）時，才翻閱沒多久就發現凶手的真面目，當下閱讀趣味大減。與我有相同遭遇的讀者應該不少。

這部〈綠衣之鬼〉一開頭就充滿強烈的亂步風格。打亮大樓的探照燈映照出一名手持短劍的人物的巨大影子，影子揮下短劍，走在大樓下方馬路上的年輕女子登時倒地，這樣的開頭真是驚悚刺激。亂步的每一部長篇皆是如此，總在故事的一開始便相當引人入勝，讓人聯想到電影的第一幕，描寫充滿視覺效果。隨著故事進行，菲爾波茲的構想被亂步式地通俗化，一一細述綠衣鬼詭譎的跳梁跋扈、追蹤他的推理作家大江白虹的活躍，及接著登場的偵探乘杉龍平精采的推理。這場亂步式脫胎換骨最有趣的一點，在於偵探乘杉直到最後都被大江白虹誤認為凶手的設定。這也可視為沒有讓明智小五郎登場的意外收穫。總之，劇情前後一貫，深具解謎架構，算是一部可讀性頗高的作品，這應是改編小說的優勢吧。

此外，閱讀這部作品的連載時，曾讓我深深思考插畫在推理小說中所扮演的角色。因為在最終回的前一回連載裡，理應要在最終回方才解開的幻燈機詭計，居然在插圖中將機關完全曝光了。這麼一來，就算文章再怎麼強調機關有多麼稀奇古怪，也只是徒勞。這可能是原稿完成

間蕩然無存。

得較慢，先將插畫構圖交給插畫家才會如此，但這種插畫先行於本文的狀況，使得懸疑氣氛瞬

18〈大暗室〉(註)

這部小說與下一部〈幽靈塔〉同為長度僅次於〈吸血鬼〉的作品。〈大暗室〉這個標題據說有段故事。起初，是在《國王》雜誌結束〈黃金假面〉連載的當期（一九三一年十月號），隨著下期開始連載的預告一同發表出來，沒想到預告並未實現，由〈鬼〉這部中篇取而代之。當時亂步究竟想用〈大暗室〉這個標題寫下什麼樣的內容，令人十分好奇，但如今亂步已逝，也無從確定了。不過我們猜想得到，應該不是經過五年後動筆的〈帕諾拉馬島綺譚〉通俗版般的內容。

關於這部〈大暗室〉，一如往例，故事起頭就相當精采，效果十足。故事氛圍迥異於過往的通俗長篇開端。當時的偵探雜誌《側寫》等還特地在月評中刊登本篇的第一回，陳述大為期待後續發展的要旨，但隨著第三回、第四回刊載，再次淪為亂步那種支離破碎的武打小說，讓

註　一九三六年十二月至一九三八年六月，於《國王》連載。

人感到相當惋惜。追根究柢，所謂「大暗室」的具體結構，在作者剛提筆和連載一陣子之後，彷彿依然沒有在作者心中成形，約莫執筆一半左右，亂步才想到可將「大暗室」塑造成地底的帕諾拉馬王國，再次重現〈帕諾拉馬島綺譚〉以來的作者夢想。在這之前，同母異父的兄弟們在各自的父親互為仇敵的宿命之下，為了爭奪美女，展開愛恨情仇糾纏不清的正邪之戰，簡直就是中世紀騎士故事現代版的亂步式武打小說。主角憧憬邪惡化身的暴君尼祿，冀望化身惡魔之國的拿破崙，在地下建設黑暗帝國，使全東京陷入火海，作風跋扈。這樣的設定，雖然都是性格異常者的反常行為，規模卻宏大得教「蜘蛛男」及「盲獸」望塵莫及。若一開始就以這個構想貫穿全篇，不知會是一篇多有趣的武打小說，著實可惜。我想，除了亂步以外，今後也絕對沒有人能夠描寫出如此光怪陸離的犯罪計畫了。

19〈幽靈塔〉（註一）

這是將黑岩淚香翻譯的〈幽靈塔〉改編為亂步式的作品，在《講談俱樂部》雜誌上，延續改編作品〈綠衣之鬼〉的連載。故事的年代改為大正初年（一九一二），場景設在長崎縣的偏遠鄉區，並將南蠻趣味加入鬼屋故事，如此創新的構想使得這部古色古香的推理小說成功日本化。事實上，這部作品在亂步的通俗長篇中，無論在情節或旨趣上，都與〈孤島之鬼〉並列第一。當然，這部作品已有淚香譯本的到位做為基礎，因此與〈孤島之鬼〉不同，評價時不能將兩者相提並論。

這次譯作的脫胎換骨得以成功，導因於亂步始終壓抑自己的筆法，極力克制一貫的猥瑣作風吧。相對地，雖然應該是試圖將譯作予以通俗化，但登場人物的感情起伏和背景描寫滲透出亂步獨特的精巧，原作的緊張懸疑亦替換成純粹日本式的要素，兩相影響之下，使得這部改編作品意外成功。將時間點設在鄉下的交通工具只有人力車的大正初年，而不是電話鈴聲大作、汽車來往不絕的昭和十年代（一九三五年之後），也是成功的一大要素。

淚香的譯作，不管是偵探小說、傳奇小說或冒險小說，由於譯文過於文言，如今已難以直接閱讀。從這個意義來說，若能夠有更多亂步流的淚香改編作品，對讀者而言，實在是一大福音，可惜最終僅〈白髮鬼〉和〈幽靈塔〉兩篇留世。

20〈惡魔的紋章〉（註二）

這是一部將〈蜘蛛男〉和〈魔術師〉相加再除以二的武打小說。將隱形復仇者的象徵設定

註一　一九三七年十二月至一九三八年四月，於《講談俱樂部》連載。
註二　一九三七年九月一九三八年十月，於《日出》連載。

為三重螺旋指紋的構想很不錯，但就和〈妖蟲〉裡的紅蠍子一樣，運用失當，導致完全失去恐怖感。故事的開端也是，以亂步的通俗長篇而言，罕見地俗套平凡，完全是失敗之作。復仇鬼預告將殺害富豪及其一對千金，把小女兒的屍體置於衛生博覽會的人體模型陳列室、大女兒的屍體陳列於鬼怪大會的八幡不知藪鬼屋中的一室，這些構想早就是陳腔濫調、了無新意，至此，亂步已無法營造出任何像樣的緊張感。

不過這篇故事裡還是有一些新的手法。例如富豪本人完全不明白自己為何會遭到報復，但是在地下洞穴目睹殘酷的殺人劇後，他才知道自己的父親所犯下的罪，悟出凶手的意圖是要讓他們絕子絕孫。此外，實際上富豪的同父異母妹妹也有著三重螺旋指紋，讓人誤以為只要殺掉她，便能解決案子，這樣的詭計別出心裁。只可惜，最後揭露凶手遺留在各處的特異指紋，其實只是明膠製的偽造品，實在是相當不成熟的設計，根本沒把讀者放在眼裡。

簡而言之，這部作品不管怎麼看，都只能說是熟極之後沉淪的陳腔濫調失敗作。不過戰後這部作品重新出版時，我在雜誌《寶石》的投書欄看到讀者推舉它為十大日本推理小說之一，當下大感驚訝。讀者的理由是作品中錯綜複雜的謎團和精巧的伏筆令人拍案叫絕。看來亂步的長篇只從其中抽出一部來讀時，就不會有老調重彈的千篇一律感，評價也會因此大幅改變。

21〈暗黑星〉(註)

這部〈暗黑星〉和下一部〈地獄小丑〉及〈幽鬼之塔〉，問世時間皆是中日戰事方酣之時，戰爭文學受到歡迎，相對地，推理小說受到極度打壓。而短篇〈芋蟲〉被當局命令整篇刪除，也是一九三九年三月的事。鬼才小栗虫太郎此時已轉而寫作傳奇小說和魔境小說。亂步的通俗長篇也不被允許明目張膽地表現出過去的煽情／獵奇成分，殘虐描寫也被迫收斂。處在這樣的時代，每個月的寫作量隨之銳減。寫作篇幅雖然沒有先前敷衍塞責的〈恐怖王〉那麼短，但這三部作品以長篇而言，篇幅都相當精簡。

話說回來，這部〈暗黑星〉可說是〈魔術師〉的完全變奏版。之所以這麼形容，是因為以范・達因的《格林家殺人命案》(*The Greene Murder Case*)的通俗版來說，這部〈暗黑星〉遠比〈魔術師〉更近似《格林家殺人命案》。因此雖然稱其為通篇連貫，沒有破綻，但換個角度來看，也可說少了許多亂步獨特的毒豔風味。故事一開始為由於放映機的故障，導致特寫在銀幕上的臉部燙傷，血流滿面。一如往例，這樣的開頭緊張萬分，引人入勝。可是接下來又舊招重施，仍是以連續殺人事件為中心，明智小五郎決戰復仇鬼的鬥爭故事。

這部作品的有趣之處，倒不如說是明智以想像中完全沒有光芒的「暗黑星」來譬喻、說明近在眼前，卻掌握不到真面目的凶手的橋段。這個標題取得實在絕妙。

註　一九三九年一—十二月，於《講談俱樂部》連載。

22〈地獄小丑〉（註一）

這部作品與〈暗黑星〉平行書寫，開端完全是〈蜘蛛男〉的變形版，可是接下來的發展就有些不同了，一下子有小丑打扮的化裝遊行宣傳員出沒、一下子收到小丑人偶。小丑的確很逗趣，但與殺人連結在一起，就會醞釀出一種詭異的恐怖感，十分不可思議。這該說是對比效果嗎？不過這種恐怖感已在昭和九年（一九三四）的連作〈黑虹〉第一回中使用過。之後如同以往，內容以明智決戰神祕小丑的武打故事為主。但這部作品的特徵在於開頭部分預先埋下伏筆，以這層意義來看，勉強維持推理小說的體裁。

故事中最有趣的情節是凶手被逼到閣樓時，以硫酸溶化自己的臉，改變容貌，佯裝被害人這一段。這是過去未曾嘗試的新詭計，從這個角度來看，算是略具新意。這篇作品也和〈暗黑星〉一樣，篇幅較短，破綻因此較少，不過只是將之前的構想加以淡化重製，使得故事本身的存在意義大幅銳減。

23〈幽鬼之塔〉（註二）

這是西默農的《聖弗里安教堂的自縊者》的亂步式脫胎換骨，原作的教堂被改為上野公園的五重塔。亂步與西默農，這兩位作家無論從哪個角度切入，都是風格迥異。亂步若嘗試改寫《超完美鬥智》（*La Tete d'un homme*）還可理解，但竟是改編《聖弗里安教堂》，感覺相當衝突、有趣。不過這或許是因時局致使他無法隨心書寫亂步式殘虐犯罪吧。

這部作品的開端，以亂步擅長的〈一寸法師〉變奏版起始，接著徐徐轉變為西默農流的劇情，無法否定亂步流一貫的劇情與特色在這部作品裡顯得極度稀薄。話雖如此，瘋女的描寫和玄學嗜好則完全是亂步式的風格。本作中登場的業餘偵探河津三郎被設定為「犯罪案件釣客」，他的怪癖和行動，看得出是反映亂步本身大半的夢想和憧憬。

總之，這部小說的完成，完全受益於原作的巧妙結構，同時改寫筆法雖然低調，但也添加些許亂步獨特的色彩，算是值得一讀的作品。

（五）戰時長篇小說

24〈偉大的夢〉（註三）

這部睽違四年再次執筆撰寫的長篇，是亂步在太平洋戰爭中唯一的一部作品，也是觀察亂步愛國一面的絕佳材料。儘管如此，這部作品卻沒有收錄在任何一部全集，也沒有成為單行本發

註一　一九三九年一—十二月，於《富士》連載。
註二　一九三九年四月至一九四〇年三月，於《日出》連載。
註三　一九四三年十一月至一九四四年十二月，於《日出》連載。

行。原因是「故事內容將美國描寫為敵人，而日本戰敗後顧慮到這一點而未成書，直至今日」。

這部作品一開始就意圖寫成諜戰小說。連載第一回的報紙廣告上宣傳為「科幻小說」，但亂步對這些宣傳內容似乎完全不知情。偵探主角也符合諜戰小說，取代明智小五郎，創造出望月憲兵少佐這號人物。此時，推理作家已不被允許書寫過去那類以殺人命案為題材、怪奇趣味濃厚的作品，有些人逃往諜戰小說、科幻小說和冒險小說，有些人則遁入以江戶為舞臺的捕物小說。這個時期的長篇諜戰推理小說，先有甲賀三郎的非連載作品《雪原的謀略》（主角依然是獅子內俊次，卻失去昔日的颯爽風采），以及蘭郁二郎（註一）的非連載作品《南海的毒盃》（這部作品除了推理風格外，還具有一抹知性風格，算是當時最大的成就），最後則是亂步的作品。

由於是久違的執筆，感覺亂步對這部長篇傾注相當大的心力。當然，時局迫使亂步不能使出他的看家本領——煽情．獵奇，因此他索性著墨在劇情結構及詭計上。真凶與第三者共同目擊到自己的犯罪，這種充滿創意的出色詭計，戰後亦三番兩次在長篇〈化人幻戲〉及短篇〈月亮與手套〉中出現。雖然還是有首尾不連貫的缺失，但亂步以防諜戰為素材，嘗試寫出與甲賀三郎等人相較，推理成分相差懸殊的推理小說，這種熱情令人尊敬，值得肯定。

這部作品在戰後好長一段時間都未見天日，實在令人遺憾。的確，連載第二回的後半部挪揄美國總統羅斯福因小兒麻痺而造成的肢體殘缺非常不妥。可是，只要刪除或修改這類兩、三處情節，便足以做為戰時本格推理小說的範本，並流傳後世。如今戰後已過二十年（註二），總算被收錄在講談社版的《江戶川亂步全集》裡，真是令人欣慰。

（六）戰後長篇小說

25〈三角館的恐怖〉（註三）

如同前述，這是羅傑・史卡雷德的《天使家凶殺案》的亂步式改編。亂步深受原作吸引，甚至將其評為準十大小說。當時《趣味俱樂部》不好提出長篇連載的請求，亂步既沒有可用的構想，也不想再像戰前那樣重炒舊作、每個月敷衍了事，逼不得已之下，只好再次嘗試〈幽鬼之塔〉以來的脫胎換骨——我們可推測出其背後應出於這些原委。

用不著說，原作是一部純粹的本格推理小說。而且這次明確取得翻譯權而執筆，所以就算

註一　蘭郁二郎（1913-1944），怪奇幻想小說家。
註二　本篇評論發表於《幻影城七月增刊——江戶川亂步的世界》（1975）。
註三　一九六二年一—十二月，於《趣味俱樂部》連載。

是亂步式改編，也不能以將《紅髮雷德梅因家》改編為〈綠衣之鬼〉的方式，隨心所欲地改寫吧。整部作品對原作的劇情與詭計相當忠實，以這層意義來看，完全跳脫戰前所謂的亂步調，全篇以邏輯為中心進行，是一篇韻味極深的長篇推理小說。亂步這樣的本格風味，是昭和四年（一九二九年）所寫的短篇〈何者〉之後首見，戰後停止創作一陣子的作者，肯定是想以這樣的風格東山再起，因而這部作品也具有熱身的意味吧。

然而遺憾的是，這部長篇不堪分割成每月斷續連載。以讓當時的讀者斷斷續續閱讀的目的來看，劇情顯得太過一氣呵成、純粹理智，插入的圖表也不少，肯定讓許多讀者覺得厭煩。連載時完全沒有獲得好評，也是基於這個緣故吧。可是，至少在戰後版的全集裡，這部作品算是堪讀的長篇之一，同時也提供一個淚香以來的推理小說改編範本。

26〈化人幻戲〉（註）

這部作品可說是繼承中篇〈陰獸〉和〈石榴〉系統的亂步唯一本格長篇。亂步曾述懷：「大綱我記下來了……但實際動筆，不管是物理方面或心理方面皆出現矛盾，怎樣都無法完結……我勉強彌補前後不一的情節，好不容易才寫完。」如同這段話所表明，故事整體的確有著缺乏高潮起伏、失去平衡的缺憾，卻是一部難得深思熟慮過的作品，從這個角度來說，非常值得一讀。這麼說來，這部作品感覺上像是從過去亂步的各種寫作傾向中，僅取出理想的知性面以進行總整理的感覺，性質恰好與過去的〈陰獸〉有些共通之處。

故事由〈湖畔亭事件〉之後首見的透鏡嗜好揭開序幕，但這次的小道具是望遠鏡。利用望遠鏡，率先登場的詭計是作者在〈偉大的夢〉裡所創造、兇手目擊自己的犯罪，接著利用銅線製作物理密室的詭計，還有使用錄音機，將同一個廣播節目延後四十分鐘在其他場所播放的詭計。兇手利用日記將嫌疑轉移到自己的丈夫身上，這樣的手法是將〈陰獸〉裡的構想予以進一步發展吧。開端描寫觀察被望遠鏡擴大的螳螂的恐怖，其實這是一段鋪陳新奇犯罪動機的精巧伏筆。兇手在潛意識發現自己與螳螂的同類性質，致使兇手對螳螂莫名極端厭惡和恐懼——明智小五郎這段明快的精神分析，是比〈心理測驗〉及〈天花板上的散步者〉更深入的心理式偵探法。追根究柢，這是亂步的知性推理小說的總整理。

先前提到這部作品的弱點在於失去平衡，此外，兇手與明智以外的人物描寫——包括刑警在內——都太過薄弱。我認為是作者過分追求讓故事成為純粹的推理小說，反而失去人物個性描寫的深度，真希望能多點用心，讓整部作品更顯有趣一些。不過這點姑且不論，亂步的知性推理小說系統中，首次加入一部長篇，真是值得慶賀，這部作品理應可輕鬆登上亂步的最佳作品前十名吧。

註　非連載作品，收錄於一九五五年十一月出版的講談社版《全新長篇偵探小說全集》第一集。

27〈影男〉（註一）

與〈化人幻戲〉並行書寫的這部長篇，幾乎是往年講談社作品的舊調重彈，從作風來看，屬於〈黑蜥蜴〉、〈大暗室〉的系統。將異常罪犯設定為三人算是這篇作品的菁華所在。不過，亂步也曾提到，「寫得比戰前更沒勁，看來不受讀者好評」，內容全然看不到傾注於往年通俗武打小說的熱情，或許，亂步比任何人都厭倦那種煽情．獵奇的噩夢，也自這類小說中畢業了。

這部作品雖然不斷陳述地底帕諾拉馬王國的怪奇幻想，卻無法將那種富麗的夢想傳達給讀者，感覺像看了場鬧劇。過去亂步曾說，連載中篇〈地獄風景〉是〈帕諾拉馬島綺譚〉的戲謔化，但較之〈地獄風景〉，這部〈影男〉更是不知荒唐多少倍的鬧劇。倘使各位看到結尾的犯罪喜劇式落幕，應該能夠明白我的意思。

28〈十字路〉（註二）

這部作品是亂步與渡邊劍次的合作。亂步曾告白道：「這部作品我只參與了一半」，並回顧說：「我們時常見面，討論劇情，不過中心思想是渡邊君的創意，大部分的細節也是渡邊君提供的意見，我將之整理為連貫的情節，並親自寫成文章。」不過這部作品異於〈蠕動的觸手〉，被收錄在桃源社版的全集裡，因此也可算是屬於亂步的長篇系列吧。

這是一部倒敘推理小說，無論從故事或文章的角度來看，都與以往的亂步作品大相逕庭。〈十字路〉陸橋下的十字路口由於偶然的命運作弄，成了兩樁不同犯罪的交差點，這個創意著實是上乘之舉。好色、缺德的私家偵探登場十分有趣，脫落的女鞋這類小道具亦運用得非常精準。最棒的是內容纏綿悱惻地刻畫出孤獨的戀人們在情非得已下，必須犯下殺人的悲劇，令讀者們感同身受。登場人物包括警探在內，都描寫得栩栩如生。最後以遠距離殉情的構想收束全篇，相當簡練爽快，餘味極佳。總之，這部作品在戰後二十年的長篇推理小說中，算是首屈一指的傑作。

若論作品整體、推理小說的懸疑感與文章敘述之巧妙，這部〈十字路〉與〈陰獸〉堪稱雙璧。亂步身為作家，或許仍不擅於以每個月的連載形式書寫。連傾注心血所寫的〈化人幻戲〉，也因採取連載形式，導致整體格局淪為僵硬不靈活，失去平衡。話說回來，〈十字路〉如此渾然天成的佳作，竟是與支離破碎的〈影男〉同時寫出來的，亂步這個作家實在太令人難以預料。

29〈詐欺師與空氣男〉（註三）

這是一篇僅兩百三十頁的作品，該算是長篇，或視為中篇予以排除，著實令筆者猶豫再

註一　非連載作品，收錄在一九五九年十一月出版的桃源社版《全新推理小說全集》第一集。
註二　Georges Braque（1882-1963），法國立體主義畫家。
註三　非連載作品，收錄在一九五九年十一月出版的桃源社版《全新推理小說全集》第一集。

三。不過桃源社版全集原本僅有收錄全新長篇的企畫，加上亂步應該也是抱持著寫長篇的打算動筆，即使實際的完成品是中篇，我還是決定將之與其他長篇並列，簡單介紹一下。

關於這部作品，亂步曾說「並非本格，也非倒敘，對我來說是一部前所未見的特殊作品」，不過我不認為完全沒有前例。亂步寫作初期的短篇〈紅色房間〉、〈盜難〉、〈百面演員〉、〈覆面的舞者〉等作品的特殊風格，與這篇〈詐欺師與空氣男〉有著極顯著的共通點。亂步自己是以具有「惡作劇」（practical joke）（或說是惡劣的玩笑）成分的偵探嗜好為中心來撰寫這部作品，因此可能沒聯想到與自己初期作品的關聯性，也未自覺如此，但這部作品的特色，毫無疑問是只屬於亂步的獨特風格。

這部作品在一般讀者之間評價似乎不高，但我非常喜愛。第一次讀到這篇作品時，不知為何，我聯想到布拉克（註）等人的立體派繪畫，可能是因推理小說的獨特趣味被極度純化並強調而發揮到極致的緣故吧。我認為這部作品是亂步晚年的傑作，此次重讀，感觸更深。不過，全篇從頭到尾只強調「詐欺師」，使得「詐欺師」與「空氣男」之間的互動描寫相對薄弱，這一點還是得說失敗吧。可能也因此，對於「空氣男」的描寫一點效果也沒有，給人一種「我」就算不是「空氣男」，換成任何人都無所謂的印象。

註　Georges Braque（1882-1963），法國立體主義畫家。

本文發表於《幻影城增刊　江戸川亂歩の世界》，一九七五年七月出版。

作者簡介

大內茂男（おおうち・しげお）

心理學者、推理文學評論家。一九二二年一月八日出生，東京都人。東京文理科大學（今筑波大學）畢業。二次大戰時，曾於軍令部特務班從事情報活動，戰後一直在教育界工作，歷任東京文理科大學助手、東京教育大學講師與助教、筑波大學教授、上越教育大學教授。

一九五九年發表評論〈動機之心理〉（收錄在江戸川亂歩與松本清張合編的《推理小說作法》），獲得好評。之後，陸續在《寶石》、《幻影城》等推理雜誌發表小說時評、作家論、評論。八〇年代後，因本行的教育工作繁忙，較少撰寫有關推理小說相關文章。

二〇〇七年三月二十二日逝世，享年八十六歲。

帕諾拉瑪島綺譚

江戶川乱步作品集06

原著書名：パノラマ島綺譚
作者：江戶川亂步
翻譯：王華懋
責任編輯：詹凱婷
編輯總監：劉麗真
業務．行銷：陳玫潾．徐慧芬
總經理：陳逸瑛
榮譽社長：詹宏志
發行人：涂玉雲

出版：獨步文化
城邦文化事業股份有限公司
104台北市中山區民生東路二段141號5樓
電話 (02) 2500-7696 傳真 (02) 2500-1967

發行：英屬蓋曼群島商家庭傳媒股份有限公司城邦分公司
台北市中山區民生東路二段141號2樓
讀者服務專線 (02) 2500-7718；2500-7719
24小時傳真服務 (02) 2500-1990；2500-1991
服務時間 週一至週五 上午09：30-12：00 下午13：30-17：00
讀者服務信箱 E-mail service@readingclub.com.tw
劃撥帳號 19863813 戶名 書虫股份有限公司

香港發行所：城邦（香港）出版集團有限公司
香港灣仔駱克道193號東超商業中心1樓
電話 (852) 25086231 傳真 (852) 25789337
E-mail hkcite@biznetvigator.com
馬新發行所：城邦（馬新）出版集團【Cite (M) Sdn Bhd】
41, Jalan Radin Anum, Bandar Baru Sri Petaling,
57000 Kuala Lumpur, Malaysia.
電話 (603) 90578822 傳真 (603) 90576622
E-mail cite@cite.com.my

美術設計：高偉哲
排版：游淑萍
印刷：中原造像股份有限公司

2017年5月二版
2023年6月1日二版八刷
售價：320元
ISBN 978-986-5651-96-1

國家圖書館出版品預行編目資料

帕諾拉瑪島綺譚／江戶川亂步著；王華懋譯 . -- 二版 . - 台北市：
獨步文化：家庭傳媒城邦分公司發行，2017〔民 106.05〕
面； 公分 . --（江戶川亂步作品集：06）
譯自：パノラマ島綺譚
ISBN 978-986-5651-96-1（平裝）

861.57 106005630